DIE
FAMILIE
GEGENÜBER

WEITERE TITEL VON NICOLE TROPE

IN DEUTSCHER SPRACHE
Das Kind meines Mannes
Die Familie gegenüber

IN ENGLISCHER SPRACHE
The Stay-at-Home Mother
The Foster Family
His Other Wife
The Stepchild
The Mother's Fault
The Family Across the Street
Bring Him Home
The Girl Who Never Came Home
The Life She Left Behind
The Nowhere Girl
The Boy in the Photo
My Daughter's Secret

NICOLE TROPE

DIE FAMILIE GEGENÜBER

Übersetzt von Susanne Döllner

bookouture

Die Originalausgabe erschien 2021 unter dem Titel
„The Family Across the Street"
bei Storyfire Ltd. trading as Bookouture.

Deutsche Erstausgabe herausgegeben von Bookouture, 2023
1. Auflage Juni 2023

Ein Imprint von Storyfire Ltd.
Carmelite House
50 Victoria Embankment
London EC4Y 0DZ

deutschland.bookouture.com

ISBN: 978-1-83790-659-8
eBook ISBN: 978-1-83790-658-1

PROLOG

Margo hebt ihren Sohn Joseph nach seinem Nachmittagsschläfchen aus dem Gitterbett. Trotz der Klimaanlage ist sein Rücken feucht. Vor dem Fenster zirpen die Zikaden in der unerbittlichen Hitze. Die Temperaturen haben die Höchstmarke von neununddreißig Grad erreicht, die die Nachrichten heute Morgen vorausgesagt haben. Hoffentlich trifft auch die versprochene Abkühlung bald ein.

»Dir ist ganz schön heiß, was, Kleiner?« Sie lächelt auf ihren fünf Monate alten Sohn herab, und er gluckst. »Willkommen in deiner ersten australischen Hitzewelle – sicherlich nicht die letzte.« Sie hält ihn auf dem Arm, glättet seine feuchten braunen Locken mit einer weichen Bürste und fährt ihm mit einem Waschlappen über das Gesicht.

Als sie ihn auf dem Wickeltisch ablegt, ertönt draußen ein lautes Krachen, eine regelrechte Geräuschexplosion, die Joseph erschreckt. Der kleine Mund öffnet sich und er kneift bereits die Augen zusammen. Gleich wird er loslegen.

»O nein, kleiner Mann, keine Angst. Das war nur ein Auto

mit Fehlzündung, oder ein Ast, der von einem Baum gefallen ist. Nicht weinen.« Sie spricht leise und beruhigend, und sein Gesicht entspannt sich wieder. Scott meint, er sei zu geräuschempfindlich, weil Margo darauf besteht, dass das ganze Haus praktisch den Atem anhält, solange er schläft, aber Scott ist den ganzen Tag auf Arbeit und muss nachts nicht aufstehen, wenn er weint. Joseph schläft einfach besser, wenn es still ist.

Das Geräusch kam ganz aus der Nähe; hoffentlich nicht wirklich ein Ast, der aus von einer der großen Tristanien an der Straße abgebrochen ist. Vor ein paar Monaten ist während eines Sturms einer auf ein parkendes Auto weiter unten in der Straße gefallen, hat die Windschutzscheibe zerschmettert und die Motorhaube eingedellt. Zum Glück saß zu dem Zeitpunkt niemand im Auto. Nachdem der Sturm weitergezogen war, haben alle Nachbarn sich versammelt, um zuzuschauen, wie der Ast entfernt und das Auto abtransportiert wird. Das war das Ereignis des Jahres in ihrer Straße.

Joseph lächelt zu ihr hinauf.

»Also«, meint sie, während sie ihm die Windel wechselt, »was fangen wir mit dem Nachmittag an? Sollen wir einen Spaziergang im Park machen? Wir könnten die Enten besuchen. Wie macht die Ente? ›Quakquak‹.«

Sie nimmt ihn wieder auf den Arm und dreht ihn zum Spiegel um. Den liebt er. »Wer ist der kleine Junge da? Ist das Joseph? Ist das Joseph da im Spiegel?« Die zwei hellblauen Augenpaare, die ihr entgegenschauen, entlocken ihr ein Lächeln.

Und dann ertönen zwei weitere scharfe Knallgeräusche in der Stille. Margo zuckt zusammen.

Und Joseph beginnt zu weinen.

Sie geht mit ihm zum Fenster hinüber. Die hohen Bäume, die den Straßenrand säumen, verdecken die anderen Häuser, aber die normalerweise ruhige Straße kann sie gut einsehen.

Auch wenn sie es niemandem verraten würde, klangen die

Geräusche in ihren Ohren wie Schüsse. Kleine Explosionen, die die Stille zerrissen. Nicht, dass sie außerhalb von Serien oder Filmen schon jemals Schüsse gehört hätte. Aber ihr fällt nichts ein, was sonst ein solches Geräusch machen könnte.

Einen Moment lang gerät sie in Panik, als ihr bewusst wird, wie isoliert sie in ihrem schönen neuen Haus eigentlich ist. Schnell macht sie sich auf die Suche nach ihrem Handy, um Scott anzurufen.

Während sie darauf wartet, dass er rangeht, kehrt sie ans Fenster zurück. Die Mailbox meldet sich, und Margo schnalzt nervös mit der Zunge. Die Hitze flimmert über dem Asphalt. Ein weißer Lieferwagen parkt vor Katherines Haus gegenüber, daneben steht die alte Wichtigtuerin Gladys. Margo starrt Katherines Haus an, das Handy am Ohr.

Sie beobachtet, wie ein Polizeiauto vorfährt und träge anhält. Scott und sie leben nun seit neun Monaten hier, und noch nie ist ein Polizeiauto auch nur vorbeigefahren. Wie erstarrt steht sie am Fenster und beobachtet das Drama, das sich auf der anderen Straßenseite abspielt.

Als die Polizisten gemächlich aus dem Auto steigen, sagt Gladys etwas, das Margo nicht versteht, und gestikuliert hektisch in Richtung Katherines Haus – und plötzlich bewegen sie sich überhaupt nicht mehr gemächlich. Beide rennen auf die Haustür zu, die eine Polizistin spricht dabei in das an ihrer Schulter befestigte Funkgerät.

»O mein Gott«, flüstert Margo und drückt ihren Sohn an sich. Sie erinnert sich an eine Autotür, die heute Morgen um sechs zugeschlagen wurde, an ein heiseres Rufen, und dann fuhr John mit quietschenden Reifen aus der Einfahrt. Ihre Hände beginnen zu zittern. Zu dem Zeitpunkt hat sie noch gedacht: *Das muss ein ziemlich heftiger Streit gewesen sein.*

Eigentlich wollte sie ihn Scott gegenüber erwähnen, ihn fragen, worum es wohl gegangen sein könnte. John und Scott trinken manchmal sonntagnachmittags ein Bier zusammen;

Katherine und sie dagegen haben sich nie viel zu sagen. Vielleicht liegt es daran, dass sie sich in verschiedenen Phasen ihres Lebens befinden. Katherines Zwillinge sind fünf Jahre alt, die Babyphase liegt längst hinter ihr. Margo dagegen kommt sich immer noch wie eine blutige Anfängerin vor.

Aber als Scott mit Duschen fertig war, brauchte Joseph eine neue Windel, und so war sie nicht dazu gekommen, ihn darauf anzusprechen. *Ich frag ihn heute Abend,* hatte sie gedacht.

Und dann war sie in ihren üblichen Trott verfallen, hatte keinen Gedanken mehr daran verschwendet. Paare streiten sich, Ehemänner verlassen auch mal wutschnaubend das Haus, und abends ist trotzdem alles wieder gut.

Aber wegen eines einfachen Streits wird nicht die Polizei gerufen.

Margo beißt sich auf die Lippen. Sie gibt ihrem Sohn einen sanften Kuss auf die Wange und fragt sich, aus welchem Grund jemand den Notruf gewählt hat.

»Die neugierige alte Gladys weiß bestimmt, was hier los ist«, sagt sie zu ihrem Sohn. Kaum hat sie die Haustür geöffnet, hüllt ein Schwall Hitze sie ein.

»Worum geht's denn, Gladys?«, ruft sie und kommt sich selbst viel zu neugierig vor. Aber sie muss es einfach wissen.

»O Margo«, sagt Gladys, als sie sie sieht, »geh wieder rein, geh zurück. Er hat eine Waffe. Geh rein.«

»Was?«, macht Margo, sicher, dass sie sich verhört hat.

Gladys wedelt mit den Armen. »Geh wieder rein, Margo!«, ruft sie. »Es ist Katherine, es war … Hast du sie denn nicht gehört? Schüsse … Bitte geh wieder rein, schaff das Baby weg.«

Margo öffnet den Mund, um zu antworten, aber dann bewegt sich Joseph in ihren Armen, und sie drückt ihn fest an sich, während Angst ihr die Kehle zuschnürt. Hastig tritt sie zurück, schlägt die Tür zu und verriegelt sie. Dann bringt sie Joseph ins Schlafzimmer und verriegelt auch diese Tür hinter sich. Vor ihrem Bett, außer Sichtweite des Fensters, setzt sie sich hin und umklammert das Handy, wählt wieder und wieder Scotts Nummer, obwohl jedes Mal die Mailbox rangeht.

Schon bald ist die Luft von Sirenengeheul erfüllt, das die Zikaden und jedes andere Geräusch übertönt. Margo sitzt mit ihrem Sohn auf dem Boden und wartet, während ihr Herzschlag ihr in den Ohren dröhnt. Scott geht immer noch nicht ran. Sie drückt immer und immer wieder auf seinen Namen, überwältigt von dem Drang, ihm zu sagen, dass sie ihn liebt.

»Alles okay, Kleiner, alles okay«, murmelt sie Joseph zu, der neben ihr auf dem Rücken liegt und gerade versucht, sich die Füße in den Mund zu stecken. »Alles okay«, wiederholt sie und wartet darauf, dass ihr kleines Viertel wieder zu dem friedlichen Vorort wird, den sie lieben gelernt hat. Auch wenn sie im Stillen weiß, dass es hier nie mehr so werden wird wie vorher.

EINS

LOGAN

Sieben Stunden früher

Logan parkt vor einem großen Haus mit smaragdgrünem, akkurat kurz geschnittenem Rasen. Die Hecke vor dem schwarzen Metallzaun präsentiert sich in einem wie mit dem Lineal gezogenen rechten Winkel. Um den Bogen über dem Gartentor windet sich Efeu, hier und dort blitzen weiße Blüten durch das grüne Laub.

Die Temperaturanzeige im Lieferwagen meldet vierundzwanzig Grad, und es ist erst halb acht Uhr morgens. Es wird wohl ein brütend heißer Sommertag werden, und Logan ist froh, dass er seinen Lieferwagen immer nur kurz verlassen muss, um die Pakete auszuhändigen. Er atmet tief durch und dankt im Stillen seinem Schwager Mack, dass der ihm diese Chance gegeben hat.

»Ich tue das für Debbie, Kumpel«, hat Mack vor zwei Monaten betont, als er ihm die Schlüssel zu einem seiner Lieferwagen überreichte. »Ich fand dich immer sympathisch, das weißt du, aber dir muss klar sein, dass auf deinen Auslieferungstouren alles genau nach Vorschrift laufen muss. Wenn ich auch nur eine Beschwerde kriege, fliegst du raus – verstanden?«, hatte er gesagt und dabei an dem Büschel Haare an seinem Kinn gezupft, das er als Bart bezeichnete.

»Ich verstehe«, hatte Logan geantwortet und zu seinem großen, dürren Schwager aufgesehen, während er im Stillen die Fäuste ballte, um seine Wut unter Kontrolle zu halten. Oder besser: das Gefühl der Demütigung. Er ist zu alt dafür, um einen Job zu betteln. Wenn Mack vor fünf Jahren so herablassend mit ihm gesprochen hätte, hätte er das Bedürfnis gehabt, ihm eine reinzuhauen, egal ob Schwager oder nicht. Aber das war damals, und heute ist heute.

Er steigt aus dem Lieferwagen und atmet die heiße Morgenluft ein, erfüllt vom Duft von Geißblatt und noch etwas ... verrottendes Obst vielleicht? Die Straße ist von Mülltonnen gesäumt, die auf ihre Entleerung warten. Daher kommt wahrscheinlich der Geruch. Er lauscht kurz und hört das Zischen, Heulen und Krachen eines Müllwagens ein paar Straßen weiter. Am besten liefert er das Päckchen schnell aus, damit er ihm nicht im Weg ist.

Mit einem »Pling« erscheint eine Textnachricht auf seinem Handy. Er wirft einen Blick darauf.

Ruf mich an.

»Garantiert nicht«, murmelt er und stopft das Handy in die Hosentasche, genervt, dass er scheinbar nicht einen Tag verbringen kann, an dem ihm seine Vergangenheit nicht auf die Schulter klopft. Wegen ihr fährt er einen Lieferwagen für Mack und nickt jedes Mal brav, wenn sein Schwager ihm erklärt, er solle bloß auf dem rechten Weg bleiben. Er muss seine Vergangenheit hinter sich lassen in der Hoffnung auf eine Zukunft mit Debbie. Die die gleichen hohen Wangenknochen, blonden Haare und braunen Augen hat wie ihr überfürsorglicher großer Bruder, aber kombiniert mit vollen Lippen und einem Lächeln mit Grübchen. Anna, Macks Frau, ist auch groß, schmal und blond. Auf Gruppenfotos mit Debbies Familie sieht Logan – mit seinem dichten schwarzen Haar, den blauen Augen und der Haut voller Tattoos – aus, als wäre er aus Versehen ins Bild geraten.

Er schiebt die Seitentür des Lieferwagens auf und macht das richtige Paket ausfindig. Offensichtlich enthält es einen neuen Laptop. Dafür braucht er eine Unterschrift vom Empfänger, sonst muss er ihn am Ende seiner Schicht bei der nächsten Postfiliale abgeben. Er hofft wirklich, dass jemand zu Hause ist, denn er hasst es, den ganzen Tag mit teurer Elektronik im Laderaum herumzufahren. Die Angst, dass jemand etwas aus dem Lieferwagen klaut und er die Schuld dafür kriegt, verfolgt ihn täglich.

Er wirft einen Blick durch das schwarze Gittertor vor dem Haus und bewundert die Fülle an Rosa und Lila im sommerlichen Garten. Mit Erleichterung stellt er fest, dass kein Hund in Sichtweite ist. Zwei Roller liegen im Gras, ein blauer und ein neonpinker. Sie scheinen gleich groß zu sein; die Kinder, die hier wohnen, sind wohl in etwa gleich alt.

Er schiebt das Tor auf und folgt dem Pfad aus Steinen zu der soliden Holztür mit der großen schwarzen Klinke und dem kleinen metallenen Rechteck auf Augenhöhe, das vermutlich als Guckloch dient. Die Klingel befindet sich auf einem Ziffernblock neben der Tür. Als er sie betätigt, schallt eine Melodie durchs Haus, die ihm bekannt vorkommt, aber er weiß nicht, woher.

Er wartet auf das Geräusch von Schritten oder Kindergeschrei. Um die Zeit sollten sie noch nicht auf dem Weg zur Schule sein. Er hofft, dass sie noch zu Hause sind. Nur eine Straße weiter gibt es eine Schule, und im Geiste ermahnt er sich, die nächsten paar Stunden vorsichtig zu fahren in dem Viertel.

Während er wartet, sieht Logan sich um, bewundert die

großen grauen Blumentöpfe mit Ringelblumen neben der Tür. Der Vorgarten hier ist so groß wie ihre gesamte Wohnung, der hinter dem Haus sicher noch viel größer. Bestimmt hat es da einen Swimmingpool, vielleicht sogar einen Tennisplatz. Dennoch fühlt er bei dem Gedanken keinen Neid. Jeder hat sein eigenes Leben zu leben, seinen eigenen Weg zu gehen. Er ist zufrieden mit dem, was er hat, trotz des langweiligen Jobs und des etwas herablassenden Schwagers. Immerhin hat er einen Job. Und einen Schwager.

Hinter ihm ertönt ein Kratzen. Jemand hat das Guckloch geöffnet.

»Ja?«, fragt eine Frauenstimme zögerlich, wachsam.

»Ja, hi, ich habe hier ein Paket für Katherine West.« Er lehnt sich etwas vor, kann außer dunklem Glas aber nichts erkennen.

»Danke ... danke ... können Sie es einfach neben der Tür abstellen?«

»Tut mir leid, aber ich brauche eine Unterschrift dafür.«

»Das geht jetzt nicht.«

Logan seufzt. Wenn er den Laptop neben der Haustür liegen lässt und sie später anruft und behauptet, ihn nie erhalten zu haben, ist er seinen Job los.

»Ich kann es nicht einfach hier liegen lassen, Ma 'am. Sie müssen dafür unterschreiben. Wenn Sie ... sich erst was anziehen müssen oder so, kein Problem, ich warte so lange.«

»Nein«, sagt die Frau. »Ich kann die Tür nicht öffnen.« Sie klingt bestimmt, als würde sie ihm etwas erklären, das er eigentlich von selbst verstehen müsste.

Er merkt, wie er rot wird. Schon jetzt schwitzt er in der morgendlichen Hitze.

»Ich kann es nicht hier liegen lassen. Ich bringe es in Ihre örtliche Postfiliale, okay? Dort können Sie es heute nach fünf Uhr abholen.« Er tritt zurück, stellt sich bereits darauf ein, unverrichteter Dinge zum Lieferwagen zurückzugehen, bevor ihm noch etwas Dummes herausrutscht. Er hasst es, wie manche Leute mit schicken Häusern ihn ansehen. Problemlos kann er sich vorstellen, was ihr gerade durch den Kopf geht, während sie ihn durch das Guckloch beobachtet. Außer dem kleinen Totenkopftattoo mit den gekreuzten Knochen darunter auf seiner Wange kann sie nicht viel sehen, aber das reicht ihr, um sich ein Urteil über ihn zu bilden.

Und das versteht er. Aber er steht hier in einer Uniform vor ihr, das Paket in der Hand. In einem letzten Versuch hebt er es höher, bis sein Gesicht fast dahinter verschwindet. Ein Schweißtropfen rinnt ihm die Wirbelsäule hinab. Die Frau schweigt, aber er spürt, dass sie immer noch auf der anderen Seite der Tür steht. *Das ist es nicht wert.* Er wendet sich ab.

»Ich kann die Tür nicht öffnen«, wiederholt sie. »Bitte lassen Sie es einfach hier liegen«, sagt sie, als er bereits den Steinpfad betritt. »Bitte verstehen Sie.«

»Ich bringe es zu Ihrer örtlichen Postfiliale – dort können Sie es nach fünf heute Nachmittag abholen.«

»Bitte ...« Sie klingt angespannt, fast flehentlich.

»Es tut mir leid, Ma 'am.«

Er wendet sich endgültig ab und begibt sich leise fluchend zum Tor. Manchmal hat er das Gefühl, dass die erste Lieferung des Tages ein Vorzeichen dafür ist, wie der Rest der Schicht verlaufen wird. In dem Fall wird die heutige wohl ziemlich hässlich.

Als er wieder im Lieferwagen sitzt, dreht er die Klimaanlage auf und atmet ein paar Mal tief durch. Im Stillen zählt er bis zwanzig, während die Wut langsam abebbt. Als Aaron ihm damals die Methode des Durchatmens und Zählens erklärte, hielt er sie für ziemlichen Blödsinn. Aber der Antiaggressionstrainer bat ihn, es trotzdem zu versuchen, und Logan stellte fest, dass sie tatsächlich funktioniert. Damals war er nicht der Typ, der den Rat eines Psychologen befolgte. Er war nicht der Typ, der überhaupt je zu einem Psychologen gehen würde, wenn es nicht gerichtlich angeordnet wurde. Aber es war gerichtlich angeordnet worden. Und als er schließlich begann, mit Aaron zu reden, als er es aufgab, die Sitzungen schweigend und mit verschränkten Armen zu verbringen, lernte er tatsächlich einiges.

»Wäre es nicht schön, wenn jemand wüsste, was Sie durchgemacht haben? Nicht, was Sie getan haben, sondern, was Sie durchgemacht haben«, meinte Aaron nach der dritten Sitzung ohne ein einziges Wort von ihm.

»Vielleicht habe ich aber gar nichts durchgemacht«, antwortete Logan und biss die Zähne zusammen.

»Wirklich?« Aaron sah sich im Raum um, betrachtete die hellgrünen Wände und die Gitter vor den Fenstern.

Logan kratzte sich am Kinn, an dem er sich gerade einen Bart wachsen ließ, und sagte: »Mein Vater hat mir gerne Schläge auf den Hinterkopf verpasst, gelacht und gesagt, ich sei ein Ausrutscher gewesen, als er betrunken war.« In dem Moment sah er wieder den Ausdruck des Abscheus auf dem Gesicht seines Vaters. Dem gleichen Gesicht, das ihm heute aus dem Spiegel entgegenstarrt. Debbie meint, dass all die Tattoos nur dazu dienen, ihn anders aussehen zu lassen als den Mann, der sein allererstes mit den Worten quittierte: »Damit siehst du noch hässlicher aus als vorher. Und das will schon was heißen.«

»Das zu hören war bestimmt schwer«, sagte Aaron. »Wie alt waren Sie, als er das zum ersten Mal zu Ihnen gesagt hat?«

»Vier«, antwortete Logan. Und dann atmete er tief durch, um gegen den Schmerz anzukämpfen, der ihm plötzlich die Kehle zuschnürte. Nicht wegen des Mannes, der er heute war, sondern wegen des vierjährigen Kindes, das er einmal gewesen war. Das seinem Vater einfach nur seinen neuen Tonka-Laster zeigen wollte, dabei aber unwissentlich ein Footballspiel unterbrach. Wegen des fünfjährigen Jungen, dessen Freunde von Angelausflügen mit ihren Vätern erzählten, während sein eigener sich an Sonntagen lieber ordentlich betrank, gefolgt von einem Kater am Montagmorgen. Einen kräftigen Klaps jederzeit einer Unterhaltung vorzog und seine Enttäuschung deutlich zum Ausdruck brachte, wann immer er seinen Sohn zu Gesicht bekam. Der Schmerz stammte von all den Jahren, in denen sich seine eigenen Enttäuschungen angehäuft hatten. Bis er alt genug war, um ins Gefängnis zu kommen.

»Vielleicht haben Sie also doch das Eine oder Andere durchgemacht«, meinte Aaron sanft.

Logan knackte mit den Knöcheln. Er war stinksauer, dass Aaron ihn an all das erinnert hatte. Davon hatte er noch nie irgendwem erzählt. Aber nachdem er einmal damit angefangen hatte, konnte er nicht mehr aufhören. Er erzählte dem Mann ihm gegenüber Dinge, von denen er sicher gewesen war, sie für immer begraben zu haben. Schmerz, der eigentlich nie wieder ans Licht kommen sollte. Und es half. Genau wie die Übungen, die Aaron ihm zeigte, um seine »verständliche Wut« unter Kontrolle zu behalten. Auch für Maddy wurde er dadurch zu einem besseren großen Bruder. Weil er ihr dabei helfen konnte, zumindest mit einem Teil der Ablehnung fertigzuwerden, die sie von zwei Menschen erfuhr, die niemals hätten Kinder kriegen dürfen.

Offensichtlich hat er seiner kleinen Schwester jedoch nicht genug geholfen. Sonst hätte sie sich wohl kaum einen Freund gesucht, der der Inbegriff aller schlechten Eigenschaften ihres Vaters ist. Patrick ist etwas jünger als sie, nicht so clever und im Großen und Ganzen ein Schmarotzer. Und er hat einen üblen Sinn für Humor. Einmal nannte er Maddy die Oma ihres Unikurses, weil sie älter ist als ihre Kommilitonen, und meinte, sie hätte nur so gute Noten, weil sie den Professoren leidtue. Über ihren verletzten Gesichtsausdruck hat er einfach nur gelacht. »Verstehst du keinen Spaß?«, meinte er, und Logan konnte sehen, wie sie sich zu einem Lächeln zwang. Die gleiche Art Lächeln, die Maddy und er immer aufgesetzt hatten, als sie noch bei ihren Eltern wohnten. »Verstehst du keinen Spaß?«, hatte ihr Vater gesagt, nachdem er Maddy ein Pummelchen genannt hatte, weil sie als Teenager etwas zugelegt hatte. »Verstehst du keinen Spaß?«, hatte er Logan gefragt, nachdem er ihn »Captain Dämlich« genannt hatte, weil er in einer Prüfung durchgefallen war. »Verstehst du keinen Spaß?« heißt, dass derjenige, der gerade beleidigt wurde, kein Recht hat, sich darüber aufzuregen. Als Logan das erste Mal so einen Kommentar von Patrick mitbekam, starrte er Maddy wortlos an und musste sich zurückhalten, sie nicht kräftig durchzuschütteln, bis sie wieder zur Vernunft kam und erkannte, dass er genau das Gleiche tat wie ihr Vater.

Patrick hat auch die Angewohnheit zu schmollen, wenn er seinen Willen nicht kriegt. Maddy hat ihm erzählt, dass er gerne mit Türen knallt und schweigsam wird, wenn ihm etwas nicht passt. Schon als Kinder haben Maddy und Logan verstanden, dass, wenn ihr Vater mit Türen knallte und schweigsam wurde, bald darauf jemand Prügel bezog.

Aber Patrick schlägt Maddy nicht. Denn wenn er das täte ... Logan vertreibt den Gedanken.

Doch Katherine Wests Weigerung, die Tür zu öffnen, lässt ihn nicht los. Da war etwas in ihrer Stimme ... das ihn fast schon an Angst erinnerte. Und das Letzte, was sie gesagt hat, klang beinahe flehentlich: »Bitte verstehen Sie.« Warum sollte er das verstehen müssen? Entweder, sie kann die Tür öffnen, oder eben nicht. Weil sie zu wenig anhat oder beschäftigt ist. Was gibt es da zu verstehen?

Ein Schauer läuft ihm über den Rücken. In der Zeit, in der sie ihm erklärt hat, dass sie die Tür nicht öffnen könne, hätte er problemlos die ganze Auslieferung erledigen können. Sie hätte nur die Hand zum Unterschreiben ausstrecken müssen. Warum hat sie das nicht einfach getan?

Logans Haut beginnt zu prickeln, und das hat nichts mit der kalten Luft zu tun, die die Klimaanlage ins Innere des Lieferwagens bläst. Er hat schon früh gelernt, seinen Instinkten zu vertrauen. Darauf zu hören, was sein Körper ihm sagen will, auch wenn sein Gehirn es nicht begreift.

Sein Instinkt sagt ihm jetzt, dass hier etwas nicht stimmt. Dass es das war, was sie versucht hat, ihm zu sagen. Dass da drinnen irgendetwas vor sich geht. Er bremst und wirft einen Blick in den Rückspiegel, doch das Haus ist bereits hinter den Bäumen verschwunden.

Wenn er ein Päckchen an eine Familie mit kleinen Kindern ausliefert, löst das Türklingeln gewöhnlich ein hektisches »Nicht die Tür aufmachen!« von Vater oder Mutter aus.

In Katherine Wests Haus blieb alles still.

Im Rückspiegel begegnet er einen Moment lang seinem eigenen Blick. Dann legt er mit einem Ruck den Gang ein und tritt auf die Bremse, um die nächste Adresse ins GPS eingeben zu können.

Debbie meint immer, er mache sich über alles zu viele Gedanken. Und sie hat recht. Im Gefängnis hat man viel Zeit zum Denken. Vielleicht hat er einfach zu viel in das Ganze hineininterpretiert.

»Das ist nicht dein Problem, Babes«, würde Debbie sagen – zu recht.

»Nicht mein Problem«, sagt er laut und gibt Gas. Versucht, die Frau zu vergessen, während die Worte »Bitte verstehen Sie« ihm wieder und wieder durch den Kopf gehen. Versucht, die Unruhe zu ignorieren, die sich in ihm ausbreitet.

ZWEI

GLADYS

Gladys öffnet die Vorhänge im Gästezimmer und lässt die grelle Sonne herein. Das Fenster klemmt, und wie jeden Morgen stemmt sie sich fluchend dagegen. Mit einem »Ha!« lässt es sich endlich nach oben schieben. Die hereinströmende Luft ist warm und voller Düfte, aber schon um diese Uhrzeit schwül.

»Wir sollten heute alle Fenster geschlossen halten«, ruft ihr Mann Lou aus dem Schlafzimmer. »Halten Sie die Fenster geschlossen, schalten Sie die Klimaanlage ein und behalten Sie Haustiere drinnen, haben sie gestern Abend in den Nachrichten gesagt. Es sollen heute neununddreißig Grad werden, Gladys, du lässt nur die Hitze rein.«

»Ich lasse die muffige Luft raus. Und ich lasse das Fenster nur kurz offen. Abgestandene Luft kann ich nicht leiden«, ruft Gladys genervt zurück. Er weiß ganz genau, dass sie jeden Morgen die Fenster öffnet.

»Ich sag dir nur, was sie uns gestern in den Nachrichten geraten haben«, meint Lou. »Dann hör halt nicht auf die Experten. Machst du sowieso nie.«

Den letzten Kommentar ignoriert sie geflissentlich. Sie kann nicht schon so früh am Morgen mit ihm streiten.

Stattdessen schaut sie zum Nachbarhaus hinüber, zu den zwei Fensterreihen, die ihr entgegenstarren. Katherine scheint heute spät dran zu sein: Die Jalousien sind noch unten, die Fenster in den Kinderzimmern geschlossen. Das linke ist Georges Zimmer, das rechte Sophies. George hat tiefblaue Jalousien, Sophie leuchtend rosafarbene. Katherine hat erzählt, dass Sophie sie sich selbst ausgesucht hat, nachdem sie die alten Vorhänge mit den Tieren darauf letztes Jahr abgehängt haben. Wenn es nach Gladys ginge, würde man Kindern nicht in allem die Entscheidung überlassen, aber das behält sie lieber für sich. Zu oft hat sie sich in der Vergangenheit anhören müssen: »Du hast ja keine Kinder, du verstehst das nicht.« Wenn man die Erziehungsmethoden einer Mutter kritisiert, kann die ziemlich giftig werden. Deshalb beschränkt sie sich inzwischen darauf, ihren Gesichtsausdruck ihre Meinung kommunizieren zu lassen. Wann immer sie Eltern sieht, die sich ihrer Ansicht nach falsch verhalten, spürt sie förmlich, wie ihre Lippen zu einem dünnen Strich werden und ihre Augen sich verengen. Aber sie hält den Mund.

Komisch, dass die Jalousien immer noch unten sind. Die Kinder sind normalerweise vor ihren Eltern wach und rennen lauthals kreischend ins Schlafzimmer, um sie zu wecken. Irgendwann im Leben kommt man an den Punkt, an dem nicht jeder neue Tag einen automatisch mit Begeisterung erfüllt, sondern stattdessen zu etwas wird, dem man sich stellen muss. Das vor allem Arbeit bedeutet. Manchmal wünschte sie, sie könnte das Alter festmachen, in dem der Sonnenaufgang aufgehört hat, etwas Schönes zu sein.

Wenn sie so darüber nachdenkt ... heute Morgen hat sie die Kleinen gar nicht gehört. Sie sind generell ziemlich laut, deshalb hat sie neulich ihre eigene Regel gebrochen und mit Katherine darüber gesprochen, jedoch ohne Erfolg.

»Lou braucht seinen Schlaf«, hat sie Katherine erklärt. »Unser Schlafzimmer ist auf der Seite des Hauses, die euch zugewandt ist, wir hören alles.« Ihr ist bewusst, dass sie Lous Krankheit etwas zu oft als Ausrede benutzt. »Mein Mann ist krank«, kommt ihr mindestens zweimal am Tag über die Lippen. Ihm wäre es gar nicht recht, dass sie seinen Zustand mit praktisch jedem teilt, von ihrer Friseurin bis zu der jungen Bäckereiverkäuferin, aber die Krankheit hat genauso viel Einfluss auf ihren Alltag wie auf seinen. Vor zehn Jahren hat sich ihrer beider Leben für immer verändert.

»Ich rede mit ihnen, Gladys, versprochen«, sagte Katherine etwas verlegen, den Arm voller Pakete. Gladys war zwar bewusst, dass das nicht unbedingt der beste Moment war, um das Thema anzusprechen, aber es ist einfach mal nötig gewesen. George und Sophie haben als Babys nicht so viel Lärm gemacht wie jetzt als Fünfjährige. Damals hat sie noch mit Ohrstöpseln geschlafen, weil Lous Schnarchen unerträglich ist. Inzwischen geht das nicht mehr. Sie muss ihn hören. Zu groß ist die Angst, dass er mitten in der Nacht aufhört zu atmen und sie es nicht bemerkt.

»Kein Wunder, dass wir heute so lange geschlafen haben«, ruft sie zu Lou hinüber. »Ich glaube, die Kinder sind noch gar nicht wach.« Schlaf ist etwas, um das Gladys jede Nacht kämpfen muss. Abends ist sie bis auf die Knochen erschöpft. Aber sobald Lou anfängt zu schnarchen, fährt ihr Gehirn wieder hoch und dreht Runde um Runde im »Sorgenlaufrad«, wie sie es nennt.

Habe ich die Kfz-Versicherung bezahlt? Wann hat Lou den nächsten Arzttermin? Habe ich eingestellt, dass die Stromrechnung direkt abgebucht wird? Reicht das Geld auf dem Konto noch dafür? Warum macht das Auto neuerdings so ein komisches Klickgeräusch? Wie lange wird Lou noch leben? Wie soll ich nur ohne ihn weitermachen?

Runde um Runde drehen sich die Gedanken im Kreis, wie ein Hamster im Laufrad. Letzte Nacht war es besonders schlimm. Als sie das letzte Mal auf die Uhr gesehen hat, war es

3 Uhr morgens. Durch den Nebel aus Erschöpfung erschien ihr alles noch viel schrecklicher als sonst, und Lous Schnarchen fuhr ihr wie ein Presslufthammer in den Schädel. In ihrer Not drückte sie sich ein Kissen aufs Gesicht, damit die bitteren Tränen, die sie vergoss, Lou nicht weckten. Irgendwann schlief sie schließlich doch noch ein. Als sie heute Morgen aufwachte, stellte sie erstaunt fest, dass es bereits um sieben war und nicht halb sechs wie sonst. Die Angst, verschlafen zu haben, weil das Kissen alle Geräusche abgeblockt hatte, packte sie. Panisch sah sie nach Lou. Dass sie ihn dabei weckte, quittierte er mit einem ungehaltenen Grummeln und einem »ich brauche meinen Schlaf, Frau«.

»Tut mir leid«, antwortete sie, aber eigentlich tat es ihr gar nicht leid. Er war noch am Leben, und das war alles, was zählte.

»Sie müssen bald in die Schule«, ruft Lou jetzt herüber. Unter der Woche bringt Katherine die Kinder jeden Morgen zu Fuß zur Schule, außer es regnet oder ist zu kalt, dann fährt sie sie. Gladys und Lou sitzen zu der Zeit gewöhnlich im Wohnzimmer am großen Panoramafenster, das auf die Straße hinausgeht, und frühstücken. Toast und Eier für Lou, Müsli für sie. Immer wenn die Kinder am Haus vorbeikommen, lugen sie durch das graue Gartentor und winken Lou und Gladys. »Da sind diese Kinder wieder unterwegs«, sagt Lou jedes Mal, als hätte sie sie nicht gesehen. »Ja«, antwortet sie jedes Mal, während sie wie wild winkt, um sicherzugehen, dass die Kinder es auch mitkriegen.

»Es ist erst halb acht, Lou«, meint sie nun.

Als sie das Schlafzimmer betritt, rümpft sie ein wenig die Nase, weil es bereits jetzt heiß und stickig ist, obwohl sie die Klimaanlage erst vor ein paar Minuten ausgeschaltet hat. Lou beobachtet, wie sie die Vorhänge zurückzieht und die Fenster aufschiebt. Seine Lippen sind zusammengepresst; er versucht offensichtlich, sich den erneuten Kommentar dazu zu verkneifen. Er sitzt aufrecht im Bett, das graue Haar steht in alle Richtungen ab und die grauweißen Bartstoppeln lassen ihn älter aussehen. Sein blaues Pyjamaoberteil ist falsch geknöpft, und sie muss sich zusammenreißen, um nicht hinüberzugehen und das zu korrigieren. Er mag es gar nicht, wenn sie schon am Morgen Aufhebens um ihn macht, noch bevor er überhaupt aufgestanden ist. Unter der Bettdecke bewegt er schon mal die Füße, um die steifen Muskeln aufzuwärmen.

»Sie müssten eigentlich alle längst wach sein, so wie John heute Morgen davongebraust ist«, meint er gereizt. »Wie hast du das nicht hören können? Wenigstens bin ich danach noch mal eingeschlafen. So ruckartig loszufahren, dass die Reifen quietschen, ist gar nicht gut fürs Auto – ich muss es ja wissen, schließlich habe ich früher Autos verkauft.«

»Ich weiß, dass du früher Autos verkauft hast, Lou. Wir sind seit fünfundvierzig Jahren verheiratet. Das werde ich wohl kaum vergessen haben, oder?« Gladys merkt selbst, dass sie ungeduldig klingt, und hat ein schlechtes Gewissen deswegen. Die Hitze so früh am Morgen macht sie reizbar. Dass sie den ganzen Tag im Haus bleiben müssen wird, weil Peter, Lous Pfleger, heute nicht kommen kann, macht es nicht besser. Sonst wäre sie heute zum Strand runtergefahren, um ein bisschen schwimmen zu gehen. Oder hätte Penny angerufen. Die ist immer für ein Mittagessen im Restaurant zu haben.

Gladys atmet tief durch, faltet ihr Nachthemd und legt es unter das Kopfkissen, während sie sich vorstellt, unten am Meer zu sein, wo der intensive Salzgeruch sie in der Nase kitzelt und das kühle Wasser ihre Zehen umspielt.

Ich fahre einfach morgen. Aber heute übe ich mich in Geduld. Herr, gib mir die Kraft, heute geduldig zu sein.

Als Lou mit fünfundsechzig die Diagnose »Parkinson« bekam, war ihnen beiden bewusst, dass die Krankheit weiter fortschreiten würde. »Sie haben wirklich Glück gehabt, dass Sie so lange gelebt haben, ohne dass es Ihren Alltag sonderlich beeinträchtigt hat«, hatte der Arzt gesagt.

»Und ich will verdammt sein, wenn ich zulasse, dass es jetzt anfängt, mich zu beeinträchtigen!«, hatte Lou erklärt. Er war es nicht gewohnt, dass sich ihm etwas in den Weg stellte. Er hatte einen Körper wie ein Fass und war nur etwas größer als Gladys, hatte aber eine laute Stimme und eine starke Ausstrahlung. Wenn er einen Raum betrat, dann merkte man das. Seine tiefe Stimme erweckte augenblickliches Vertrauen. Deshalb war er als Verkäufer so erfolgreich gewesen. Gladys hatte ihm einmal dabei zugesehen, vor vielen Jahren, als sie zum Mittag verabredet gewesen waren. Sie hatte den Tag freigehabt. Sie wollten zu einem kleinen Restaurant am Hafen fahren, das einfach göttliche Garnelen servierte. Weil sie früh dran gewesen war, hatte sie sich noch ein wenig in die BMW-Ausstellungshalle gesetzt. Umgeben von all den glänzenden Luxuskarossen fühlte sie sich selbst ein wenig luxuriös, während sie Lou dabei zusah, wie er sich um einen Kunden kümmerte. Er nahm dessen Hand, ursprünglich, um sie zu schütteln; doch dann legte er die andere darüber und raunte ihm etwas zu, als verrate er ihm ein Geheimnis. Dabei nickte er, und schon bald nickte der Mann mit ihm, und der Deal war perfekt.

Parkinson begann langsam, aber spürbar, ihn zu beeinträchtigen. Eine Phase nach der anderen durchlief er, und jetzt, mit fünfundsiebzig, ist er bei Phase drei angekommen. Mit seiner Gehhilfe kommt er einigermaßen vorwärts, aber an den meisten Tagen muss er auf den Rollstuhl zurückgreifen. Peter kommt normalerweise jeden Tag für mindestens fünf Stunden vorbei, auch wenn Lou sich dauernd beschwert, dass ein Pfleger für ihn rausgeschmissenes Geld sei. Gladys erwidert immer: »Wir haben keine Kinder, Lou, und wir sind schon alt. Wofür sonst sollten wir das Geld ausgeben?«

»Du überlebst mich vielleicht um ein Jahrzehnt oder sogar zwei, altes Mädchen. Ich will nicht, dass es dir nachher an etwas fehlt.«

»Mach dir keine Gedanken. Es ist genug übrig, dass ich es

sehr bequem haben werde«, sagt sie jedes Mal, und dann flüchtet sie sich ins Badezimmer, um die Tränen zu verstecken, die ihr dabei kommen. Mit dem Umstand, dass ihnen keine Kinder vergönnt gewesen sind, hat sie schon vor langer Zeit ihren Frieden geschlossen, aber sie hat sich immer mit Lou alt werden sehen, und in ihrer Vorstellung sind sie beide auch zusammen gestorben.

Ein ganzes Leben haben sie miteinander geteilt, die Welt bereist, alles zusammen erlebt, was sie zu bieten hat, von langen Urlauben an sonnigen Stränden bis zu einer Kreuzfahrt durch die Antarktis. Über drei Jahrzehnte lang haben sie jedes Weihnachten in einem anderen Land verbracht. Heute können sie auf viele wunderbare Erinnerungen zurückblicken. Manchmal, wenn sie beide gut gelaunt sind, diskutieren sie darüber, welche Hotels auf ihren Reisen die besten waren. Gladys ′ Meinung nach ist es das Langham in New York, in dem sie übernachtet haben, während draußen ein Schneesturm wütete und sie drinnen in dem unaufgeregt eleganten Raum Champagner tranken; Lous Favorit dagegen ist das InterContinental auf Tahiti, in dem ihr Zimmer direkt am saphirblauen Ozean lag. Beim besten Essen, das sie je genossen haben, sind sie sich dagegen einig: das kleine Restaurant in einer Seitengasse in Portugal, das sonst nur von Einheimischen frequentiert zu werden schien. Manchmal überfällt sie aus dem Nichts eine Erinnerung, und sie sagt zu Lou: »Ich dachte wirklich, ich könnte überhaupt nicht mehr aufhören zu lachen ...«, und Lou beendet den Satz für sie: »... als der Kellner in Frankreich sich über deinen Versuch, Französisch zu sprechen, lustig gemacht hat«, und sie lachen gemeinsam darüber, auch wenn es schon viele Jahre her ist. Die Themen sind ihnen nie ausgegangen; nur ist ihr Leben in den letzten Jahren, seit es schlimmer geworden ist mit Lous Krankheit, auf ihr kleines Heim zusammengeschrumpft, und die meiste Zeit drehen sich ihre Unterhaltungen um seine nachlassende Gesundheit.

Auch wenn sie ihr Leben für nichts auf der Welt eintauschen würde, zeichnet sich der Verlust ihres besten Freundes immer bedrohlicher am Horizont ab. Dass sie so kurz angebunden mit ihm redet und immer öfter das Bedürfnis hat, ihrem Alltag und dem Haus zu entfliehen, ist wahrscheinlich eine Art Selbstschutz. Sie weiß einfach nicht, wie sie ohne ihn weiterleben soll. Sie hat zwar ein paar Freunde, aber keine, mit denen sie jeden Tag etwas unternehmen könnte. Penny kommt einer besten Freundin noch am nächsten, aber sie ist mit ihren Enkeln und ihrer Kunst so beschäftigt, dass sie sich nur für eine Stunde oder zwei für ein Mittagessen loseisen kann.

Peters Besuche wurden erst im letzten Jahr zu einer wirklichen Notwendigkeit. Wenn sie den ganzen Tag zu Hause eingesperrt ist, platzt ihr irgendwann der Kragen und sie fährt Lou an – und bereut es nachher bitter. Mit ihm zu leben war nie ganz einfach, aber dass sein eigener Körper ihn im Stich lässt, frustriert ihn, macht ihn mürrisch und launenhaft. Das ist ihr zwar bewusst, aber nicht immer kann sie damit so nachsichtig umgehen, wie sie es sich wünschen würde.

»Meinst du, ich sollte Katherine mal anrufen?«, fragt sie jetzt in versöhnlicherem Ton, streicht die Bettdecke glatt und schüttelt ihr Kissen auf. »Vielleicht ist eins der Kinder krank und ich könnte das andere in die Schule bringen.«

»Lass sie in Frieden, Gladys«, erwidert er. »Sie kann es nicht gebrauchen, dass du dich einmischst.«

»Sie hat fünfjährige Zwillinge. Da ist sie bestimmt für jede Hilfe dankbar, die sie kriegen kann. Und als Sophie letzten Monat eine Mandelentzündung hatte, hat sie mich schließlich auch gebeten, George in die Schule zu bringen, oder nicht?«

»Dann wird sie dich ja wohl auch jetzt von selbst fragen, wenn sie Hilfe braucht. Du könntest mir stattdessen lieber eine Tasse Tee machen. Mein Hals ist ganz trocken, und du weißt, dass ich meine Pillen früh am Morgen einnehmen muss.«

»Schon dabei, Lou«, erwidert Gladys, verlässt den Raum

und steigt langsam die Treppe hinunter. Auch wenn ihre Knie dabei protestieren, kann sie wenigstens noch laufen; dass Lou damit solche Probleme hat, tut ihr in der Seele weh. Letztes Jahr haben sie für ihn einen Treppenlift einbauen lassen, aber bisher hat sie es vermeiden können, ihn selbst zu benutzen. Denn wenn sie das täte, dann würde sie zugeben, dass sie selbst alt geworden ist; dabei muss sie doch für sie beide stark sein.

Sie füllt Wasser in den Kessel und beobachtet derweil die Loris, die auf den Ästen im Baum vor dem Fenster hin und her watscheln und die grünen Federn ihrer Flügel in der Sonne leuchten lassen. Normalerweise würden die Kinder um diese Zeit im Garten spielen. »Sie scheinen unerschöpfliche Energiereserven zu haben«, meinte Katherine dazu einmal. Aber Gladys hört weder das Quietschen der Schaukel noch das übliche fröhliche Geplapper. Deshalb beschließt sie, später doch mal rüberzuschauen. Nur um sicherzugehen. Das würde ein guter Nachbar einfach tun. Sie hat eigentlich keinen Grund, sich Sorgen um die Familie zu machen ... wäre da nicht der kleine Zwischenfall gestern gewesen, der sie ein bisschen beunruhigt hat. Wenn sie daran denkt, wird sie aus irgendeinem Grund unruhig, als hätte sie etwas vergessen oder müsste noch irgendetwas erledigen.

Vielleicht hätte sie ihn Lou gegenüber erwähnen sollen, oder sogar Katherine ... aber es war bestimmt nichts weiter.

Als sie Katherine und John kennenlernte, waren ihr die außergewöhnlichen dunkelbraunen Augen und das wundervolle, dichte goldbraune Haar aufgefallen, das ihr in sanften Wellen auf den Rücken fiel. Das kleine Bäuchlein bemerkte sie erst, als Katherine sich zur Seite drehte und der Wind ihr Oberteil gegen ihren Körper drückte. Gladys hatte nichts dazu gesagt, weil es nie eine gute Idee ist, den Körper einer Frau zu kommentieren. Als sie noch jünger war, war sie ein-, zweimal gefragt worden, ob sie schwanger sei, und das zu verneinen hatte ihr das Herz gebrochen. Aber Katherine hatte eine Hand schützend auf ihren Bauch gelegt, als sie Gladys' Blick bemerkte. »Zwillinge«, hatte sie mit einem Lächeln erklärt. »Es hat sofort geklappt.«

Gladys hatte gelächelt, während der »Willkommen in unserem Viertel«-Schokoladenkuchen in ihren Armen schwer wurde. »Wie schön«, hatte sie gesagt.

Wenn etwas nicht stimmt, dann würde Katherine es ihr sagen. Das würde sie doch … oder nicht? Dafür sind sie schließlich schon lange genug Nachbarn. Zwar nicht wirklich Freunde, aber Katherine weiß hoffentlich, dass sie sich auf Gladys verlassen kann, wenn sie sie braucht.

Während sie Lous Tee die Treppe hinaufbringt, beschließt sie, nachher wirklich mal rüberzugehen und zu schauen, ob alles in Ordnung ist. Schließlich ist doch nichts dabei, mal nach den Nachbarn zu sehen. Überhaupt nichts dabei.

DREI

Monster werden nicht geboren, sondern geschaffen. Ich war bestimmt ein ganz normales Baby. Und ein normales Kleinkind. Ich habe alle üblichen Meilensteine mitgenommen – im richtigen Alter sprechen gelernt, viel gelacht und süße Sachen gesagt. Und wenn ich die Chance erhalten hätte, wäre ich bestimmt zu einem ziemlich normalen Mann herangewachsen.

Ich erinnere mich noch genau an den Tag, als ich mit sieben Jahren in der Schule ein Murmelspiel nach dem anderen gewonnen und vor Freude in die Hände geklatscht habe. An das Lächeln meiner Mutter, als ich ihr davon erzählte. Wie ich auch meinem Vater an dem Abend davon erzählt habe. Er hörte aufmerksam zu, nickte und lächelte, als ich ihm erklärte, wie gut ich abgeschnitten hatte. Damals fühlte ich mich gesehen, geliebt. Manchmal versuche ich, mich daran zu erinnern, wie er früher war, die ersten zehn Jahre meines Lebens, aber es gelingt mir nicht immer. Mein damaliges Ich ist von dem überdeckt worden, das die Jahre seitdem bestimmt hat. Die, an die ich mich deutlicher erinnere. Weil sie voller Schmerz und Verwirrung waren. Sie haben ihre Spuren hinterlassen.

Wann genau sich alles verändert hat, kann ich gar nicht sagen. Es begann schleichend. Einfach zu behaupten, die Scheidung sei schuld, »Da ist es passiert«, fühlt sich falsch an. Die Veränderung kam mit der Zeit, ein Zwischenfall nach dem anderen trug dazu bei. Und irgendwann erkannte ich, dass ich in ihrem Leben einfach keine Rolle mehr spielte. Meine Mutter würde das bestreiten. Als sie noch glaubte, ich würde auf sie hören, schüttelte sie oft den Kopf und meinte: »So war das gar nicht. Deine Erinnerung spielt dir Streiche.«

Aber ich kenne die Wahrheit. Meine Eltern waren in ihrem alles einnehmenden Drama gefangen – und hörten einfach auf, mich wahrzunehmen.

Paare lassen sich scheiden und das Leben geht trotzdem weiter. Dabei ist es durchaus möglich, dass sie sich einvernehmlich trennen, auf vernünftige Art, und eine Lösung finden, was die Kinder angeht. Wut, Verrat, Hass und Tod müssen nicht zwingend ein Teil davon sein. Man muss nicht alles um sich herum kaputtmachen, nur um zu beweisen, dass man selbst verletzt wurde.

Aber manchmal passiert genau das. Und dann leiden alle Beteiligten darunter.

Ich dachte eigentlich, ich hätte die Ereignisse meiner Kindheit hinter mir gelassen. Anscheinend nicht. Es ist alles noch da, dicht unter der Oberfläche.

Mein Vater ertrug den Gedanken nicht, dass die Liebe seines Lebens ihn nicht länger zurückliebte. Damit wurde er nicht fertig. »Sie hat gesagt, sie könne sich nicht vorstellen, jemals jemand anderen zu lieben – und jetzt will sie die Scheidung? Wie kann das sein? Was ist mit unserem Ehegelübde, damit, den Partner zu ehren, in guten wie in schlechten Zeiten – was ist damit?« Er war so offensichtlich verwirrt, so spürbar verletzt.

Ich bin der Sohn meines Vaters.

Ich verliebe mich nicht leichtfertig. Ich habe nicht damit gerechnet, dass es passiert, aber nachdem ich dieses Gefühl einmal kannte, wollte ich es für den Rest meines Lebens behalten. Sie hatte anderes im Sinn.

Drei Paar Augen starren mich an; in ihrem Blick liegt die nackte Angst. Wenn man mich vor einer Woche gefragt hätte, ob ich hierzu fähig wäre, hätte ich Nein gesagt. Aber das liegt einfach daran, dass ich das Monster so lange versteckt gehalten habe. Vielleicht nicht so gut, wie ich dachte. Im Lauf der Jahre ist es Stück für Stück an die Oberfläche gekrochen ... und jetzt bin ich mehr Monster als ich selbst. So fühlt es sich zumindest an, während ich auf die drei hinabstarre.

Sie sehen mich an, als hätte ich spitze Zähne und scharfe Krallen. Das Monster ist da, und ich bin zu allem fähig. Heute Morgen im Spiegel habe ich meine blutunterlaufenen Augen und die Kratzer im Gesicht betrachtet, und es hat mir gefallen, was ich sah. Passend, dass ich so aussehe, wenn ich tue, was ich vorhabe zu tun.

»Was ...?«, beginnt sie. Ihre Stimme bricht, sie ist blass und in ihren braunen Augen glänzt pure Angst. Vor mir. Das stört mich nicht. Die beiden umklammern ihre Hände so fest, dass ihre Knöchel weiß hervortreten. Sie erwidert den Druck, will ihnen Sicherheit geben – aber das funktioniert nicht. Sie sollen glauben, dass alles wieder gut wird. Das wollen alle Mütter ihre Kinder glauben machen. Meine auf jeden Fall. Aber das stimmt nicht immer. Heute mit Sicherheit nicht.

»Warum?«, will sie mich fragen. Aber wenn sie nur kurz darüber nachdenkt, dann wird sie es von selbst erkennen; wird verstehen, warum.

»Psst, psst, psst«, warne ich sie. »Nicht reden. Ich hab hier das Sagen.«

Ich glaube, ich habe versucht, ein netter Mensch zu sein. Einer, den man lieben kann ... aber das hat nicht funktioniert. Nette Menschen übernehmen nicht das Kommando. Monster dagegen ...

»Psst«, wiederhole ich, einfach, weil ich es kann, weil sie keine Wahl hat, als auf mich zu hören.

»Psst.«

VIER

KATHERINE

Wenn sie eine Hand frei hätte, würde sie die Haut an ihrem Arm packen und so fest verdrehen, dass ein blauer Fleck zurückbliebe, nur um sicherzugehen, dass das hier gerade wirklich passiert. Dass jemand, den sie liebt und von dem sie dachte, dass er sie auch liebt, vor ihr und diesen zwei kleinen Kindern steht, mit der Macht in Händen, ihrem Leben ein Ende zu setzen. Doch die kleinen Händchen in den ihren schwitzen, und ihr wird klar, dass sie nicht loslassen kann. Sie brauchen die Bestätigung, die sie mit ihren Fingern versucht zu vermitteln: *Mama ist ja da. Alles wird gut. Mama ist ja da.* Aber nichts wird gut – wie auch? Wie zum Teufel sind sie in diesen Albtraum geraten, aus dem sie einfach nicht aufwachen kann? *Er liebt mich. Ich dachte, trotz allem liebt er mich. Wie kann er so etwas tun?*

Den Menschen, der vor ihr steht, kennt sie nicht mehr. Bis heute hätte sie ihn beschreiben können, hätte vielleicht sogar zugegeben, dass ihr Verhältnis angespannt ist. Jetzt weiß sie überhaupt nichts mehr. *Wer bist du? Was ist aus dir geworden?*, will sie ihn fragen, während er mit seinem T-Shirt über das schwarze Metall des Pistolenlaufs reibt. Wann ist er zu so einem Menschen geworden? Wie konnte ihr solch ein unglaublicher Wandel entgehen? Wie lange hat er das hier schon geplant? Tage? Wochen? Monate? Wie lange?

»Bitte«, sagt sie, »tu das nicht.«

»Gib mir dein Handy«, erwidert er.

»Nein«, bringt sie hervor, »ich brauche es.«

Er kommt zu ihnen herüber und setzt George die Waffe an die Schläfe, drückt so fest zu, dass der Junge den Kopf krampfhaft wegzieht. Sie spürt, wie ihr Sohn erstarrt, sein Körper an ihrem Körper. Sie lässt seine Hand los und legt ihm und Sophie stattdessen den Arm um die Schultern, zieht sie näher zu sich heran, spürt, wie sie sich an sie drängen.

»Ich sagte, gib mir dein Handy«, wiederholt er. Widerstrebend nimmt sie den Arm von der Schulter ihres Kindes, wühlt das Gerät aus ihrer Tasche und gibt es ihm. Als er sieht, dass ihre Hand dabei zittert, lächelt er. *Wo ist all die Liebe hin, die wir füreinander empfunden haben?* Sie erinnert sich an tausende Augenblicke, in denen er gelacht, sie angelächelt hat, an Tage voller Sonnenschein und Nächte voller Sterne – und doch sind sie jetzt hier. Und er sieht dem Menschen, an den sie sich erinnert, nicht mehr im Geringsten ähnlich. Wer weiß, ob sie jemals sein wirkliches Ich erkannt hat oder immer nur die Version, die sie sehen wollte. Unter ihre Angst mischt sich ein Hauch Scham, weil sie so töricht war. *Ich dachte, ich hätte alles im Griff – und meine Kinder müssen jetzt dafür bezahlen.*

Er starrt den Bildschirmschoner ihres Handys an: George und Sophie auf ihrer letzten Geburtstagsparty. Vor ihnen steht je ein Kuchen mit fünf Kerzen darauf, ihre Gesichter glühen förmlich im Licht der kleinen Flämmchen. Sie hockt zwischen ihnen, hat sich klein gemacht, um mit aufs Bild zu passen. »Bitte lächeln!«, hat ihr Mann gesagt, der Vater der beiden. Bitte lächeln.

Auf dem Bild wird die Ähnlichkeit zwischen ihnen deutlich: herzförmige Gesichter mit etwas zu spitzem Kinn. Ihre eigenen Augen sind braun, die ihrer Kinder grün, aber das haben sie von ihrem Vater. Als Babys waren sie noch blond, aber inzwischen sind ihre Haare hellbraun. Sophie wird sie später sicher färben und sich darüber aufregen, dass sie sich locken, wenn die Luft so feucht ist wie heute. Sie hatte noch keine Zeit, sie ihr zu kämmen. Keine Zeit.

Es hat Stunden gedauert, die Kuchen zu backen, die Fünf darauf zu formen und zurechtzuschneiden. Die Glasur hat sie selbst gemacht, eine in Rosa, eine in Blau, aber beim ersten Mal ist sie ihr misslungen, weil sie zu viel Wasser dazugegeben hat. Backen kann sie wirklich nicht besonders gut. Sie würde es gerne können, aber ihr fehlt einfach das Talent. Ihrer Mutter gelang jeder Kuchen problemlos, der Teig leicht und fluffig, das Gesamtkunstwerk perfekt dekoriert. Wenn sie noch gelebt hätte, als die beiden fünf Jahre alt wurden, hätte sie jedem von ihnen einen eigenen Geburtstagskuchen gebacken, genau wie zu ihrem ersten und zweiten und dritten und vierten Geburtstag.

Katherine muss schlucken und nimmt ihre Kinder fester in den Arm. Was würde ihre Mutter sagen, wenn sie das hier sehen könnte? Würde ihr das Herz brechen?

»Bist du sicher, Liebling?«, hatte sie Katherine am Abend vor ihrer Hochzeit mit John gefragt. »Bist du sicher?«, hatte sie sie vor jeder wichtigen Entscheidung ihres Lebens gefragt und ihr damit den Raum gegeben, sich die Sache noch einmal in Ruhe zu überlegen. Aber heute Morgen ist dafür keine Zeit.

Die Kinder pressen sich von beiden Seiten an sie, als wollten sie in sie hineinkriechen. George zittert. Seine kleinen Hände sind zu Fäustchen geballt. Er glaubt, stärker und tapferer sein zu müssen als Sophie, weil er ihr großer Bruder ist, auch wenn er nur drei Minuten vor ihr geboren wurde. Fünfjährige sollten nicht tapfer sein müssen.

Heute hätte ein ganz normaler Tag sein sollen. Sie hat die Trinkflaschen der Kinder in Vorbereitung auf die Hitzewelle eingefroren, sodass das Wasser darin im Laufe des Tages schmilzt, damit sie zum Mittag und in den Pausen eiskaltes Wasser trinken können. An einem ganz normalen Tag würden sie sich jetzt gerade für die Schule fertigmachen. Sie hat sich darauf gefreut, sie hinzubringen, bevor es richtig heiß wird, und wollte dann ein paar Runden im Schwimmbecken des Fitnessstudios drehen, bevor sie die Einkäufe erledigt. Eiscreme stand ganz oben auf der Liste.

»Ist das eine echte Pistole?«, flüstert ihr Sohn.

»Psst«, macht sie.

Er lächelt und nickt. »Die ist so echt, wie es nur geht, Georgie-Boy.«

Gestern hat George eine neue Murmel von der Schule mit nach Hause gebracht, blau und mit Sternchen darin, die man nur sehen kann, wenn man sie sich ganz nah vors Auge hält.

»Das ist die tollste Murmel, die ich je gesehen habe«, hat sie zu ihm gesagt und es auch so gemeint. Er hat gegrinst, ein breites Grinsen, das sein ganzes Gesicht einnahm und seine grünen Augen zum Leuchten brachte. Sophie interessiert sich nicht für Murmeln. Dafür ist sie von Polly-Pocket-Puppen besessen, nimmt sie überallhin mit, auch wenn sie in der Schule dafür ausgeschimpft wird.

Letzte Nacht hat Katherine stundenlang schlaflos an die Decke gestarrt, weil ihre Tochter schon mit fünf Jahren Ärger bekommt. Schließlich hat sie beschlossen, eine Sternchentafel für die Zwillinge aufzuhängen, mit der sie sie belohnen wird, wenn sie brav sind. Dennoch macht sie sich Sorgen um sie, denn beide, vor allem Sophie, beginnen, die Anspannung zu spüren, die in ihrem Zuhause herrscht. Sie hat gedacht, gehofft, dass sie ihre Probleme vor den Kindern geheim halten können, aber scheinbar ist ihnen das nicht gelungen.

Ihre Gedanken kehren zu dem Streit letzte Nacht zurück – obwohl »Streit« eine ziemliche Untertreibung ist.

Danach ist John auf das Sofa im Wohnzimmer umgezogen

und heute Morgen davongerauscht, mit quietschenden Reifen und immer noch kochend vor Wut. Zu dem Zeitpunkt ist sie froh gewesen, dass er für den Rest des Tages unterwegs sein würde.

»Wo ist Daddy?«, fragte Sophie, als sie bei Sonnenaufgang in ihr Bett gekrabbelt kam. Katherine hat versucht, dafür zu sorgen, dass sie morgens ruhiger sind. Gladys hat sich über den Lärm beschwert, und sie hat ein schlechtes Gewissen wegen Lou, der seinen Schlaf braucht. Meistens vergessen sie ihre warnenden Worte, aber heute Morgen sind ihre Kinder beide so leise gewesen, dass sie sie gar nicht bemerkt hat, bis sie bei ihr im Zimmer standen.

»Er hat unten geschlafen, weil ihm der Rücken wehtat.«

»Ihm tut ziemlich oft der Rücken weh«, hat George bemerkt. »Vielleicht sollte er mal zum Rückenarzt gehen.«

»Vielleicht«, stimmte Katherine zu, und die Lüge brach ihr das Herz, die Notwendigkeit, sie anzulügen, denn die Wahrheit konnte sie ihnen nicht sagen. Das würde ihre kleine Welt zum Einsturz bringen, und noch war sie nicht sicher, ob es für ihre Ehe nicht doch noch einen Weg zurück gab.

Aber jetzt ... jetzt ist es zu spät. Sie weiß, dass der heutige Tag nur auf eine Art enden kann, und dieser Gedanke hat sich in ihr festgesetzt, zähflüssig und erstickend.

Gestern drehte sich ihr Leben noch um eine neue Murmel und Sorgen wegen der Schule und Spaghetti zum Abendessen – heute um eine Pistole und den beißenden Gestank der Angst, der sich im Raum auszubreiten beginnt.

Gestern Abend dachte sie, der Streit sei einer mehr, als sie ertragen könne – und jetzt das.

Nichts, was sie sagen könnte, würde irgendetwas an der Situation ändern. Die einzige Hoffnung, die ihr bleibt, ist, ihre Kinder zu retten. Sie muss dafür sorgen, dass sie in Sicherheit sind.

Die Worte, die sie ihm im Streit entgegengespuckt hat,

hallen in ihr wider: »Ich werde dich verlassen und die Kinder mitnehmen.«

»Du gehst nirgendwo hin, Katherine. Mach dich nicht lächerlich.«

Er hat recht behalten. Auf geradezu erschreckende Weise.

»Pistolen töten Menschen«, sagt George.

Sie nickt, ohne nachzudenken, und bereut es sofort. Sie sollten nicht noch mehr Angst haben müssen als sowieso schon. John und sie sind sich einig gewesen, dass die Kinder nicht mit Spielzeugpistolen spielen dürfen. Sie sollen nicht auf die Idee kommen, dass Pistolen etwas sind, mit dem man so tut, als ob, sollen keine Gewaltfantasien entwickeln. Und jetzt hat sie eine echte Pistole im Haus, in ihrem Zuhause, die auf sie und ihre Kinder gerichtet ist. Nicht mal, als sie noch Single war, in der Stadt als Verwaltungsangestellte für einen ruppigen alten Mann gearbeitet hat, der sie Katie nannte, und in einer Einzimmerwohnung in einem heruntergekommenen Viertel wohnte, hat sie je eine echte Pistole gesehen. Bis heute.

»Alles wird gut«, sagt sie leise zu ihren Kindern.

»Alles wird gut«, äfft er sie mit hoher, weinerlicher Stimme nach und richtet die Waffe direkt auf ihren Kopf. Ist sie wirklich echt? Könnte er das hier mit einer Spielzeugpistole tun? Nein – die Pistole ist schwer. Sie ist echt.

»Tatsächlich«, sagt er und lässt sich vor dem Sofa, auf dem sie sitzen, auf die Knie nieder, »wird nicht einfach alles wieder gut. Zumindest nicht für euch.« Er lacht, und kleine Spucketröpfchen fliegen durch die Luft. Katherine spürt brennenden Hass in sich aufsteigen. Was ist nur aus ihm geworden?

Er wirft noch einen Blick auf ihr Handy, dann schaltet er es aus und steckt es in die Hosentasche. Die Geste schickt eine Welle der Panik durch ihren Körper. Jetzt sind sie hier drinnen mit ihm gefangen, haben keine Möglichkeit mehr, mit der Außenwelt zu kommunizieren. Das hat sie heute Morgen bereits versucht, als es an der Tür geklingelt hat.

Das Geräusch ließ ihn zusammenzucken, und für einen Moment wirkte er unsicher. »Erwartest du jemanden?«, fragte er leise.

»Nein.«

»Dann sieh zu, dass du loswirst, wer auch immer das ist, und zwar schnell. Sprich durch das Guckloch. Mach auf keinen Fall die Tür auf.«

»Kann ich die Kinder mitnehmen?«

Er schüttelte langsam und bedacht den Kopf, wie ein Vater, der von seinem Kind enttäuscht ist, und hielt ihren Blick fest, während seine Mundwinkel sich ob ihrer lächerlichen Frage ein winziges Stück hoben.

»Hältst du mich für dumm, Katherine?« Bekräftigend tippte er sich mit dem Pistolenlauf gegen die Schläfe.

»Nein, nein, ich gehe, ich werde denjenigen schon irgendwie los.«

»Ich höre alles mit an, was du sagst. Jedes. Einzelne. Wort.« Während er das sagte, bewegte er die Waffe zwischen den Köpfen ihrer Kinder hin und her. Katherine schluckte krampfhaft, um sich nicht zu übergeben.

Sie spürte, dass der Paketbote genervt von ihr war. Sie hatte es nicht geschafft, ihm zu vermitteln, was hier gerade geschah, und er hatte ihren neuen Laptop genommen und war wieder gefahren. Der hatte auch zu ihrem Plan für den Tag gehört: ein paar Runden im Schwimmbad, einkaufen und dann den neuen Laptop einrichten. Ein ganz normaler Tag.

»Was willst du?«, fragt sie ihn jetzt, die Stimme ganz kratzig vor Angst. Wie soll sie die Kinder nur hier raus- und von ihm wegschaffen?

»Ich will ... ich will, dass du mir zuhörst. Mir nicht ins Wort fällst, nach Erklärungen suchst, nach Ausflüchten. Ich will einfach, dass du mir zuhörst.«

»Ich werde dir zuhören. Und was dann? Was passiert danach?« Sie wünschte, sie könnte die Verzweiflung aus ihrer

Stimme verbannen, ihren Körper besser kontrollieren. Eine Träne rollt ihr über die Wange.

»Tja, das wirst du dann schon sehen.« Er lässt sich in den Ledersessel fallen, schiebt die Lehne zurück und legt die Beine auf die dabei herausfahrende Fußstütze, entspannt und gelassen. Er hat alle Zeit der Welt. Katherine und ihre Kinder nicht. Er hat keinen Plan. Dafür jede Menge aufgestaute Wut. Und eine Waffe. Das Prickeln auf ihrer Haut verrät ihr, dass ihn die Kombination gefährlicher macht, als wenn er die nächsten Schritte durchgeplant hätte. Weitaus gefährlicher.

FÜNF

LOGAN

Logan steigt wieder in den Lieferwagen. Während er losfährt, stellt er die Lüftungsöffnungen der Klimaanlage so ein, dass sie ihm direkt ins Gesicht bläst. Es fühlt sich an, als wäre er schon ewig unterwegs, dabei ist es erst 8:30 Uhr morgens. Die letzte Lieferung war ziemlich schwer – zwei Pakete mit Büchern, wohl für einen Studenten, der im dritten Stock in einem Gebäude ohne Aufzug wohnte. Der Kleine war so ungeduldig, die Pakete zu öffnen, dass er bereits am Paketband riss, noch bevor die Tür ins Schloss fiel. Wie es wohl ist, mit so viel Leidenschaft für etwas zu brennen, dass man einfach alles darüber lesen will? Nur mit Mühe kann Logan sich daran erinnern, wie es war, als er so alt war, achtzehn oder vielleicht neunzehn.

Wütend war er damals vor allem, stinksauer auf Gott und die Welt – mit Ausnahme von Maddy, die damals erst elf war und so fröhlich lachte, dass er nie lange schlecht gelaunt sein konnte.

Wieder macht sein Handy »Pling«, und auch wenn er weiß, dass er beim Fahren nicht auf den Bildschirm schauen sollte, riskiert er einen kurzen Blick darauf.

Ruf mich an. SOFORT.

»Ach, jetzt geben wir schon Befehle, ja?«, höhnt er.

Als er an einer roten Ampel sowieso anhalten muss, tippt er auf den Bildschirm am Armaturenbrett und ruft stattdessen seine Schwester an. »Hi, hier ist Maddy, hinterlasst eine Nachricht.«

»Hi Maddy, wollte nur mal hören, wie's dir geht. Wie's bei dir so läuft. Ruf mich doch bei Gelegenheit mal zurück.«

Maddy ist wahrscheinlich schon in der Uni. Sie ist eine »Spätstudierende« im Lehramtsstudiengang – auch wenn fünfundzwanzig in seinen Augen nicht gerade »spät« ist. Trotzdem hat sie ständig Angst, hinter ihren Kommilitonen zurückzubleiben, deshalb lernt sie mehr als die meisten. Ein weiterer Grund, warum es ihn so aufregt, dass sie immer noch mit Patrick zusammen ist. Er mag es nicht, dass sie so viel lernt, weil sie dadurch weniger Aufmerksamkeit für ihn übrig hat.

»Dann soll er sich eben einen Job besorgen«, hat Logan zu ihr gesagt. »Er sollte sein eigenes Geld verdienen, damit du nicht tagsüber studieren und die halbe Nacht noch kellnern musst.«

»Er gibt sich Mühe, Logan, aber er hat keine Ausbildung. Er meint, dass Architektur vielleicht was für ihn wäre. Er zeichnet wirklich gut.«

»Ist das so?«, spottete Logan.

Er wünschte, er würde noch in Sydney wohnen, damit sie sich regelmäßig treffen könnten. Andererseits braucht er mit dem Flugzeug nur zwei Stunden rüber, und sie können ja jederzeit telefonieren. Maddy hatte das Bedürfnis, noch mehr Abstand zwischen sich und ihre Familie zu bringen, als Logan es getan hat. »Ich kann nicht im selben Bundesstaat leben wie sie. Sie reden ständig davon, dass ich sie besuchen soll, aber ich will einfach nicht wieder da reingezogen werden.« Daraus kann er ihr nicht mal einen Vorwurf machen. Er ist gegangen, als er achtzehn war, weil er keine andere Wahl hatte. »Nimm mich mit!«, hatte Maddy gebettelt, aber er hatte gewusst, dass er nicht fähig war, sich um ein Kind zu kümmern, auch wenn es ihm das Herz brach, sie da zurückzulassen. »Das geht nicht, Maddy. Ich hab kein Geld und muss mir erst mal eine Wohnung suchen. Aber ich ruf dich ganz oft an.«

»Versprochen?«, hatte sie ihn an seinem letzten Tag zu Hause gefragt. Sein Vater warf ihm höhnische Blicke zu, seine Mutter ignorierte ihn komplett. Nur Maddy weinte beim Abschied, und er nahm sie fest in den Arm. »Versprochen«, hatte er ihr ins Ohr geflüstert. Was auch immer sonst in seinem Leben passieren würde, seine Schwester würde er nie im Stich lassen.

In der ersten Zeit in Melbourne hatte sie Probleme klarzukommen, aber inzwischen scheint sie ihren Weg gefunden zu haben.

Logan hat dafür deutlich länger gebraucht. Lange Zeit sah er keine Zukunft für sich. Trieb jahrelang durchs Leben und ließ die Dinge einfach passieren. Ließ sich in Sachen verwickeln, mit denen er eigentlich nie etwas hatte zu tun haben wollen. Bis zu der Nacht, in der er Debbie kennenlernte – und sich alles änderte.

Erst seit sie zusammen sind, hat er wirklich verstanden, wie eine Familie sein sollte. Debbie telefoniert stundenlang mit ihrer Mutter und ihrer Schwägerin und ihren diversen Cousinen. Wenn einer aus der Familie krank ist, dann rufen alle an und machen sich Sorgen. Wenn ein Geburtstag ansteht, diskutieren sie gemeinsam über mögliche Geschenke. Erfolge werden gefeiert, Tragödien gemeinsam betrauert.

Beim Fahren tippt er Debbies Nummer ein. Heute ist sie

nicht im Krankenhaus, sondern zu Hause. Sie ist Krankenschwester auf der Entbindungsstation und hilft jeden Tag, neues Leben auf die Welt zu bringen. So schön ihre Arbeit ist, so anstrengend ist sie auch, und so fängt sie sich alles ein, was gerade an Erkältungen und Magen-Darm-Infekten rumgeht. Heute Morgen in aller Frühe hat er ihr eine Tasse Tee gekocht und sie ihr auf den Nachttisch gestellt, damit sie etwas zu trinken hat, wenn sie wach wird, auch wenn der Tee bis dahin wahrscheinlich nur noch lauwarm ist.

Inzwischen ist sie bestimmt wach.

»Hey Babes«, meldet sie sich, »ist es dir schon heiß genug?«

Das bringt ihn zum Lachen. »Fragst du mich das jetzt jedes Mal heute, wenn ich anrufe?«

»Yep. Ich hab gerade mein Buch fertig gelesen, und bis ich ein neues runtergeladen habe, muss ich mich mit dir bei Laune halten.«

»Wie geht's dir?«

»Na ja, mir ist ein bisschen übel, und auch sonst bin ich nicht gerade fit. Aber wenigstens läuft mir nicht mehr ständig die Nase. Hab ja auch genug Zeugs eingeworfen, damit das aufhört.«

»Du Arme. Hey, ich hatte heute Morgen eine schräge Lieferung.«

»Ouuuh, erzähl – war sie nackt?«

»Nee«, lacht er. Das ist ihm tatsächlich mal passiert. Dummerweise war die Dame mindestens achtzig. Sie tat ihm leid, weil sie sich nicht einmal bewusst war, dass sie splitternackt herumlief. Er wendete den Blick bewusst ab und tat so, als wäre sie bekleidet.

»Ich sollte einen Laptop ausliefern, und dafür muss der Empfänger unterschreiben. Aber die Frau wollte partout die Tür nicht öffnen.«

Debbie schweigt einen Moment. »Hast du das Hemd mit

den langen Ärmeln an?« Sie fragt vorsichtig, weil sie weiß, dass das derzeit mit Abstand der schlimmste Teil seines Jobs ist. Im Winter ist das kein Problem, aber er hasst es, wenn es heiß ist. Dann fühlt er sich eingesperrt und klaustrophobisch. Er hasst das Gefühl, eingesperrt zu sein.

»Natürlich, Debbie. Ich hab es Mack doch versprochen.«

Dabei geht es gar nicht so sehr darum, dass seine Arme von Tattoos bedeckt sind ... das Problem sind die *Motive*. Das Messer, von dem Blut tropft; die Waffe, die eine Kugel abfeuert, darunter die Worte »memento mori«. Der Schädel mit gekreuzten Knochen, in dessen Augenhöhle eine schreiende Frau gefangen ist; die sich windende Schlange mit den langen Zähnen, die seinen Hals emporkriecht. Die Motive hatte er sich ausgesucht, als er betrunken war oder die Wut mal wieder überhandgenommen hatte. Inzwischen bereute er sie. Die Tattoos entfernen zu lassen würde ein Vermögen kosten, und sein Körper wäre zeit seines Lebens mit Narben übersät. Er hat schon mehrfach mit dem Gedanken gespielt, sie einfach mit anderen Tattoos überdecken zu lassen, aber sobald er ein Tattoostudio betritt, fühlt er sich unheimlich unwohl. Das bringt Erinnerungen zurück, die er lieber für immer begraben lassen würde. Seine Tattoos hat sich ein anderer Mann stechen lassen, und dem will er nie wieder begegnen.

»Natürlich, entschuldige, Babes. Dir ist bestimmt total heiß damit«, sagt Debbie.

»Ich komm schon klar. Jedenfalls, diese Frau will also die Tür nicht aufmachen, und als ich ihr sage, ich warte auch gerne, bis sie sich was angezogen hat oder so, meint sie, ich müsse verstehen, dass sie die Tür nicht öffnen könne. Das ›verstehen‹ hat sie richtig betont.«

»Es gibt einfach komische Leute«, meint Debbie.

Logan schüttelt den Kopf. »Ich glaube, dass bei ihr daheim irgendwas nicht stimmt. Ich habe keinen Mucks von den

Kindern gehört, und ich bin sicher, dass sie welche hat, ziemlich klein noch, weil zwei Roller im Garten lagen.«

»Das klingt, als würdest du zu viel reininterpretieren. Vielleicht sind die Kinder früher zur Schule gegangen, oder sie waren mit ihrem Dad unterwegs, oder haben bei Freunden übernachtet und sie hat sich derweil mit ihrem Mann oder ihrem Geliebten vergnügt. Was hinter verschlossenen Türen passiert, bleibt hinter verschlossenen Türen, wie man so schön sagt.«

»Vielleicht. Aber ich denke trotzdem, dass da was nicht stimmt«, erwidert er und runzelt die Stirn.

»Zerbrich dir nicht zu sehr den Kopf darüber, Babes. Bring einfach deine Runde zu Ende, und wenn du nach Hause kommst, wartet ein schönes kaltes Bier auf dich. Wenn's mir bis dahin besser geht, könnten wir zum Strand runterfahren und ein bisschen spazieren gehen.«

Logan beißt sich auf die Lippen. Klar, dass Debbie versuchen würde, ihm das ungute Gefühl wegen der Lieferung auszureden. Schon möglich, dass er sich das alles nur eingebildet hat, weil seine Fantasie mit ihm durchgegangen ist, aber er kann die Unruhe einfach nicht abschütteln. Bei dem Gedanken daran zieht sich ihm der Magen zusammen, als wolle sein Körper ihm sagen, er solle dem Ganzen endlich mehr Aufmerksamkeit widmen.

»Ein kaltes Bier klingt gut«, ist alles, was er sagt, weil er genau weiß, dass Diskutieren nichts bringt. Debbie kann dieses Gefühl nicht verstehen. Er versteht ja selbst nicht, warum er sich um irgendeine Frau Sorgen macht, die er gar nicht kennt und die in einem Haus wohnt, in dem er noch nie zuvor gewesen ist.

»Freu dich schon mal drauf. Ich liebe dich. Genieß den Rest des Tages.«

»Ich lieb dich auch. Ruh dich aus und werd' gesund.«

Debbie wirft ihm durch den Hörer noch einen Kuss zu,

bevor sie auflegt, und zaubert damit ein Lächeln auf Logans Gesicht. Das erinnert ihn daran, wie er sie kennengelernt hat. Versonnen reibt er sich das Kinn. Es war drei Uhr morgens in der Notaufnahme.

Er war noch etwas benommen von dem Taser und zitterte dank der Nachwirkungen des Meth, das er an dem Abend das erste Mal probiert hatte. Und weil er mit der Faust ein Fenster eingeschlagen hatte, war er über und über mit Blut bedeckt. Die Polizei hatte ihn in die Notaufnahme gebracht, damit seine Hand versorgt werden konnte. Er weiß noch, dass es zwei Polizisten waren, ein Mann und eine Frau, aber an ihre Gesichter kann er sich beim besten Willen nicht erinnern. Das Anfangshigh war grandios gewesen, sein Körper überschwemmt mit Dopamin, kombiniert mit dem Adrenalin, das ihm durch die Adern schoss. Er hatte sich unbesiegbar gefühlt, war überzeugt gewesen, dass er mit der Faust einfach durch die Glastür am Seiteneingang des Hauses schlagen konnte, vor dem er sich wiedergefunden hatte, ohne auch nur den Schimmer einer Idee zu haben, wie er dort gelandet war. Er hatte nicht geglaubt, dass es wehtun könnte, dass er den Schmerz überhaupt spüren würde.

Heute weiß er, dass er die fünf Kilometer von Nicks Wohnung bis dahin gerannt ist. Mit Nick konnte man Pferde stehlen – wortwörtlich. Er war ein Kumpel aus dem Fitnessstudio. Das war der einzige Ort, an dem Logan sich damals zu Hause fühlte, wo er Leute fand, die ihn verstanden. Nick war klein und dünn und hatte ein Bubigesicht. Er redete mehr, als dass er trainierte, und nahm Drogen, aber er versicherte Logan, dass er das absolut unter Kontrolle habe. Seine Eltern hätten versucht, ihm zu helfen, die Schule hätte es versucht, dann Therapeuten – die ganze Welt schien versucht zu haben, Nick wieder auf den rechten Weg zu bringen. Aber Nick wollte gar keine Hilfe.

Gemeinsam hatten sie ein kleines Vermögen zusammengeklaut, indem sie die Häuser, in die sie einbrachen, sorgfältig auswählten: solche, die eine Cannabisplantage im Keller hatten, und solche, in deren Hinterhof Meth hergestellt wurde. Da gab es jede Menge Cash, und keiner der Einbrüche wurde je gemeldet. Die Jobs waren gefährlich, weil immer irgendwer eine Knarre dabeihatte – Junkies, die dort herumhingen, und Leute, die ihr Investment schützen wollten. Aber Nick und er stellten sich clever an. Sie brachen ein paar Mal ein und hielten dann monatelang die Füße still, während sie das erbeutete Geld verprassten. Das ging jahrelang so, seit der Zeit, als er Nick kennengelernt hatte. Damals war Logan dreiundzwanzig gewesen und hatte nach einem Ausweg aus der endlosen Folge an schlechten Jobs gesucht, bei denen er ständig rausgeschmissen wurde, weil er die Klappe zu weit aufriss oder jemandem eine verpasste. Mit Autorität kam er nicht gut zurecht, und Kritik nahm er stets persönlich.

Am Anfang hatten sie noch keine Drogenhäuser ins Visier genommen.

»Da ist dieses Haus, bei meinen Eltern in der Nähe«, sagte Nick eines nachts bei einem Bier. »Sie sind gerade erst eingezogen, aber noch wohnt da keiner, weil sie frisch gemalert haben. Das ganze Haus ist voller teurem Zeug, und keine Menschenseele in der Nähe.«

Logan runzelte die Stirn. »Und?«

»Wir könnten einfach hingehen und uns ein bisschen bedienen. Ich kenn da einen Typen, der das Ganze für uns verticken kann. Keine Probleme, kein Stress und die sind eh versichert – das kratzt die gar nicht.«

»Ich bin kein Dieb, Nick.«

»Ach ja, und was bist du, Logan? Grad dabei, deinen Doktor zu machen?« Nick sah ihn mit hochgezogener Augenbraue an, ein Grinsen auf dem Gesicht.

»Sei kein Arsch.«

»Ich bin kein Arsch. Ich sage nur, das ist leicht verdientes

Geld. Wir gehen rein, nehmen uns mit, was uns anlacht, und verprassen den Gewinn.«

Und es war wirklich leicht verdientes Geld gewesen. Er erinnert sich noch an das Gefühl der Kontrolle, als er den Stapel Geldscheine zählte, der seinen Anteil ausmachte. Die ganze Aktion hatte nur eine Stunde gedauert, und zwei Tage später hatten sie den Gegenwert ihrer Beute in der Hand. Fünfzig Dollar steckte er in einen Umschlag und schickte ihn Maddy mit der Anweisung, sie gut zu verstecken und damit zu kaufen, was sie für die Schule brauchte. Bargeld verschwand in ihrem Elternhaus immer ziemlich schnell; stattdessen tauchten Zigaretten und Alkohol auf. Das erste Mal in seinem Leben hatte er das Gefühl, in etwas wirklich gut zu sein.

Nicht immer war es so einfach. Manche Häuser hatten Alarmanlagen, bellende Hunde oder wütende Bewohner. Wenn sie ein Geräusch hörten, brachen sie die Sache sofort ab, und wenn die Polizei eintraf, waren sie längst über alle Berge.

Irgendwann schlug Nick vor, Häuser ins Visier zu nehmen, in denen die schmale Grenze des Gesetzes sowieso jeden Tag überschritten wurde.

»Niemand ruft die Cops, wenn du ihnen das Geld abnimmst, das sie beim Verkauf ihrer Drogen eingenommen haben – niemand.« Er war so selbstbewusst, so sicher, dass er damit durchkommen würde. Und er hatte recht – die meiste Zeit.

Damals hatte Nick seinen Kokainkonsum noch unter Kontrolle – das behauptete er zumindest. Dafür begann er, mit anderen Sachen zu experimentieren.

Logan weiß bis heute nicht, warum sie in dieser Nacht nicht nur das Geld, sondern auch einen Teil der Drogen mitnahmen. Normalerweise ließen sie von denen tunlichst die Finger – das war Teil ihrer Strategie. Deshalb waren sie jahrelang mit ihren Diebstählen durchgekommen.

Beim Fahren geht ihm durch den Kopf, dass alles besser ist,

als keinen Job zu haben, selbst wenn es die letzte Drecksarbeit ist. Wenn seine Schicht zu Ende ist, kann er sich zu Hause neben seine Frau auf die Couch setzen in dem Wissen, dass er etwas geschafft hat – vielleicht nichts Besonderes, aber dafür etwas, das er vor sich selbst rechtfertigen kann, etwas Hilfreiches.

Deshalb verdrängt er jetzt jeden weiteren Gedanken an Nick, seinen alten Partner, der immer noch im Gefängnis sitzt, weil sein Selbstbewusstsein die Cops nicht für immer hat fernhalten können, und der noch heute die ganze Welt verflucht. Immer noch in sein altes Leben zurück will, sobald er entlassen wird.

Vor dem nächsten Haus hält Logan an, steigt aus und behält dabei den großen Schäferhund im Auge, der angespannt am Tor steht.

Sein suchender Blick fällt erleichtert auf die Zahlentastatur mit Klingel an der Hauswand. Er drückt den Knopf und tritt zurück, stets unter dem wachsamen Blick des Hundes. »Du nimmst deinen Job als Wachhund ziemlich ernst, was?«, sagt er zu ihm. Der Hund knurrt leise.

Die Tür wird von einem kleinen Mädchen in Shorts und winzigem Tanktop geöffnet. Sie rennt den Pfad hinunter und lächelt ihn entschuldigend an. »Tut mir leid. James, sei ein braver Junge. Ich mach jetzt das Tor auf, und du rührst dich nicht vom Fleck.«

»Er heißt James?«, fragt Logan, während er ihr das Paket überreicht.

»Genau. Vielen Dank.« Das Mädchen erinnert ihn ein wenig an Debbie: genauso zierlich und die gleichen großen braunen Augen.

Auf dem Rückweg zu seinem Lieferwagen kehren seine Gedanken wieder zu der Nacht zurück, in der er in der Notaufnahme gelandet ist. Bis heute hat er keine Ahnung, warum er damals Nicks Drängen nachgegeben hat. Gewöhnlich griff er zu Bier, manchmal einem guten Scotch, aber Drogen fasste er nicht an. Niemals. Als Kind hatte er in seinem Viertel zu oft gesehen, was aus Leuten wurde, die dem Versprechen einer kurzzeitigen Flucht aus dem Elend erlagen. Und er hatte oft genug gesehen, wie Nick anfing zu zittern und zu schwitzen, wenn er nicht schnell genug seinen nächsten Fix bekam.

Aber an diesem Abend hatte er mitgemacht, hatte die Kippe geraucht, die Nick für ihn gerollt hatte, weil er idiotischerweise davon ausgegangen war, dass Meth nicht so stark wirkte, wenn man es rauchte statt spritzte. Er hatte genug davon, wie er seine Zeit verbrachte, genug von dem einsamen Leben, das er führte, und auch genug von Nick. Genug von sich selbst. *Warum nicht?*, dachte er. Er erinnert sich noch an den Rausch, an das Gefühl, so stark zu sein, dass er problemlos ein Auto anheben könnte, wenn ihm danach war.

Erinnert sich, dass er aufgestanden ist und Nicks Haus verlassen hat. Anfing zu rennen, weil er sich fühlte, als könne er fliegen. Als er sich in irgendeinem Garten in irgendeinem Vorort wiederfand, die Glastür vor der Nase, dachte er: *Die kriege ich ganz einfach auf.* Und dann stieß er seine Faust durch die Scheibe, zerschmetterte die Glastür, als wäre es nichts, und schnitt sich dabei die Hand auf. Prompt ging der Alarm los, und der Hausbesitzer kam angerannt. Als Logan sah, dass es eine Frau war, lächelte er – eine große Frau zwar, aber eine, mit der er fertigwurde. Er würde sich einfach schnappen, was er auf die Schnelle erwischte, und davonfliegen. Stattdessen holte sie aus, wütend und stark, und traf ihn an der Nase. Blut lief ihm übers Gesicht, und daraufhin flammte seine eigene Wut auf. Sein Schlag brach ihr das Jochbein und den Knochen um die Augenhöhle, und sie brach vor ihm zusammen.

Erst bei der Verhandlung sah er sie wieder. Er erkannte sie nicht. Konnte sich nicht mal mehr daran erinnern, wie sie ausgesehen hatte. Aber ihre Aussage, voller Angst und Schmerz, hinterließ tiefe Spuren in ihm. Vom Gefängnis aus schrieb er ihr und bat um Vergebung. Dreimal schrieb er ihr, dann gab er auf. Sie hatte jedes Recht, das Ganze hinter sich zu lassen und möglichst wenig an ihn zu denken, bis sie ihn irgendwann hoffentlich ganz vergessen konnte.

Die nächste Lieferung ist für eine Adresse ganz in der Nähe, in einer Straße, die er kennt, deshalb braucht er das GPS nicht. Während er fährt, fragt er sich, was passieren würde, wenn er eine Lieferung für ein Haus hätte, in das er mal eingebrochen ist. Würde er es überhaupt wiedererkennen? Oder sehen sie in seiner Erinnerung alle gleich aus? Er weiß nicht mal, wo die Frau wohnt, die er verletzt hat. Was, wenn sich eines Tages eine Haustür öffnet und sie vor ihm steht? Bei dem Gedanken rollt er unbehaglich mit den Schultern. Das Bild, wie sie auf dem steinfarbenen Küchenfußboden hilflos vor ihm liegt, blitzt vor seinem inneren Auge auf. Im einen Moment hat er auf sie hinabgestarrt, im nächsten waren die Cops da, als hätte sie jemand hergezaubert. Inzwischen weiß er, dass sie die Polizei gerufen hat, bevor sie sich ihm entgegenstellte. Sobald sie die Glastür zerbrechen hörte. In seiner Wahrnehmung ist alles ganz schnell gegangen, aber in Wirklichkeit stand er mehrere Minuten da und beobachtete wie hypnotisiert, wie das blaue Licht der Alarmleuchte über die Scherben blitzte.

Die Polizisten riefen ihm zu, stehen zu bleiben, sich auf den Boden zu legen, aber Logan flog immer noch auf seinem High dahin und trat auf sie zu. Sie warnten ihn einmal, zweimal, dann traf ihn der Taser in der Brust, lähmte seine Muskeln und zwang ihn zu Boden. Stechende Nadeln aus Schmerz schossen durch seinen ganzen Körper und vertrieben die letzten Reste des Highs.

Die Cops hievten ihn hoch und gaben ihm ein Tuch für seine Hand. Nur ein Krankenwagen kam, und er erinnert sich an ihre Worte: »Wir bringen ihn einfach selbst hin.« Dann saß er auf dem Rücksitz eines Polizeiautos und zitterte unkontrolliert, während der Schock alle Emotionen vertrieb.

Er erinnert sich auch noch genau an die großen, starken Hände des männlichen Polizisten, die sich fest um seinen Oberarm legten; absichtlich kräftig zudrückten, um Logan klarzumachen, wer hier das Sagen hat. Sie lieferten ihn auf einem Krankenbett in einem kleinen, mit einem Vorhang abgetrennten Bereich der Notaufnahme ab. In dem Moment spürte er Tränen in den Augen brennen. Er war sechsundzwanzig und hatte, ohne es zu wollen, ohne auch nur darüber nachzudenken, sein ganzes Leben verschwendet. Nie hatte er einen Plan gehabt, oder auch nur einen Traum, und jetzt würde er ins Gefängnis wandern. Und das würde niemanden da draußen auch nur im Geringsten interessieren, außer Maddy – sie würde sprachlos sein, und unheimlich enttäuscht. Dieser letzte Gedanke war es, der ihm die Tränen in die Augen trieb. Beschämt senkte er den Blick.

Er wusste, dass er am Arsch war, ohne jeden Zweifel. Ein kleiner Teil von ihm war sogar erleichtert. Von alleine hätte er nie aufgehört, nicht, bis ihn etwas aufhielt. Und jetzt hatte ihn etwas aufgehalten.

»Würden Sie sich bitte hinlegen?«, bat eine sanfte Stimme. Er rutschte auf dem Bett zurück und ließ den Kopf auf das Kissen sinken. Seine unverletzte Hand war mit Handschellen am Bettgestell fixiert. »Ich denke, er hat sich beruhigt, Officer«, sagte die Stimme. »Könnten Sie mir etwas Platz zum Arbeiten geben?«

Logan sah zu der Krankenschwester auf, die vorsichtig auf seiner Hand herumdrückte, das Blut abwischte und sanft darüberfuhr, um nach verbliebenen Glassplittern zu suchen. Im strengen Licht der Krankenhausbeleuchtung wirkte sie blass, aber ihre Haut war glatt und weich, die braunen Augen umrahmt von langen dunklen Wimpern, und eine Locke hatte sich heimlich aus ihrem strengen Dutt gestohlen.

»Das sieht sauber aus, und keiner der Schnitte scheint tief genug zu sein, um genäht werden zu müssen. Ich desinfiziere und verbinde die Wunde, bis der Arzt kommt.«

Logan nickte. Ihre Art, mit ihm zu sprechen, die Freundlichkeit in ihrer Stimme, brachte zu seinem Entsetzen neue Tränen hervor, die er nun nicht länger zurückhalten konnte.

»Aber, aber«, sagte sie leise und wischte ihm die Tränen weg. »Wenn Sie sich dafür entscheiden, kann heute der schlimmste Tag Ihres Lebens sein. Kein Tag wird jemals so schlimm sein wie heute – wenn Sie es wirklich wollen.«

Logan lächelte. »Das will ich wirklich«, sagte er und sah zu ihr auf. Der Duft von Seife, der von ihr ausging, war irgendwie tröstlich, und darunter lag ein Hauch Parfum, den er nie vergessen würde. »Debbie« stand auf ihrem Namensschild. Über ihren vollen, roten Lippen hatte sie einen kleinen Leberfleck, und für einen Moment wollte er diese Lippen berühren. Doch er nahm sich zusammen, froh, dass er langsam wieder vernünftig denken konnte.

»Ich wette, die ganzen Tattoos haben viel mehr wehgetan als das hier«, sagte sie, und er nickte. Er wusste nicht, wie er ihr erklären sollte, dass der Schmerz des Tätowierens, des Zustechens der Nadel, eine ganz eigene Befriedigung mit sich brachte. Das Wissen, dass er den Schmerz aushalten konnte, der seine Haut für immer veränderte, veränderte auch seine Seele: All seine Qualen, all seine Wut war für die ganze Welt sichtbar in seinen Körper eingebrannt.

Er rechnete nicht damit, Debbie jemals wiederzusehen. Dennoch dachte er in den Monaten vor seiner Verurteilung oft an sie. Im Gefängnis klammerte er sich an ihre Worte. Nahm sich fest vor, dass der Tag, an dem er high und gewalttätig festgenommen worden war – das erste Mal in seinem Leben, dass er jemandem wehgetan hatte, der es nicht verdiente –, tatsächlich der schlimmste Tag seines Lebens bleiben würde. Und so war er ein vorbildlicher Insasse und wurde nach drei Jahren auf

Bewährung entlassen. Bis dahin trainierte er täglich, besuchte den Gefängnisunterricht und holte seinen Abschluss nach. Am wichtigsten aber: Er hielt sich von Ärger fern. Er war groß und breitschultrig genug, dass man ihn in Ruhe ließ, und hielt selbst den Mund, um niemandem auf die Füße zu treten. Und am Tag seiner Entlassung ging er das größte Risiko seines Lebens ein.

Er fuhr zum Krankenhaus und fragte nach ihr, in dem Wissen, dass sie mit seinen vagen Informationen – einem Vornamen und ihrem Aussehen – wahrscheinlich nichts anfangen konnten. Dass er, selbst wenn sie wussten, wen er meinte, vermutlich Ärger kriegen würde, weil er sich wie ein Stalker benahm. Aber das Bedürfnis, ihr zu sagen, was ihre Worte ihm bedeutet hatten, ließ ihn nicht los.

»Ich suche nach einer Krankenschwester«, erklärte er der Dame am Tresen und stand bewusst still da, versuchte, seinen ein Meter dreiundneunzig großen, mit Tattoos bedeckten Körper möglichst wenig bedrohlich wirken zu lassen. Er zog die Schultern hoch und senkte den Kopf, lammfromm und sanftmütig. Nichts, was einem Angst machen musste. »Sie heißt Debbie und hat mich vor ein paar Jahren behandelt. Sie ist blond, hat braune Augen und einen Leberfleck genau hier«, zeigte er. Die Lippen der Frau verzogen sich missbilligend.

»Ich weiß nicht, ob sie noch hier arbeitet«, fuhr er fort und hob entschuldigend die Hände, »aber ich wollte ihr danken, dass sie so nett zu mir gewesen ist. Ich setz mich einfach da rüber«, er wies auf eine Ecke mit ein paar Lederimitatsofas, »und warte ein paar Minuten. Wenn Sie möchten, dass ich gehe, dann gehe ich.« Damit drehte er sich um, ging zu der Sitzgruppe hinüber und setzte sich. Die Frau verfolgte jeden seiner Schritte. Natürlich benahm er sich wie ein Idiot, aber er wusste nicht, was er sonst tun sollte. Er musste sie einfach noch einmal sehen, musste ihr danken, bevor er versuchen konnte, ein neues Leben anzufangen.

Er sah zu, wie die Frau den Telefonhörer abnahm. Wartete darauf, dass der Wachmann herüberkam, dass sich die Türen öffneten und die Polizei hereintrat. Um sich abzulenken, starrte er auf sein neues Handy, scrollte durch Nachrichtenwebseiten, während ihm das Herz in der Brust hämmerte und seine Finger vor Nervosität zitterten. Er holte tief Luft, um sich zu beruhigen. Stattdessen kratzte ihn der Geruch von Desinfektionsmittel im Hals.

»Entschuldigung«, hörte er jemanden sagen. Er sah auf ... und da war sie. Sie sah genauso aus, wie er sie in Erinnerung hatte, trug nur das Haar diesmal in einem niedrigen Pferdeschwanz. Wenn es offen war, hing es ihr bestimmt weit über den Rücken. Auch der blumige Duft war wieder da, brachte schlagartig die Erinnerung an die Nacht zurück, in der er sie kennengelernt hatte. Er stand auf und ragte über ihr empor. Als sie automatisch einen Schritt zurücktrat, setzte er sich hastig wieder.

»Ich weiß nicht, ob Sie sich noch an mich erinnern. Sie haben mich vor drei Jahren behandelt, und Sie sagten ... Sie waren so ... ich wollte einfach ...«

Sie lächelte, ihre Zähne eine gleichmäßige weiße Doppelreihe, und ein Grübchen erschien auf ihrer Wange. »Natürlich erinnere ich mich an Sie. Ein ziemlich großer ganzkörpertätowierter weinender Mann ist schwer zu vergessen. Ich war an dem Abend nur in der Notaufnahme, weil wir unterbesetzt waren. Normalerweise kümmere ich mich um deutlich kleinere Leute, die die ganze Zeit weinen.«

»Darf ich Sie zum Abendessen einladen? Oder auf einen Kaffee? Oder ein Mittagessen? Oder irgendwas? Sie haben mir geholfen, wirklich geholfen, und dafür wollte ich mich einfach bedanken ...« Er musste sich sehr zusammenreißen, nicht die Hand auszustrecken und sie zu berühren. Ursprünglich hatte er nicht vorgehabt, sie auszuführen, hatte ihr nur danken wollen – aber dieses Grübchen, dieses Lächeln ... Trotzdem machte er sich auf eine Absage gefasst. An die meisten der Frauen, mit denen er geschlafen hatte, bevor er ins Gefängnis kam, konnte er sich gar nicht mehr richtig erinnern, aber es war ihm immer egal gewesen, ob er sie je wiedersah. Er war sich sicher, dass sie Nein sagen würde.

»Meine Schicht ist um fünf zu Ende und ich bin sehr hungrig, weil ich nichts zum Mittag hatte. Wie wäre es damit?«

»Heute?«

»Ja. Ist das zu früh?«

»Nein ... das ist ... ich werde da sein. Danke, Debbie – darf ich Sie Debbie nennen?«

»Sie dürfen, und ich nenne Sie ... tut mir leid, ich habe Ihren Namen vergessen.«

»Logan.«

»Dann sehen wir uns um fünf, Logan.« Sie hatte keine Angst vor ihm – auch wenn ihr klar sein musste, dass er jemand war, vor dem man Angst haben sollte.

Nachdem sie einige Monate zusammen waren, gestand sie ihm: »In dieser Nacht, in der ich dich behandelt habe, da habe ich etwas in dir gesehen. Ich dachte mir schon, dass du danach ins Gefängnis gewandert bist. Aber ich habe den Jungen gesehen, der du einmal gewesen bist, und ich erkannt, dass du vor allem eine Gefahr für dich selbst warst. Dich wiederzusehen, war ein ziemlicher Schock, aber die Art, wie du dich gegeben hast, hat mich neugierig auf den Mann gemacht, der du geworden bist. Trotzdem hatte ich natürlich ein bisschen Angst, deshalb habe ich bestimmt fünf Leuten gesagt, wo wir hingehen würden, und ich habe mich nicht von dir heimbringen lassen. Aber das war nur eine Vorsichtsmaßnahme. Ich war mir sicher, dass du ein guter Kerl bist.«

Seit er aus dem Gefängnis entlassen wurde, hat er versucht, dieser »gute Kerl« zu sein. Das war nicht immer einfach. Als Ex-Knacki einen Job zu bekommen ist praktisch unmöglich – einer der Gründe, warum so viele ehemalige Straftäter letztlich wieder im Gefängnis landen. Seit seiner Entlassung hat er Momente erlebt, in denen er schlicht verzweifelt ist, und wenn er an das Risiko denkt, das er beinahe eingegangen wäre – und an das er am liebsten gar nicht mehr denken will –, dann ist er einfach nur dankbar, dass er rechtzeitig die Kurve gekriegt hat. Jetzt bleibt ihm nur zu hoffen, dass nichts davon ihn jemals wieder einholen wird.

Sein Handy macht erneut »Pling«, aber er ignoriert es und hält stattdessen bei der nächsten Adresse. Er weiß längst, von wem die Nachricht ist, deshalb wird er garantiert nicht darauf antworten. Nicht heute.

Stattdessen wirft er einen Blick auf die Uhr am Armaturenbrett. Es ist fast zehn. Er könnte einen Kaffee und etwas zu essen vertragen.

Während er die Seitentür des Lieferwagens aufschiebt und das richtige Paket heraussucht, wandern seine Gedanken zurück zu der Frau heute Morgen. In seiner Zeit als Einbrecher hat er einen ausgeprägten Sinn für Gefahr entwickelt. Selbst wenn das Haus still dalag, beschleunigte sich sein Herzschlag manchmal und seine Haut prickelte. Dann wusste er, dass er besonders vorsichtig sein musste, weil irgendetwas nicht stimmte, ihm irgendetwas entgangen war – etwas, das eine Gefahr für ihn darstellte. In diesem Moment erkennt er, dass es das war, was er gespürt hat, als er mit der Frau sprach: Gefahr.

Seine Haut kribbelt, während er vor dem Gartentor dieses Hauses steht und begreift, was heute Morgen wirklich passiert ist. Dass seine alten Instinkte sich gemeldet haben.

»Ist das für mich?«, fragt der alte Mann, der mit einem Spaten in der Hand im Vorgarten steht und den er bis eben gar nicht bemerkt hat. »Oh … ja, Entschuldigung.«

Der Mann lacht. »Diese Hitze macht einen fertig, nicht wahr?« Er öffnet das Gartentor und nimmt das Päckchen entgegen.

»Danke«, sagt er, und Logan nickt und kehrt zu seinem

Lieferwagen zurück. Seine Instinkte lagen noch nie daneben ...
bis auf das eine Mal, als er wegen des Meths völlig neben der
Spur war. Sie haben ihm seit Jahren durch alle möglichen
gefährlichen Situationen geholfen.

Deshalb ist er sich jetzt sicher: Die Frau ist in Gefahr.

SECHS

GLADYS

Gladys räumt den Geschirrspüler ein und schaut dann nach Lou, der im Wohnzimmer wieder mal eingeschlafen ist. Das passiert in letzter Zeit immer häufiger. Allein wach zu bleiben scheint ihn bereits anzustrengen.

Die Kinder sind immer noch nicht am Haus vorbeigekommen. Sie hat beim Frühstücken extra darauf geachtet. Sie würde sich gerne ein wenig hinsetzen und lesen, aber aus irgendeinem Grund ist sie unruhig. Also geht sie stattdessen wieder ins Gästezimmer und schaut aus dem Fenster hinüber zum Nachbarhaus. Die Jalousien sind immer noch unten, die Fenster geschlossen. Vielleicht hält sich Katherine einfach an die Empfehlung aus den Nachrichten, Fenster und Jalousien geschlossen zu halten, um die Hitze auszusperren. Andererseits ist das nicht die erste Hitzewelle dieses Jahr, und Katherine hat bisher noch nie den ganzen Tag die Fenster zugehabt, sie nicht einmal kurz aufgemacht.

Gladys ist durchaus bewusst, dass sie unter ihren Nachbarn als Wichtigtuern verschrien ist, und vielleicht haben sie sogar recht ... aber als sie noch klein war, kannte jeder in ihrem

Viertel jeden, und ihre Mutter hat sie beim Abendessen immer mit dem neuesten Klatsch über die Nachbarn unterhalten. Damals galt es noch nicht als unhöflich, sich in deren Angelegenheiten einzumischen. Irgendwie kommt es ihr vor, als würden die Leute heutzutage ihr Leben überall im Internet ganz offen ausbreiten, wenn man sie dann aber im richtigen Leben darauf anspricht, sind sie plötzlich verschlossen. Vielleicht, weil es nicht so einfach ist, die Wahrheit über sich selbst zu gestehen, wenn man jemandem dabei in die Augen sehen muss.

Nachdem Lou und sie das Haus damals gekauft hatten, wurden die Leute aus der Nachbarschaft schnell zu Freunden. In Katherines Haus lebten früher Roberta und Geoff mit ihren drei Kindern. Gladys hat sie heranwachsen sehen, von ihren ersten Wochen auf dieser Welt bis sie selbst erwachsen waren. In den Schulferien ist Roberta häufig auf einen Tee herübergekommen, wenn Gladys daheim und Lou noch arbeiten war. Sie hat mitbekommen, wenn Roberta und Geoff sich stritten, wenn die Kinder krank waren, und schließlich ist sie auch eine der Ersten gewesen, die von Robertas Krebsdiagnose erfahren haben. Nachdem sie gestorben war, hat Geoff das Haus verkauft und eine andere Familie ist dort eingezogen – etwas weniger zugänglich, aber Mira ist zumindest ab und an für einen Schwatz über den Gartenzaun zu haben gewesen. Als sie mit ihrer Familie nach Melbourne zog, verkauften sie das Haus an Katherine und ihren Mann John. Gladys hat sie natürlich mit einem Kuchen willkommen geheißen und ein paar Mal versucht, sich auf eine Tasse Tee bei ihnen einzuladen, aber Katherine machte den Eindruck, als wolle sie ihre Ruhe haben. Mit Margo von gegenüber ist es genauso – die scheint immer auf die Uhr zu schauen, wenn Gladys ihr begegnet, angestrengt bemüht, den festen Tagesablauf ihres Babys Joseph einzuhalten. Für ein Schwätzchen hat sie nie Zeit.

Gladys erinnert sich noch genau, wie sie Katherine kennengelernt hat. Sie und John wirkten so glücklich zusammen, ein Paar am Beginn des großen Abenteuers Familie. Selbst aus der Entfernung wirken sie inzwischen ... weniger glücklich. Bestimmt kommt das von dem Stress, weil die Kinder noch klein sind, und weil sie Zwillinge haben. Nicht, dass sie sie streiten hören würde, aber wie auch? Sie sind vernünftig genug, die Stimmen nicht zu erheben, damit die Kinder nichts mitbekommen. Es ist eher die Art, wie sie in letzter Zeit miteinander umgehen: irgendwie komisch.

Letzten Sonntag war die ganze Familie im Vorgarten. John gärtnert leidenschaftlich gerne und war gerade beim Unkrautjäten. Katherine hielt derweil den Gartenschlauch so, dass die Kleinen durch den Wasserstrahl tauchen konnten. Auch wenn sie eigentlich einen Pool im Garten hinter dem Haus haben. Gladys ließ Lou im Haus zurück, um einen Spaziergang um den Block zu machen, sich ein bisschen zu bewegen. Der Tag war nicht zu heiß, gerade angenehm, um die prachtvollen Farben der Sommerblumen in den Gärten der Nachbarn zu bewundern.

»Hallo«, rief sie über das Gartentor.

»Hallo«, antwortete Katherine.

»Guck mal, was wir machen!«, rief George und lief unter dem Wasserstrahl aus dem Schlauch hindurch.

»Sieht aus, als würde es Spaß machen«, bestätigte Gladys.

»Nur nicht für den, der den Schlauch halten muss«, meinte Katherine.

»Dann lass es halt«, brummte John.

»Ich tue das für George und Sophie, nicht für dich.«

»Ich hab auch nie behauptet, dass du irgendwas für mich tun würdest.«

»Vielleicht willst du auch gar nicht im Garten arbeiten; vielleicht wärst du ja lieber woanders«, erwiderte Katherine, und die Wut war ihr deutlich anzuhören.

Gladys hatte das Gefühl, aus Versehen mitten in ein Gespräch gestolpert zu sein, das die beiden bereits seit einiger Zeit führen.

John erhob sich aus dem Beet und ging auf Katherine zu, riss ihr den Schlauch aus der Hand und wusch sich damit den Dreck von den Händen.

»Hey!«, protestierte Sophie.

»Ruhe!«, blaffte er sie an und stürmte dann ins Haus.

»Schlecht geschlafen?«, fragte Gladys in einem Tonfall, von dem sie hoffte, dass er fröhlich klang.

»Ziemlich oft in letzter Zeit«, erwiderte Katherine und hielt den Schlauch wieder so, dass die Kinder mit ihrem Spiel weitermachen konnten.

In Gladys ' Ohren klang das, als hätte Katherine mehr zu sich selbst gesprochen als zu ihr. »Ach, na ja«, meinte sie, weil ihr nichts einfiel, was sie sonst darauf sagen sollte, und Katherine riss sich sichtlich zusammen. »Tut mir leid, Gladys ... kümmer nicht dich um John. Er ist nur grantig, weil er müde ist. Er hat in letzter Zeit viel gearbeitet.«

»Natürlich, natürlich«, murmelte Gladys, winkte und ging weiter.

Dabei hat sie nicht so sehr der Streit beunruhigt, sondern die Anspannung, die zwischen den beiden herrschte, die sommerliche Luft erfüllte und Johns Gesichtszüge verdüsterte.

Sonderlich groß ist er nicht, nur ein bisschen größer als Katherine, und eigentlich nicht der Typ Mann, der gewalttätig wird. Schließlich ist er Buchhalter in einer großen Firma, und Buchhalter gehören nicht zu dem Menschenschlag, der handgreiflich wird – normalerweise. Aber in dem Moment, als er Katherine den Schlauch aus der Hand riss, sah es für eine Sekunde so aus, als könne sich das ändern.

Sie starrt zu dem Haus hinüber, dessen geschlossene Jalousien seltsam unheilvoll und geheimnistuerisch wirken.

»Okay, jetzt mach dich nicht lächerlich«, sagt sie laut zu sich selbst. »Geh einfach rüber und sieh nach ihnen.«

Sie nickt bekräftigend und erhascht dabei im Gästezimmerspiegel einen Blick auf sich selbst. Missbilligend schnalzt sie mit der Zunge. Heute Morgen hat sie kein Make-up aufgelegt. Andererseits wäre das auch vergebliche Liebesmüh – in dieser schrecklichen Hitze würde es ihr sofort wieder vom Gesicht laufen, und schließlich wird sowieso kaum jemand sie so sehen. In letzter Zeit macht sie sich immer weniger zurecht, weil sie jedes Mal, wenn sie Make-up aufträgt, das Gefühl hat, gegen die vielen Falten und Altersflecken einfach nicht gewinnen zu können. So zu denken ist nicht gesund, und sie versucht dann stets, sich aufzumuntern. Jetzt streicht sie die Haare hinter die Ohren und hebt das Kinn. Für ihre siebzig Lenze hat sie sich ziemlich gut gehalten, und zumindest der Rest ihres Körpers ist noch schlank und fit. Sie mag die Hose, die sie heute trägt. Das verspielte Blumenmuster sieht aus, als würde sie einen Garten an den Beinen tragen. Gladys war schon immer der Meinung, dass Kleidung hell und fröhlich aussehen sollte.

Als junges Mädchen hat sie sich für ihre dünnen Arme und Beine und die leicht gebogene Nase geschämt. Zwar hatte sie schöne große blaue Augen, aber hübsch konnte man sie insgesamt nicht gerade nennen. Noch heute trägt sie die braunen Haare in einer kurzen Bobfrisur und lässt sie sich beim Friseur regelmäßig nachfärben. In ihren Jugendjahren versuchte sie, sich mit der Tatsache abzufinden, dass sie wahrscheinlich nie einen Ehemann finden würde. »Was für ein Blödsinn«, schalt ihre Mutter, »Schönheit liegt im Auge des Betrachters, und du bist eine wunderschöne junge Frau« ... und sie hatte recht.

Lou hat sie eines Abends in einem Pub kennengelernt, als sie mit ein paar der Lehrer in der Schule, in der sie damals arbeitete, wegging.

»Setzen Sie sich, wir rutschen einfach alle ein bisschen

zusammen«, meinte irgendwer von ihnen. Also rutschte sie zur Seite in der Annahme, dass derjenige neben ihr dasselbe tun würde. Doch Lou sagte: »Ich setze mich hier hin, direkt neben die hübsche Lady da«, nahm neben ihr Platz und reichte ihr die Hand. »Ich bin Lou und verkaufe Autos. Wenn ich Ihnen den nächsten Drink bezahlen darf, verschaffe ich Ihnen für Ihr nächstes Auto den besten Deal der Stadt.« Er hatte dichtes braunes Haar und graublaue Augen. Ein kleines Lächeln stiehlt sich auf Gladys' Züge, als sie sich erinnert, wie ihr damals die Hitze von den Zehen bis in die Fingerspitzen schoss und sie knallrot anlief.

Sie verlässt das Gästezimmer und schaut im Erdgeschoss nach ihrem Mann. Er schläft immer noch. Einen Moment überlegt sie, ihm einen Zettel hinzulegen, aber dann entscheidet sie sich dagegen. Schließlich ist sie ja nur ein paar Minuten weg.

Die Hitze draußen hat bereits spürbar zugenommen, und die Zikaden zirpen lautstark um die Wette. Auf der anderen Straßenseite liegt der Hund der Patels im Vorgarten hechelnd unter einem Baum. Der Golden Retriever hat zwar seinen Sommerhaarschnitt schon erhalten, die Hitze macht ihm aber trotzdem sichtlich zu schaffen.

Gladys huscht über die Straße und schaut zu der Stelle an der Hauswand, an der sein Futter- und sein Wassernapf stehen. Heute hat er nicht nur einen Wassernapf, sondern sogar drei. Sie nickt zufrieden und kehrt wieder auf ihre Straßenseite zurück.

Entschlossen schiebt sie das metallene Tor zu Katherines Vorgarten auf und marschiert den Pfad zur Haustür hinauf.

Nachdem sie geklingelt hat, wartet sie auf das übliche »George, du öffnest die Tür bitte *nicht,* bevor ich da bin!« Der kleine Junge macht nämlich sehr gerne die Tür auf, wenn es klingelt. Ihn interessiert alles und jeder, und mit Gladys redet er, als wären sie gleich alt. Manchmal nennt er sie sogar »Glad«, was aus dem Mund eines Fünfjährigen wirklich seltsam klingt ... aber er ist einfach nur goldig. Sophie interessiert sich weniger für andere Leute, quasselt dafür aber am laufenden Band, quillt förmlich über vor Sachen, die sie unbedingt mitteilen möchte. »Wusstest du, dass Arbeiterbienen zweiundvierzig Tage leben?«, hat sie Gladys letzte Woche erzählt, als sie ihr auf der Straße begegnet ist, und dabei gewirkt, als würde sie ihr damit ein Staatsgeheimnis verraten. Gladys hat mit der gebotenen Ernsthaftigkeit genickt.

Aber im Haus bleibt alles still. Kein Getrappel von kleinen Füßen, kein Rufen.

Einen Moment lang fragt sie sich, ob die Familie vielleicht zu einem verfrühten Urlaub aufgebrochen ist. Schließlich ist Freitag der letzte Schultag vor den Ferien. Aber dann erinnert sie sich wieder, dass John heute Morgen auf Arbeit gefahren ist, mit quietschenden Reifen, wie Lou behauptet hat. Und wann immer sie wegfahren, kommt Katherine vorher herüber und sagt ihr Bescheid, damit sie ein Auge auf das Haus haben kann.

Also klingelt sie noch einmal und wartet. Natürlich könnte sie Katherine auch einfach anrufen, sie hat ja ihre Handynummer. Aber ein Anruf lässt sich problemlos ignorieren, und dann wüsste sie immer noch nicht, ob bei ihnen wirklich alles in Ordnung ist. Nein, so was geht man besser persönlich an.

Das Geräusch des Metallstücks, das das Guckloch verdeckt, zaubert ihr ein Lächeln aufs Gesicht.

»Hey Gladys«, sagt Katherine durch die Tür. »Gerade ist es etwas ungünstig.«

»Oh«, macht Gladys leicht verlegen. Von Anfang an hat Katherine ihr immer die Tür aufgemacht, selbst wenn sie sie gerade beim Windelnwechseln erwischte. Nur die angespannte Höflichkeit, mit der sie ihr bei solchen Gelegenheiten begegnet ist, hat Gladys gezeigt, dass sie gerade nicht in der Stimmung für ein Käffchen und einen Schwatz war.

»Ach, na gut«, sagt sie jetzt, »ich wollte nur ... na ja, ich hab die Kinder heute nicht zur Schule gehen sehen, und die Jalousien im Kinderzimmer sind noch unten, und deshalb hab ich mich gefragt, ob alles okay ist bei euch, ob du irgendwas brauchst, die Kinder vielleicht krank sind oder so ...«

Sie hält inne, als ihr bewusst wird, dass sie wie ein unglaublich neugieriger Mensch klingt. Aus dem Konzept gebracht überprüft sie, ob ihre Frisur noch richtig sitzt.

»Gerade ist es wirklich ungünstig«, wiederholt Katherine. »Aber danke. Es passt jetzt nur einfach nicht.« Und damit schließt sie die Klappe wieder.

Gladys verschränkt die Arme. Die Sonne brennt auf den dünnen Stoff ihrer blauen Bluse herab.

Kurz überlegt sie, noch einmal zu klingeln, entscheidet sich dann aber dagegen. Katherine will offensichtlich ihre Ruhe haben.

Die arme Frau klingt ziemlich gestresst. Vielleicht sind die Kinder erkältet oder so – aber warum hat sie das dann nicht einfach gesagt? Sie weiß doch, dass Gladys Verständnis dafür haben würde, und sogar anbieten, ihr zu helfen.

Hinter der Tür ertönen leise Geräusche – trappelnde Kinderfüße –, und sie strafft ein wenig die Schultern, während sie angestrengt lauscht.

Eine Stimme flüstert eindringlich durch das Holz: »Das hier ist gerade ein sehr komisches Haus.«

Das war mit Sicherheit einer der beiden Zwillinge, wenn sie auch nicht sagen kann, ob George oder Sophie. Sie runzelt die Stirn und geht etwas in die Hocke in der Hoffnung, dadurch besser zu hören. »Warum?«

»Sophie, komm sofort hierher«, hört sie George von weiter weg rufen und dann die Schritte von Sophie, die sich von der Tür entfernen.

Gladys richtet sich wieder auf und überlegt ernsthaft, ob sie nicht doch noch einmal klingeln soll.

Dann hört sie, wie das Guckloch erneut geöffnet wird, und

wartet darauf, ob Katherine noch etwas hinzufügen möchte. Sie steht bewusst still da, das Lächeln auf ihren Zügen wie festgeklebt. Aber niemand sagt mehr etwas, deshalb kommt sie sich blöd vor und wendet sich ab. Nach ein paar Schritten den Pfad hinunter hält sie noch einmal kurz inne. Als ihr weiterhin nur Stille entgegenschlägt, passiert sie das Gartentor und wendet sich zur Straße. Zwar geht sie langsam, hat aber das eindringliche Gefühl, dass sie sich lieber beeilen sollte. Weil jemand sie beobachtet. Bei dem Gedanken stellen sich die feinen Härchen auf ihren Armen auf, und trotz der drückenden Hitze durchfährt sie ein kalter Schauer. Irgendetwas stimmt da drinnen nicht, da ist sie sich inzwischen sicher.

Zurück in ihrer Küche setzt sie den Kessel auf, um sich eine Tasse Tee zu machen, und schaltet den Herd gleich wieder aus. Sie weiß einfach nicht, was sie jetzt tun soll. Oder warum ihr die Szene eben so eigenartig vorkam. Vielleicht hat Sophie einfach nur einen Scherz gemacht.

»Gladys«, ruft Lou aus dem Wohnzimmer, »Gladys, wo bist du?« Er klingt aufgeregt, wie immer, wenn er aufwacht und sie nicht da ist.

»Ich bin hier, Lou«, ruft sie zurück. Bevor er in Rente gegangen ist, hat sie ihn jeden Tag um die Mittagszeit angerufen, und immer hat er gesagt: »Jetzt mach dir mal keine Sorgen, Liebling. Ich bin um Punkt sechs zu Hause, und in der Zwischenzeit werde ich niemandem außer dir mein Lächeln schenken.« Das hat sie immer zum Lachen gebracht. Inzwischen macht er keine Scherze mehr.

Im Wohnzimmer richtet sie ihm das Kissen im Rücken neu. Im Schlaf ist er etwas zur Seite gerutscht und sie versucht, ihn wieder gerade aufzurichten, aber er schiebt sie weg.

»Jetzt hör schon auf, so einen Wirbel zu machen. Wo warst du?«

Sie tritt einen Schritt zurück und verschränkt die Arme, um sich davon abzuhalten, ihm das Haar glattzustreichen. »Ich war in der Küche, Lou. Ich habe Tee aufgesetzt. Wo sollte ich sonst sein?«

Er wirft ihr einen bedeutungsvollen Blick zu, und sie setzt sich in ihren Sessel. »Ehrlich gesagt war ich kurz drüben, um nach dem Rechten zu sehen.« Damit nimmt sie ihr Buch vom Beistelltisch neben dem Sessel, schlägt es auf und starrt auf die Seiten.

»Ha, wusste ich es doch! Und ich wette, alles ist in bester Ordnung, und jetzt halten sie dich für eine neugierige Alte.«

Gladys schließt das Buch wieder. Lesen wird sie jetzt sowieso nicht können. »Werd ′nicht unverschämt, Lou.« Einen Moment ringt sie mit sich, aber letztlich muss sie einfach mit jemandem darüber reden. »Und nur damit du es weißt: Bei ihnen ist nicht alles in bester Ordnung. Ganz und gar nicht.« Sie schüttelt bekräftigend den Kopf. Lou faltet die Hände im Schoß und wartet darauf, dass sie weiterredet. »Katherine wollte mir die Tür nicht öffnen, und dann hat Sophie mir zuge-flüstert, dass etwas Komisches im Haus vorgeht.«

»Sie wollte dir bestimmt nur einen Streich spielen.« Lou nimmt die Fernbedienung vom Tisch und richtet sie auf den Fernseher.

»Das glaube ich nicht. Ich denke, irgendwas ist da nicht in Ordnung.«

»Was sollte da nicht in Ordnung sein?«

»Ich weiß auch nicht ... manchmal wirken sie nicht gerade glücklich zusammen – John und Katherine meine ich.«

Er zuckt mit den Schultern und setzt sich die Brille auf. »Du kannst dir kein Urteil über anderer Leute Ehe erlauben, Gladys. Die geht dich nichts an.«

Damit schaltet er den Fernseher ein und sucht einen Sender, auf dem gerade Nachrichten kommen. Das Gesicht einer hübschen jungen Moderatorin erscheint auf dem Bildschirm.

»Eine junge Frau wurde in ihrem Apartment zusammengeschlagen und schwer verletzt zurückgelassen«, rezitiert sie tonlos. »Die Ermittlungen wurden zwar gerade erst aufgenommen, doch es wird vermutet, dass das Opfer seinen Angreifer kannte. Die Polizei befragt die Nachbarn und durchsucht die Wohnung nach Hinweisen.«

Die Aufnahmen eines Krankenwagens mit eingeschaltetem Blaulicht werden gezeigt, daneben Polizisten, die Decken hochhalten, um das Opfer, das in diesem Moment auf einer Trage aus dem Haus gebracht wird, vor den neugierigen Augen der Reporter zu schützen.

»Es gibt wirklich schreckliche Leute«, meint Lou kopfschüttelnd.

»Ja. Wer würde so einem hübschen jungen Mädchen wehtun wollen? Und dann noch in ihrer eigenen Wohnung. Zu Hause sollte man sich doch sicher fühlen können. Das sollte man wirklich.« Gladys hat keine Ahnung, warum ihr das so nahe geht, aber sie fühlt, wie ihr bei dem Gedanken die Tränen kommen.

»Wolltest du nicht Tee machen?«, fragt Lou, aber in freundlichem Tonfall. Das ist seine Art, sich zu entschuldigen, weil er vorhin so unhöflich zu ihr war.

»Natürlich«, erwidert sie und lächelt, um ihn wissen zu lassen, dass sie ihm schon vergeben hat. Wenn er könnte, würde er sich den Tee selbst machen, aber seine Hände zittern inzwischen selbst für so einfache Tätigkeiten zu sehr. Sich damit abzufinden, dass er statt der zierlichen Teetassen, die er so mag, einen großen Becher nehmen muss, fällt ihm schwer genug. Also steht sie auf, dankbar für die Aufgabe, denn das seltsame Verhalten von Katherine und Sophie geht ihr nicht aus dem Kopf.

Während sie aus dem Küchenfenster in den Garten hinausstarrt, versucht sie herauszufinden, wo ihr plötzliches Unwohlsein herkommt. Das eigene Zuhause sollte ein Ort sein, an dem man sich sicher fühlt, und das war für Gladys bisher immer der

Fall. Aber nach gestern, und nach Katherines merkwürdigem Verhalten heute, wird sie das Gefühl nicht los, dass sich die Nachbarschaft unmerklich verändert hat, der Ort, an dem sie seit Jahrzehnten wohnt, plötzlich gar nicht mehr so friedlich ist. Das ist es, weshalb sie so unruhig ist: Zum ersten Mal fühlt sie sich hier nicht mehr sicher.

SIEBEN

»Du solltest deine Kinder wirklich besser im Griff haben«, sage ich zu ihr.

»Oh«, macht sie und streckt eine Hand nach Sophie aus, die ich an den Haaren festhalte. Aus der Nähe riecht sie nach Kokosnuss.

Sophie hüpft von einem Fuß auf den anderen, um sich größer zu machen, damit es nicht so wehtut. »Au, au, au.« Ihre Stimme klingt ganz hoch und gequält. Ich schätze, das sollte mich eigentlich mehr stören, als es tut.

Aber sie hätte einfach nicht zur Tür rennen dürfen. Ich habe beiden ganz klar verboten, sich vom Fleck zu bewegen. Von ihr hätte ich eigentlich erwartet, dass sie meinen Anweisungen folgt, aber das hat sie nicht. Bei dem Gedanken kocht die Wut in mir hoch, und während ich sie an den Haaren festhalte und sie vor Schmerz ganz blass wird, frage ich mich, wie fest ich ziehen muss, um ihr ein Büschel davon auszureißen. Bei dem Anblick, wie sie ihr kleines Gesicht verzieht, läuft mir trotz der Wärme im Zimmer ein Schauer über den Rücken. Eigentlich sollte ich etwas fühlen, aber das tue ich nicht, und ich weiß nicht, warum.

Alles, was ich weiß, ist, dass das nicht meine Schuld ist. Ich war nicht immer so.

»Hör auf zu zappeln, oder ich reiße dir die Haare raus!«, schreie ich sie an, und sie erstarrt. Ich hole tief Luft, und meine Gedanken wandern zurück zu der Zeit, als ich selbst in ihrem Alter war, und dann weiter zu der Zeit, als ich zehn war. Mit zehn fing ich an, zu dem Menschen zu werden, der ich heute bin. Dem Mann, der hier stehen und diesem Kind wehtun kann und dabei ... gar nichts fühlt. Als ich zehn Jahre alt war, änderte sich alles. Ich habe es gespürt. Habe zugehört und zugesehen, wie es passierte – langsam und qualvoll.

Als ich zwölf war, haben sich meine Eltern schließlich scheiden lassen. Ich erinnere mich noch genau an die schreckliche Traurigkeit, die daheim über allem hing – nachdem sie es mir gesagt haben, aber bevor er ausgezogen ist. Zum ersten Mal seit Jahren war es still, wenn sie beide zu Hause waren. Keine abfälligen, höhnischen Kommentare mehr, die ich längst gewohnt war. Kein Schreien, kein Weinen mehr von ihr, keine Lügen und kein Leugnen mehr von ihm. Beide versicherten mir immer wieder, dass sie mich liebten und dass sich für mich nichts ändern würde, dass die Scheidung nicht meine Schuld sei. Sie haben wohl irgend so ein dämliches Handbuch zum Thema gelesen. Klar änderte sich für mich nichts – bis auf den Umstand, dass mein Vater nicht mehr bei uns lebte. Nichts änderte sich für mich, bis auf die Tatsache, dass meine Mutter und ich in eine winzige Wohnung umziehen mussten, und dass mein Kinderzimmer eigentlich gar kein Zimmer war, sondern nur eine Nische mit einer hastig hochgezogenen Rigipsplatte als Wand. Für mich änderte sich gar nichts – außer, dass ich jetzt jedes zweite Wochenende bei meinem Vater in seiner eigenen hässlichen kleinen Wohnung verbrachte, wo wir uns mit Fertiggerichten vollstopften und er pausenlos gegen meine Mutter wetterte. Es grenzt an ein Wunder, dass ich nach solchen Wochenenden überhaupt zurück nach Hause wollte.

Warum sie sich getrennt haben, haben sie mir nie wirklich erklärt. Es hatte aber damit zu tun, dass mein Vater sie gleich mehrfach betrogen hat. Dass er Geld, das eigentlich für die Familie gedacht war, für andere Frauen ausgegeben hat, für Geschenke und teure Hotels. An einem Montagnachmittag standen meine Mutter und ich im Supermarkt an der Kasse, den ganzen Wocheneinkauf auf dem Band, und die Kassiererin hat uns erklärt, dass ihr Konto nicht ausreichend gedeckt sei. Ich erinnere mich noch genau an ihren Gesichtsausdruck in dem Moment. Die Art, wie sie den Blick senkte, knallrot anlief und die Leute hinter uns in der Schlange ungeduldig seufzten und mit der Zunge schnalzten. »Aber ... ich hab doch gerade erst Gehalt gekriegt«, sagte sie. Sie arbeitete Teilzeit in einem Delikatessenladen, damit etwas mehr Geld in der Haushaltskasse war, und hatte die Einnahmen und Ausgaben immer gut im Blick. Offensichtlich aber nicht gut genug.

»Und was soll ich jetzt machen?«, fragte die Frau an der Kasse sichtlich gelangweilt.

Meine Mutter packte mich wortlos an der Hand und zog mich aus dem Laden, ließ die ganzen Einkäufe in ihren Tüten einfach an der Kasse stehen. In dem Moment tat sie mir leid. Aber ich war auch wütend auf sie, weil sie es so weit hatte kommen lassen.

»So ein Mistkerl«, murmelte sie auf der Heimfahrt. Was sollte ich darauf sagen? Was wollte sie da von mir hören?

Als er später nach Hause kam, wartete sie schon auf ihn, förmlich erdrückt von ihrer Wut, und als er »Hallo« sagte, stürzte sie sich auf ihn.

Er entschuldigte sich. Wie immer. Die Schultern eingezogen, die Mundwinkel unterwürfig nach unten gezogen. Aber er hatte sie gedemütigt, und sie war stinksauer und ließ die Sache nicht auf sich beruhen, auch nachdem er spät abends ins Auto gesprungen und mit einer anderen Kreditkarte einkaufen gefahren war. In dieser Nacht stritten sie sich stundenlang. Ich setzte mir Kopfhörer auf und drehte die Musik ganz laut, verschwand in einer anderen Dimension, um nicht länger zuhören zu müssen. Ich hasste sie beide.

Wann immer ich sie streiten hörte, schwor ich mir, dass ich es später anders machen würde. Ich würde ein besserer Mann werden als mein Vater, und eine Frau heiraten, die ganz anders war als meine Mutter – die in meinen Augen voller hübscher Worte über ihre Liebe für mich war, aber nur leere Gesten zustande brachte.

Mein Dad wollte, dass ich bei ihm lebte.

»Wenn du bei mir wohnst«, sagte er immer, »kannst du essen, was du willst. Du musst auch keine Hausaufgaben machen. Dafür kannst du spielen, so lange du willst.« Das klang für einen Dreizehnjährigen wie das Paradies auf Erden. Damals wusste ich es nicht besser.

»Ich will bei Dad wohnen«, sagte ich zu meiner Mutter. »Er ist einsam.«

»Er kann sich nicht um dich kümmern. Ich verstehe, dass er einsam ist, aber das wäre keine gute Idee.« Das sagte sie in diesem sanften, leisen, geduldigen Tonfall, den sie immer dann verwendete, wenn sie versuchte, sich zu beherrschen. Ich hasste diesen Tonfall.

»Dad lässt mich spielen, so lange ich will.«

»Genau deshalb solltest du nicht bei ihm leben. Regeln gibt es nicht ohne Grund. Du musst deinen Abschluss machen und studieren gehen.« Inzwischen klang ihre Stimme angestrengt. Sie versuchte sichtlich, nicht zu schreien.

»Ich hasse dich.«

Das ließ sie jedes Mal kurz erstarren. Ich beobachtete, wie sie sich auf die Lippen biss und den Kopf schüttelte. All das zurückhielt, was sie am liebsten zu mir gesagt hätte. Ich wusste, was sie mir wirklich sagen wollte, war: »Ich hasse dich auch.« Sie strahlte es förmlich aus. Der Raum um uns war erfüllt davon.

Letztendlich haben wir einfach ständig gestritten. Sie wollte, dass ich auf dem rechten Weg blieb. Hielt mir Predigten über die Schule und gute Noten und gesunde Ernährung. Er dagegen behauptete, das Leben sei eine einzige große Party, und auch wenn ich ahnte, dass das so nicht ganz stimmen konnte, war er sehr überzeugend. Also stritt ich mich weiter mit ihr.

Als ich vierzehn war, gab sie nach. »Aber nur für sechs Monate. Und du musst mich jeden Tag anrufen und mich jedes Wochenende besuchen.« Der gesenkte Blick zeigte mir deutlich genug, dass sie aufgegeben hatte.

An dem Abend, an dem ich bei ihm einzog, war ich total aufgeregt. Er bestellte Pizza und ließ mich eine ganze Flasche Bier trinken. Wir redeten davon, wie toll es sein würde, die ganze Zeit zusammen zu sein. »Um dein Leben musst du dich selbst kümmern. Wenn du in die Schule gehen und lernen willst, ist das deine Sache. Wenn nicht, ist das auch okay. Du machst deinen eigenen Dreck weg und lebst dein eigenes Leben.« Ich war im Himmel.

Er ging auf Arbeit und ich in die Schule – weil ich damit etwas zu tun hatte. Ich war happy. Meine Freunde hielten mich für einen echten Glückspilz, auch wenn meine Klamotten nicht immer frisch gewaschen waren. Sie rief mich jeden Abend an; manchmal ging ich ran, manchmal nicht. Wenn ich ihren Anruf ignorierte, erschien ein Lächeln auf seinem Gesicht, nur ein kleines, als würde er versuchen, es vor mir zu verstecken ... aber es war da. Unbewusst verstand ich, dass er mich benutzte, um es ihr heimzuzahlen. Und es funktionierte: Jeden Abend bat sie mich, heimzukommen, bettelte, weinte, wenn ich seit Tagen nicht mit ihr gesprochen hatte.

Und dann verlor er seinen Job und alles ging den Bach runter.

»Bitte n...«, jammert Katherine, und ihre Hände greifen nach meinen, während sich meine Faust fester um Sophies Haare schließt. Sie klingt verzweifelt, und das löst etwas in mir aus, ein kurzes Ziehen, einen kleinen Funken. Aber ich weiß, dass sie es ausnutzen würde, wenn sie glaubte, Sophie würde mich erweichen. Ich kenne sie. Und ich muss wissen, was Sophie gesagt hat. Ich muss wissen, ob sie clever genug ist, etwas verraten zu haben, als sie zur Tür gerannt ist. Denn wenn ja ... Meine Hand schwitzt in ihren weichen Locken, aber ich kann nicht loslassen, bis ich nicht die Wahrheit weiß.

ACHT

KATHERINE

»Bitte lass sie … bitte …«, wiederholt Katherine, weil sie nicht weiß, was sie sonst sagen soll. Sophies Haare sind fest um seine Finger gewickelt und er zerrt schmerzhaft daran.

»Was hast du getan?«, schreit er. »Was hast du zu dieser neugierigen alten Frau gesagt?«

»Ich hab gar nichts gesagt«, jammert Sophie. Tränen laufen ihr über die Wangen, sie greift mit den Händen nach seinen und versucht, ihn abzuwehren.

»Lass sie los, lass sie los!«, fordert Katherine, versucht, ihre Stimme selbstbewusst klingen zu lassen, während sie sich vom Sofa erhebt, aber er zieht nur kräftiger an den Haaren ihrer Tochter, packt noch fester zu. »Setz dich sofort wieder hin«, sagt er und zielt mit der Waffe. Nicht auf sie – damit hätte sie leben können. Aber das weiß er auch. Nein, er zielt auf Sophie – die kleine, zappelnde Sophie, der die Tränen nur so über die Wangen laufen.

Katherines Körper sinkt wie von selbst auf das Sofa zurück. Das blaue, das sie mit so viel Sorgfalt ausgesucht hat und das sie seitdem jedes Mal bewundert, wenn sie den Raum betritt. Ihr liebstes Zimmer im ganzen Haus. Mit den Familienfotos überall und dem großen Fenster zum Garten raus. Als die Zwillinge noch klein waren, sind John und sie manchmal hier unten eingeschlafen, neben ihnen die beiden Babyschaukeln, die die Kleinen in den Schlaf wiegten, während die Sonne über einem neuen Tag aufging. Hier schauen die Zwillinge ihre Filme, hier veranstalten John und sie ihre Serienmarathons.

Bis heute *war* das ihr liebstes Zimmer im ganzen Haus.

Mühsam kämpft sie die plötzliche Wut auf Gladys nieder, die einfach rübergekommen ist und damit alles noch viel schlimmer gemacht hat. Gleichzeitig regt sich ein Funken Hoffnung in ihr, dass sie vielleicht misstrauisch geworden ist bei dem, was Sophie gesagt hat – was immer das auch war. Wäre ihre Tochter auf die Idee gekommen, Gladys zu bitten, die Polizei zu rufen?

Er beobachtet sie, den Hauch eines Lächelns auf den Lippen. Genießt ihren Schmerz, das sieht sie ihm an. Genießt ihrer aller Schmerz. Bei dem Gedanken wird ihr übel.

»Ich sitze, schau, ich sitze«, sagt sie, auch wenn er das selbst sehen kann. Aber sie muss ihn ablenken, muss dafür sorgen, dass seine Aufmerksamkeit auf sie konzentriert ist. Die braunen Locken ihrer Tochter hat er fest im Griff. Sophies Hand öffnet und schließt sich krampfhaft in dem Versuch, dem Schmerz zu entgehen. Ihr Kind, ihr Baby. Am liebsten würde sie aufspringen und ihm die Augen auskratzen, ihm mit den Fingernägeln durchs Gesicht fahren.

»Sie hat gar nichts gesagt«, behauptet George leise.

»Niemand hat dich gefragt. Und wir wissen alle, dass sie irgendwas gesagt hat. Also, Sophie, jetzt hör mir mal zu. Du wirst mir erzählen, was du zu der alten Krähe gesagt hast, oder ich reiße dir all deine hübschen Haare vom Kopf.«

»Ich hab gesagt, ich will Schokokuchen«, jammert Sophie mit tränenerstickter Stimme. Katherine sieht ihr an, dass sie lügt, und ist stolz auf ihr kleines Mädchen. Auch wenn sie ihnen die eiserne Regel eingetrichtert hat, immer die Wahrheit zu sagen – heute sind die Regeln außer Kraft. Heute wurden sie alle gebrochen.

Aber er glaubt ihr. »Dummes Kind«, lacht er, lässt ihre Haare los und schubst sie Katherine entgegen, die das schluchzende Kind fest in die Arme schließt. Sie spürt, wie George seiner Schwester tröstend auf den Rücken klopft in dem verzweifelten Versuch, zu helfen, die Situation irgendwie besser zu machen. Sie streckt einen Arm aus und zieht auch ihn an sich.

»Haltet die Klappe«, zischt er.

Sophie schluckt die letzten Schluchzer hörbar herunter. Die Luft im Zimmer ist deutlich schlechter geworden. Die Klimaanlage ist alt und arbeitet hier drinnen nicht besonders gut, in jedem Fall nicht gut genug für diese schreckliche Hitze, und Katherine und ihren Kindern dringt die Angst aus allen Poren.

»Sie brauchen etwas zu essen«, sagt sie. In ihrem Kopf formt sich ein Plan. Wenn sie alle in die Küche gelangen können, wenn sie schnell genug dorthin kommen, dann können sie vielleicht durch die Hintertür fliehen. »Bitte, lass mich ihnen etwas zu essen machen«, wiederholt sie, weil er noch nicht Nein gesagt hat. Was heißen kann, dass er zumindest darüber nachdenkt.

Er fährt sich mit den Händen durchs Gesicht. Sie sind erst seit ein paar Stunden in diesem Raum, aber es fühlt sich an, als wären es bereits Tage.

»Meinetwegen, sie können sich was zu essen holen«, meint er schließlich.

»Lass mich mitgehen«, erwidert sie und hofft, dass er ihr die Nervosität nicht anhört.

»Warum gehst du nicht alleine und lässt sie hier bei mir?« Er grinst sie an, als wäre das ein freundlicher Vorschlag.

Sie holt tief Luft. Was würde passieren, wenn sie alleine fliehen würde? Seine Wut würde ihr gelten, nicht ihren

Kindern, aber ... er würde ihnen wehtun, um sie zu bestrafen. Da ist sie sich absolut sicher.

»Nein, nein ... George, geh du, nimm Sophie mit. Und esst etwas ... etwas Obst, bevor ihr zu irgendetwas anderem greift.«

George erhebt sich. Sie fängt seinen Blick auf, schaut ihn bedeutsam an und nickt leicht. Versteht er, dass er sie hier zurücklassen, dass er seine Schwester nehmen und zur Hintertür rausrennen soll? Wenn George und Sophie in Sicherheit sind, dann kann sie mit der Situation umgehen. Kann den ganzen Tag hier sitzen, und die ganze Nacht. Er kann sie sogar töten, das macht ihr nichts aus. Solange ihre Kinder in Sicherheit sind.

George nickt zurück, dann nimmt er seine Schwester bei der Hand.

»Oh, und George«, sagt er beiläufig, als sie schon bei der Tür sind. Ihr Sohn erstarrt, erwidert aber nichts. »Wenn du nicht in fünf Minuten zurück bist, schieße ich deiner Mutter in den Kopf.« Das sagt er so nüchtern. So kalt. Sie kann nicht glauben, dass das sein wahres Ich ist. Sie will es nicht glauben.

George wirft ihr einen kurzen Blick zu und sie nickt noch einmal. Hofft, dass er die Anweisung missachten und fliehen wird, einfach wegrennen ... aber die Art, wie er sie ansieht, verrät ihr, dass er eine Entscheidung getroffen hat. Ihr Blick fällt auf ihre Hände. Auf den einfachen Goldring an ihrem Finger, den sie dreht und dreht, als könne sie ihn so von ihrem Dasein abkoppeln.

»Sie lieben ihre Mum, was?«, grinst er höhnisch, als die Kinder das Zimmer verlassen haben.

»Du quälst sie. Wie kannst du ihnen das antun? Ich verstehe, warum du mich quälen willst, ich verstehe es wirklich – aber sie? Bitte, lass sie doch einfach gehen. Ich höre mir alles an, was du zu sagen hast. Nur lass sie gehen.«

»Nein«, erwidert er einfach. »Nein.«

»Warum sagst du nicht endlich, was du sagen willst? Ich

werde dir auch nicht ins Wort fallen. Erzähl mir einfach, was du mir erzählen willst.« Beim Sprechen versucht sie angestrengt, die Wut zurückzuhalten, die in ihr hochkocht. Wut wird nicht helfen. Kurz fragt sie sich, ob sie in der Lage wäre, ihn zu überwältigen, wenn sie sich jetzt einfach auf ihn stürzen würde. Und ob er, wenn sie es nicht schafft, nicht nur sie, sondern auch ihre Kinder töten würde. Das traut sie ihm zu, auch wenn sie gestern noch das Gegenteil behauptet hätte. Bis gestern war sie ein anderer Mensch. Bis vor ein paar Stunden hat sie geglaubt, dass ihre Liebe ihn retten könne; inzwischen weiß sie, dass sie all die Jahre nur ihre Zeit verschwendet hat.

»Hör auf damit«, fährt er sie an, und erst da wird ihr bewusst, dass sie immer noch an ihrem Ring herumdreht.

Aus der Küche dringen die Geräusche der Kinder, die Verpackungen öffnen, etwas auf den Boden verschütten. Sie schließt die Augen und wünscht sich, dass die beiden einfach wegrennen ... aber das werden sie nicht. Sie ist ihre Welt, ihre ganze Welt. Sie haben noch nicht gelernt, ohne sie zurechtzukommen.

Sie hebt den Stoffaffen auf, den Sophie zu Hause immer mit sich herumschleppt. Ursprünglich hat er mal ein glänzendes, weiches braunes Fell gehabt, aber inzwischen ist es ausgebleicht, das Gesicht grau, ein Auge etwas windschief, weil es ihm einmal abgefallen ist und sie es wieder angenäht hat, nur nicht ganz an der richtigen Stelle.

»Ich finde, du verdienst diese Kinder nicht. Manche Frauen sollten nicht Mutter werden. Manche Frauen sind einfach zu selbstsüchtig.«

»Manche Männer sollten auch nicht Vater werden«, erwidert sie leise – und verflucht sich im nächsten Moment für ihre Dummheit.

Ihr Blick wandert kurz zu dem Bücherregal, in dem ihr Hochzeitsfoto steht. Sie und ihr frisch gebackener Ehemann sehen darauf unglaublich glücklich aus, die Augen leicht zusammengekniffen von der Sonne. »Lassen Sie uns Aufnahmen von der anderen Seite aus machen«, sagte der Fotograf, als er es bemerkte, und sie lachten beide, als er ihre lange Schleppe aufhob, um ihr beim Umdrehen zu helfen. Beim Gang zum Altar sah sie wunderschön aus mit den weißen Rosen aus Spitze am Ende, aber für den anschließenden Empfang stellte sie sich als wirklich unpraktisch heraus. Trotzdem hat sie dieses Foto für den Rahmen ausgewählt, auch wenn es bessere von ihnen beiden gibt. Wegen der Art, wie er sie darauf ansieht. Weil sein Blick die Liebe zwischen ihnen beiden förmlich spürbar macht. Sie wendet die Augen ab, während Mitleid in ihr aufkommt für ihr jüngeres Ich, für all das, was sie damals noch nicht wusste.

Er steht an dem großen Fenster, das auf den Garten und den Pool hinausgeht. Sie kann das Wasser in der Sonne schimmern sehen, strahlend blau und einladend. Um richtige Bahnen zu schwimmen, ist er zu klein, aber sie und die Kinder hätten den Nachmittag darin herumgeplanscht, während sie darauf gewartet hätten, dass die erdrückende Hitze nachlässt. Er wendet sich vom Fenster ab und schaut stattdessen zu ihr, dann auf die Uhr, die er am Handgelenk trägt, silbern mit weißem Ziffernblatt und einer eingravierten Widmung auf der Rückseite: *In Liebe, Katherine.*

»Mir ist echt egal, was du von Vätern hältst. Wirklich scheißegal«, sagt er leise. »Sie haben noch zwei Minuten, dann erschieße ich dich.«

Katherine hat keine Ahnung, was sie darauf sagen soll. Also hält sie den Mund. Erinnert sich stattdessen an die Freude, als sie feststellte, dass sie schwanger war, und den kurzen Angstschauer, als sie erfuhr, dass es Zwillinge waren. Sie hatte keine Ahnung, wie sie mit zwei Kindern gleichzeitig zurechtkommen sollte. Die absolute Erschöpfung der ersten Wochen ist inzwischen nur noch eine surreale Erinnerung, und die meiste Zeit ist sie einfach nur glücklich, dass die beiden einander haben.

Dass es zwei Menschen auf der Welt gibt, die für immer zusammengehören. Freundschaften können kaputtgehen, Ehen zerbrechen, Geschwister können sich zerstreiten und selbst das Band zwischen Eltern und Kind ist manchmal nicht stark genug – aber bei Zwillingen ist das anders. Selbst wenn sie sich streiten, existiert etwas zwischen ihnen, eine Art Verbindung, die nichts und niemand zerstören kann. Eine ganze Wand des Wohnzimmers ist mit gerahmten Fotos von den Zwillingen bedeckt, eingefangen von den ersten Tagen mit ihren zerknitterten Babygesichtern bis heute. Sophie liebt die Geschichte von ihrer Geburt, von der Nacht, in der sie auf die Welt kamen.

Katherine erwachte aus tiefem Schlaf – an sich schon ungewöhnlich, konnte sie doch in den letzten Monaten der Schwangerschaft selten überhaupt schlafen. Ihr Bauch war riesig und sie watschelte, wenn sie lief, während ihre Knie und ihr Rücken darum kämpften, mit dem zusätzlichen Gewicht klarzukommen. Die Zwillinge strampelten die ganze Nacht, traten und stießen um sich, weil es in ihrem Bauch so eng wurde. In der Nacht, in der sie geboren wurden, schlug sie im Dunkeln die Augen auf und ihre Hand erfühlte das nasse Bettlaken. Sie wusste, was das bedeutete, aber die Angst, dass es Blut sein könnte, ließ sie einen Moment erstarren. »John. John!«, rief sie und hörte, wie erstickt sie klang, als würde sie in einem Albtraum um Hilfe rufen. Er fuhr sofort hoch. »Sie kommen«, sagte er.

»Ich bin ... ich bin nicht sicher«, antwortete sie. Er schaltete das Licht ein und half ihr, sich aufzusetzen. Dann schlug er die Decke zurück, und zusammen sahen sie, dass die Flüssigkeit auf dem Bett durchsichtig war.

»Okay«, sagte er und übernahm das Kommando. Er half ihr aus dem Bett und in die Dusche, damit sie das Fruchtwasser abwaschen konnte, bevor sie ins Krankenhaus fuhren. Die ersten Wehen bekam sie erst, als sie bereits in einem Krankenhausbett lag. Katherine ist noch heute überzeugt davon, dass sie extra gewartet haben, weil ihre Mutter Angst hatte, dass die Geburt beginnen würde, bevor ein Arzt in greifbarer Nähe war. »Ihr wurdet geboren, als gerade die Sonne aufging, und das ganze Zimmer war von Licht erfüllt. Der Arzt sagte, dass Sommerbabys die schlausten überhaupt seien.« Ihre Erzählung schloss sie immer mit diesen Worten ab.

Vor langer, langer Zeit saß John neben ihr und hörte zu. Hörte die Geschichte genauso gerne, wie sie sie erzählte.

»Ich werde euch immer lieben und euch beschützen«, flüsterte er ihnen zu, als sie auf der Neugeborenenstation in ihren durchsichtigen Kinderbettchen eingemummelt lagen. Sie war erleichtert, ihn das sagen zu hören, zu wissen, dass sie die Kinder zusammen großziehen würden. Aber jetzt ... jetzt wandern ihre Gedanken wieder zu dem Streit letzte Nacht.

»Dieses Verhalten werde ich nicht akzeptieren, John. Das geht so einfach nicht.« Sie lief in der Küche auf und ab, stellte Teller in den Schrank, wischte die Arbeitsplatte ab, sammelte Krümel auf. Immer wenn sie sich streiten, macht sie sauber, hat das Bedürfnis, zumindest über irgendetwas die Kontrolle zu haben, egal was.

»Und wie willst du ohne mich die Rechnungen bezahlen? Wie willst du dich um die Kinder kümmern?« Er lehnte an der Spüle, die Arme verschränkt, und beobachtete sie. Beobachtete, wie sie putzte.

»Ich lass mir was einfallen.« Sie warf die Krümel weg und wischte sich die Hände ab.

»Du willst mich also einfach auf den Müll schmeißen, Katherine, mich einfach so loswerden.«

Da drehte sie sich zu ihm um. Sah die Verzweiflung, die ihm ins Gesicht geschrieben stand. »Du bist derjenige, der mit einer anderen zusammen sein will.« Sie schnappte sich den Wischlappen und fuhr über die längst sauberen Oberflächen.

»Das ist Blödsinn, und das weißt du auch. Lass es mich erklären. Ich kann das alles erklären, wenn du mir mal einen

Moment zuhörst – endlich mal aufhörst zu putzen und mir zuhörst!« Frustriert schlug er mit der Hand auf die Arbeitsplatte.

»Ich weiß, was ich gelesen habe. Dafür gibt es keine andere Erklärung.« Ohne ein weiteres Wort stapfte sie aus der Küche, ließ ihn da stehen mit seiner Erklärung auf den Lippen und niemandem, der sie hören wollte.

Wie ist es nur so weit gekommen? Sie weiß nicht einmal, wo sie anfangen soll, nach dem Grund dafür zu suchen, dass das hier heute passieren konnte.

Er beobachtet sie neugierig. »Woran denkst du?«

Sie schüttelt den Kopf. Was immer sie jetzt sagen könnte, wäre das Falsche, das fühlt sie.

Die Kinder kommen aus der Küche zurück; Sophies Gesicht ist mit Schokolade verschmiert. »Sie musste vorher eine Banane essen«, erklärt George, und Katherine nickt und wischt sich die Tränen ab. Ihr Sohn klingt mit einem Mal um Jahrzehnte älter.

»Du machst immer, was deine Mum dir sagt, nicht wahr, George?«, bemerkt er höhnisch.

George antwortet nicht. Selbst mit fünf weiß er, wann es besser ist, zu schweigen.

Er sieht George an und gestikuliert mit der Pistole. »Ich werde dir jetzt etwas sagen, das mein Vater mir gesagt hat, Georgie-Boy. Etwas, das dir jemand eines Tages sagen sollte, und vielleicht ist heute dieser Tag, und vielleicht hörst du auf das, was ich dir sage, weil du dich dein Leben lang daran erinnern wirst. Falls du die Chance kriegst, erwachsen zu werden und in die große weite Welt hinauszuziehen ... und das ist ein großes Falls ... aber falls du das hier überlebst, dann musst du immer an eins denken: Traue niemals einer Frau. Frauen darfst du niemals vertrauen.«

NEUN

LOGAN

Logan trommelt beim Fahren auf das Lenkrad, während er mit sich ringt. Macht er mehr aus der Sache, als wirklich dahintersteckt? Eigentlich glaubt er das nicht. Er macht den Job jetzt schon ein paar Monate, und bisher hat er noch nie so ein Gefühl gehabt. Mit diesem Gedanken ist die Entscheidung gefallen: Er wird später noch einmal bei dem Haus vorbeifahren und versuchen, den Laptop auszuliefern. Und dabei hoffentlich feststellen, ob es der Frau wirklich gut geht.

An der nächsten Kreuzung biegt er kopfschüttelnd rechts ab statt links, wo es zur nächsten Adresse auf seiner Route ginge. Sein Bedürfnis, nach der Frau zu sehen, ist wirklich nicht mehr normal. Durch den Umweg wird er später daheim sein. Und das Bier, das dort wartet, rückt in immer weitere Ferne.

Sein Handy meldet sich mit einer weiteren Textnachricht. Hartnäckig ist sie ja.

Du musst mich sofort anrufen!!!!

Das passiert alle paar Monate. Normalerweise geht es um Geld. »Ich kann die Miete nicht bezahlen, ich kann mir kein Benzin fürs Auto leisten, wir haben nichts mehr zu essen im Haus.« Das neueste Desaster wird mit weinerlicher Stimme berichtet, begleitet von reichlich Tränen und Schniefen. Die sind allerdings nur Show: Wenn er sie abblitzen lässt – und er lässt sie oft abblitzen –, dann wandert sie einfach weiter zum Nächsten in der Familie. Viel Glück dabei – solange sie Maddy in Ruhe lässt. Wie weit er sich auch von ihnen zurückzieht, die Verbindung reißt nie ganz ab. Und das weiß sie.

Das erste Mal hat sie ihn ein Jahr nach seinem Auszug angerufen. Er wusste, dass sie in den vergangenen zwölf Monaten nicht einen Gedanken an ihn verschwendet hat. Er war damals erst neunzehn und kam nur mit Müh und Not über die Runden. Doch wann immer er in Versuchung kam, anzurufen und zu fragen, ob er nicht für ein, zwei Monate zurückkommen könne, bis er wieder auf eigenen Beinen stehen würde – etwa, wenn er ein paar Nächte im Freien übernachten musste –, bremste er sich gerade noch rechtzeitig.

Als sie das erste Mal anrief, war er geschockt, bekam fast schon Angst wegen der Verzweiflung, die in ihrer Stimme lag. »Wenn wir die Miete nicht bezahlen können, sitzen wir bald alle auf der Straße, Logan.« Also schickte er, was sie verlangte. Geld, das er sich selbst borgen musste. Damit Maddy weiterhin ein Dach über dem Kopf hatte.

»Sie sind fein essen gegangen«, erzählte Maddy ihm zwei Tage später. »Das fand sie lustig.« Seitdem wusste er, dass das Geld nie dafür verwendet werden würde, was sie angab, aber manchmal gab er trotzdem nach, weil das Band zwischen ihnen noch nicht gänzlich zerrissen war, ihre Stimme ihn manchmal immer noch erreichte.

Eine weitere Nachricht trifft ein.

Ruf mich sofort an. Es geht um Maddy.

Logan stöhnt. Jetzt muss er sie anrufen. Er hat keine Wahl. Gut möglich, dass sie lügt, aber das Risiko kann er nicht eingehen.

Er biegt in eine Seitenstraße ab und parkt den Lieferwagen. Dieser Tag kann wirklich nicht mehr schlimmer werden.

Bevor er sie anruft, versucht er, Maddy zu erreichen, erwischt aber wieder nur die Mailbox.

Also tippt er ihre Nummer ein und wünscht sich, er hätte sie nicht, und sie hätte seine nicht ... aber daran lässt sich jetzt nichts mehr ändern.

»Logan«, sagt sie, als sie rangeht.

»Carmella«, erwidert er.

»Du könntest mich Mutter oder Mum nennen, weißt du.«

»Ja ... lass uns lieber nicht wieder darüber streiten.« Seine Hände umklammern das Lenkrad. Spontan ist er froh, dass er für den Anruf rechts rangefahren ist. Bis das Gespräch vorbei ist, sollte er lieber nicht am Steuer sitzen. »Was ist mit Maddy?«

»Willst du mich nicht erst mal fragen, wie's mir geht? Was mit deinem Dad ist? Du weißt, dass es ihm nicht gut geht. Ich habe eine Menge durchgemacht in letzter Zeit. Du könntest ruhig rüberkommen und mir helfen. Ein anständiger Sohn würde das tun. Aber du hast ja schon immer alles und jeden aus deinem Leben ausgeschlossen, nicht wahr, Logan?«

Logan knirscht mit den Zähnen und schweigt.

»Alle sind bereit, die Vergangenheit ruhen zu lassen, Logan, alle außer dir – und jetzt hast du Maddy auch noch solche Flausen in den Kopf gesetzt. Dein Dad hat recht: Du bist schrecklich undankbar.«

Logan sieht zu, wie seine Knöchel weiß werden, und spürt, wie seine Kiefermuskeln zucken, weil er die Zähne so fest zusammenbeißt. »Was ist mit Maddy?«, wiederholt er langsam und drohend.

Sie seufzt. »Tja, ich hab sie vor diesem Jungen gewarnt, aber was will man machen, sie wollte einfach nicht hören. Sie redet ja so schon kaum mit mir, aber ich gebe mir wirklich Mühe mit ihr, genauso wie ich mir Mühe mit dir gebe, Logan. Aber ihr beide scheint euch zwanghaft an eure eigene Version eurer Kindheit erinnern zu wollen, ohne jeglichen Respekt dafür, was wir alles für euch getan haben. Dein Vater und ich haben unser Bestes gegeben, was euch Kinder angeht, aber euch war ja nie irgendwas gut genug.«

Im Geiste hört er die Stimme seines Vaters, mit dem er seit Jahren kein Wort gewechselt hat. »Wer würde seine Zeit schon mit dir verschwenden wollen? Du bist so hässlich, dass selbst Tiere vor dir wegrennen. Niemand mag jemanden, der nie lächelt. Was ist dein Problem?« Seine Eltern haben bei Weitem nicht ihr Bestes gegeben – nicht mal ansatzweise.

Logan lässt den Kopf aufs Lenkrad sinken, spürt seine Schläfen schmerzhaft pochen. Er weiß, dass er sich von ihr nicht provozieren lassen, ihr keine Lücke bieten, keinen Zentimeter nachgeben darf, denn das Ergebnis wäre unweigerlich, dass er sie anschreit und sie zurückschreit. Sie würde niemals zugeben, was für eine schreckliche Mutter sie ist.

»Ich lege jetzt auf«, sagt er stattdessen.

»Okay, okay«, gibt sie nach, beleidigt, dass er sich nicht auf die Diskussion einlässt. Sie liebt ein zünftiges Drama. »Jemand hat sie verprügelt. Sie haben keine Ahnung, wer, aber ich habe dem Constable, der angerufen hat, gesagt, dass ich glaube, dass es dieser Junge war. Er hat sie zusammengeschlagen und einfach liegen lassen. Sie ist im Krankenhaus und ich versuche, einen Flug nach Melbourne zu kriegen, um bei ihr zu sein.«

»Was?«, macht Logan wie vor den Kopf gestoßen.

»Muss ich es noch mal erklären?«

»Nein … nein. Wie schlimm ist es? Wird sie wieder gesund? Welches Krankenhaus? Wann ist das passiert?«, feuert er eine Frage nach der anderen auf sie ab, während sich sein Magen schmerzhaft zusammenzieht. *Ich bring ihn um, ich bring ihn um, ich bring ihn um.*

»Die Ärzte sind hoffnungsvoll, dass sie es überstehen wird, und ... es war ... ähm ... vor ein paar Tagen oder so.«

»Vor ein paar Tagen, und du sagst mir das jetzt erst?!«

»Ja, also ... ich war ... ich hab's dir doch jetzt gesagt, oder nicht?«

Ihr verletzter Tonfall reizt ihn nur noch mehr. Nichts ist jemals ihre Schuld. Schließlich tut sie *immer nur ihr Bestes.* »In welchem Krankenhaus liegt sie? Ich muss sie anrufen, und dann ... dann muss ich runterfliegen.«

»Footscray Hospital.«

»Haben sie ihn verhaftet?«

»Sie können ihn nicht finden.«

»Was?«

»Sie können ihn nicht finden. Natürlich suchen sie nach ihm – also, die Polizei.«

»Woher wissen sie, dass er es war?«

»Sie wissen es ja nicht mit absoluter Sicherheit, aber sie ist im Krankenhaus und er ist verschwunden und die Nachbarn haben gehört, wie sie gestritten haben und so ... und ich hab ihnen ja gesagt, dass ich glaube, dass er es war. Es ist doch immer der Freund oder der Mann, oder nicht?«

»Ich glaub das einfach nicht«, murmelt er, und er meint es ernst. Patrick ist ein Verlierer, aber die paar Male, die Logan ihm begegnet ist, hat er nie irgendwelche aggressiven Schwingungen von ihm aufgefangen. Er ist groß und dünn und scheint eingeschüchtert von Logan, und das ist ihm ganz recht so.

»Okay, ich hab keine Lust mehr auf das Gespräch hier. Ich habe dir Bescheid gesagt, weil ich weiß, dass sie das so wollen würde. Aber ich brauche Geld, um nach Melbourne runterzukommen. Sie würde wollen, dass ich bei ihr bin. Ich bin schließlich ihre Mutter.«

Logan fühlt, wie ein Schrei in seiner Kehle aufsteigt. Er beißt in die geballte Faust, bis es blutet, um nicht zu sagen: Nein, sie würde nicht wollen, dass du bei ihr bist. Sie verachtet dich, weil du als Mutter absolut nicht zu gebrauchen warst. Dein einziger Job war es, deine Kinder zu beschützen, und du hast versagt.

»Woher wussten sie, wie sie dich erreichen sollten?«, fragt er, die Stimme vor Wut erstickt.

»Im Gegensatz zu dir hat sie mich in ihrem Handy als ›Mum‹ eingespeichert. Ich schätze, sie hielten es wohl für das Beste, mich anzurufen.« In ihrem Tonfall schwingt ein armseliger Hauch Selbstgefälligkeit mit. Als ob der Titel allein über die Tatsache hinaus, dass sie sie zur Welt gebracht hat, irgendetwas zu bedeuten hätte.

Logan atmet tief durch. »Was das Geld angeht ...«, sagt sie, und er legt auf. Und hofft, dass sie noch ein wenig mit der toten Leitung redet.

Einen Moment sitzt er still da, atmet einfach ein und aus, versucht, sich einen Plan zurechtzulegen. Was immer er heute vorhatte, und wo auch immer er eigentlich gerade hinwollte, jetzt zählt nichts mehr außer zu Maddy zu kommen. Er muss nach Melbourne fliegen.

»Ruf Debbie an«, sagt er laut zu sich selbst. Sie wird wissen, was er zuerst tun sollte.

»Hey Babes«, begrüßt sie ihn, und er erklärt, was passiert ist.

»Oh, die arme Kleine. Die arme, arme Kleine. Wir wussten immer, dass Patrick ein Nichtsnutz ist.«

»Ja, und jetzt muss ich zu ihr. Ich muss die Pakete zurück ins Depot bringen. Mack wird ziemlich sauer sein.«

»Überlass Mack nur mir. Warte mal kurz ...« Er hört sie etwas am Rechner tippen. »Die Flüge sind alle ausgebucht, Babes. Der früheste, den ich dir buchen kann, geht heute Abend um acht.«

»Ich muss aber sofort zu ihr.« Er zieht an einem Finger nach dem anderen, das laute Knacken irgendwie tröstlich. Er kann einfach nicht stillsitzen.

»Okay, warte kurz. Gib mir ein paar Minuten und erledige so lange die nächste Lieferung. Ich rufe Terri an, die kenne ich noch von der Ausbildung. Sie arbeitet dort als Krankenschwester. Gib mir einfach ein paar Minuten. Jetzt zum Flughafen zu hetzen, nur um dort stundenlang rumzusitzen und verrückt zu werden, ist doch sinnlos.«

»Okay.« Er ist erleichtert, dass Debbie weiß, was zu tun ist. Sie weiß immer, was zu tun ist.

Logan atmet tief durch, um sich zu beruhigen, und fährt weiter. Vor seinem geistigen Auge erscheint seine kleine Schwester mit ihrem breiten Grinsen und ihren zierlichen Händen, die in der Luft zu tanzen scheinen, wenn sie etwas erklärt, das sie begeistert. Wenn er Patrick findet, wird er ihn umbringen. Das weiß er mit absoluter Sicherheit. Deshalb hofft er wirklich, dass die Polizei ihn vor ihm aufspürt. Albtraumhafte Szenen spielen sich in seinem Kopf ab, und trotz der Klimaanlage beginnt er zu schwitzen. Und biegt zweimal falsch ab.

»Konzentrier dich«, ermahnt er sich selbst.

Sein Handy klingelt. Er wirft einen Blick aufs Display, hofft, dass es Debbie ist, aber es ist Macks Nummer. Mack ruft ihn mindestens zweimal am Tag an. Erst wenn er das irgendwann nicht mehr tut, kann Logan sicher sein, dass er sich das Vertrauen seines Schwagers endgültig verdient hat. Er holt tief Luft und geht ran.

»Hey Mack.«

Bevor er seinem Schwager von der Sache mit Maddy erzählen kann, fällt der ihm ins Wort.

»Also, ich hab hier was Komisches. Du kennst doch diese E-Mails, die wir rausschicken, nachdem ein Paket ausgeliefert wurde. Die, in denen wir fragen, wie der Kunde unseren Service fand?«

»Ja«, antwortet Logan vorsichtig.

»Tja, also, das System hatte eine Fehlfunktion und die E-

Mails wurden rausgeschickt, bevor die Pakete als ausgeliefert rückgemeldet wurden ...«

»Mack, warum rufst du an?«, fragt Logan kurz angebunden. Er kann seine Frustration nicht verbergen. Schließlich wartet er dringend auf Debbies Rückruf.

Einen Moment herrscht Schweigen in der Leitung.

»Wie auch immer«, fährt Mack fort, »das Problem haben wir behoben. Aber eine Frau – eine Katherine West – steht für heute Morgen auf deiner Auslieferungsliste, und sie hat im Fragebogen ›sehr unzufrieden‹ angeklickt. Ich sehe natürlich, dass das Paket noch gar nicht ausgeliefert ist, und wegen der Absenderadresse vermute ich, dass es ein Laptop ist, deshalb hab ich mich gefragt, Logan ... wo ist dieser Laptop?«

Macks Tonfall ist höflich, eine einfache Nachfrage. Sollte irgendjemand das Gespräch zufällig mithören, würde derjenige sicherlich annehmen, dass er einfach nur herausfinden will, was da schiefgegangen ist. Aber Logan weiß, dass er gerade des Diebstahls beschuldigt wird. Nicht zum ersten Mal, und sicher auch nicht zum letzten. Das Problem lässt sich immer schnell beheben, und sein Schwager sagt dann gewöhnlich etwas wie: »Ich wusste doch, dass es eine ganz einfache Erklärung dafür gibt« ... tatsächlich aber wartet Mack auf den Moment, in dem Logan keine Erklärung parat hat, sich das Problem nicht einfach und schnell beseitigen lässt.

Er schweigt einen Moment und sammelt seine Gedanken. Unterdrückt gewaltsam die Wut, die er in sich aufsteigen spürt.

»Ich habe heute Morgen versucht, den Laptop auszuliefern, aber sie wollte die Tür nicht öffnen. Ich habe ihr erklärt, dass sie dafür unterschreiben muss, aber sie wollte immer noch nicht öffnen. Also hab ich ihr gesagt, dass ich es am Ende des Tages bei der nächsten Poststelle abliefere. Es ist immer noch im Lieferwagen – warte kurz, ich schick dir ein Foto.«

»Oh«, macht Mack, »nein, das ist nicht nötig ...«

Aber Logan weiß, dass das nicht stimmt. Also steigt er aus,

schiebt die Seitentür des Lieferwagens auf, sucht das Paket heraus und fotografiert es. Achtet darauf, dass der Name der Frau deutlich zu erkennen ist. Dann schickt er das Foto an Mack. »Hast du es?«

»Ja ... okay, komisch. Wahrscheinlich war sie nur sauer, dass sie es heute nicht gekriegt hat.«

»Ich werde mir ja wohl kaum gewaltsam Zutritt zu ihrem Haus verschaffen, oder, Mack?« Logan versucht, versucht wirklich, jegliche Drohung aus seiner Stimme herauszuhalten.

Mack räuspert sich. »Nein, natürlich nicht. Vielleicht hat sie einfach die falsche Taste erwischt. Ich schicke ihr den Fragebogen noch mal, und vielleicht rufe ich sie in ein paar Tagen mal an. Ich bin sicher, es war ein Versehen.«

»Klar, natürlich. Ich mach dann mal weiter mit der Arbeit«, erwidert Logan. Jegliche Motivation, seinem Schwager zu erklären, dass seine Schwester gerade im Krankenhaus liegt, ist verflogen, deshalb legt er auf.

Während er auf Debbies Rückruf wartet, weiß er nichts mit sich anzufangen. Eigentlich war er auf dem Weg zu Katherine Wests Haus, aber ihre Antwort im Fragebogen klingt so, als wäre alles okay bei ihr, als sei sie einfach sauer, weil er das Paket nicht vor der Tür hat stehen lassen. Er wirft einen Blick auf seine Auslieferungsliste. Was bleibt ihm auch übrig? Was kann er sonst tun? An der nächsten Kreuzung biegt er links ab und schlägt mit der Hand auf das Lenkrad, während ihm Patricks Gesicht und sein zotteliger Bart vor Augen stehen.

Bis vor ein paar Minuten hat er noch gedacht, der Tag könne nicht mehr schlimmer werden. Aber manchmal scheint sich die ganze Welt gegen ihn verschworen zu haben. Alles, was er wollte, war ein ganz normaler Arbeitstag und danach ein kühles Bier mit seiner Frau. Beim Fahren lässt er seiner Wut freien Lauf. Schließlich ist er alleine im Lieferwagen. Er schlägt noch ein paar Mal auf das Lenkrad ein. Das harte Plastik lässt seine Handfläche brennen, und der leichte Schmerz wandert seinen Arm hinauf. Er murmelt unzusammenhängende, abscheuliche Gedanken vor sich hin. Gedanken, die er niemals vor jemand anderem äußern würde. Das hat er sich mühevoll selbst beigebracht. Vor seinem geistigen Auge sieht er seinen Vater, ein spöttisches Lächeln auf dem Gesicht: »Du wirst im Knast enden, Junge, das versprech ich dir.« Der Lärm und die Angst in seiner ersten Nacht im Gefängnis waren eine einzige Qual, und die ganze Zeit hatte er das Gesicht seines Vaters vor Augen, seine Worte im Ohr.

»Gute Eltern, Eltern, die es wert sind, ein Kind zu haben, wollen, dass es Erfolg im Leben hat«, erklärte Aaron ihm. »Diese Unterstützung hatten Sie nicht, aber Sie können trotz allem erfolgreich sein.«

Logan muss sich immer wieder selbst an diese Worte erinnern, wiederholt sie im Geiste, wenn er wütend auf die Welt und auf sich selbst ist. Er denkt an Maddy und die Schmerzen, die ihr zugefügt wurden. Versucht, sich nicht ihr blutüberströmtes Gesicht, ihren mit blauen Flecken übersäten Körper vorzustellen. Bei dem Gedanken, dass sie verletzt ist, dass sie ganz alleine in einem Krankenhausbett liegt, dass er nicht bei ihr sein und ihre Hand halten kann, wird ihm schlecht.

Er hat sie schon immer geliebt, vom ersten Moment an, als ihre desinteressierte Mutter mit ihr aus dem Krankenhaus kam. Eine Mutter, die ihre erste Bierdose öffnete, als Maddy drei Tage alt war, und zufrieden seufzte: »Darauf hab ich schon ewig gewartet.«

Maddy hätte sich niemals für einen Mann entschieden, der ihr wehtun würde, wenn sie nicht von Eltern aufgezogen worden wäre, die genau dasselbe getan haben. So einfach ist das.

Logan sitzt in seinem Lieferwagen, reißt den Mund auf und brüllt seine Frustration heraus. Seine Enttäuschung darüber, was er für ein Leben führt, was er sich selbst angetan hat und wie schwierig jeder einzelne Tag ist, weil er in der Vergangenheit falsche Entscheidungen getroffen hat. Weil er es damals nicht besser wusste. Er brüllt so laut, dass ihm der Hals wehtut, aber nachdem er alles rausgelassen hat, geht es ihm besser.

Als er bei der nächsten Adresse auf seiner Route ankommt, ist er nicht sicher, wie er das geschafft hat. Während er am Eingang des Wohnblocks darauf wartet, dass ihm jemand aufmacht, fragt er sich, ob die Frau, Katherine West, bei der Umfrage wirklich nur den falschen Knopf erwischt hat. War sie sauer auf ihn, weil er den Laptop nicht dagelassen hat, oder steckt etwas anderes dahinter? Hat sie auf die Weise versucht, jemanden dazu zu bringen, sie anzurufen oder ihr eine Nachricht zu schicken, auf die sie antworten kann? Der Türsummer ertönt und Logan schüttelt den Kopf. Bestimmt bauscht er das Ganze nur auf, macht mehr daraus, als es eigentlich ist. Dennoch wird er das Gefühl nicht los, dass Katherine West auf diese seltsame Art versucht hat, jemandem zu kommunizieren, dass etwas nicht stimmt. Da ist er sich fast sicher. Das Gefühl, dass die Frau in Gefahr ist, will einfach nicht verschwinden, trotz allem, was ihm gerade im Kopf herumgeht.

Die Tür des Apartments, an das das Paket adressiert ist, steht offen, eine Frau im Sari erwartungsvoll lächelnd dahinter.

»Meine Gewürze«, sagt sie, »ein tolles Timing, ich habe meinen Vorrat gerade aufgebraucht.«

Logan lächelt und reicht ihr das Paket, und dabei sieht er, wie ihr Blick kurz über seine Hände und sein Gesicht huscht. Er spürt, wie er rot anläuft, mehr aus Beschämung als von der Hitze.

»Was für eine detaillierte Arbeit«, sagt die Frau leise, ihr Blick auf seine Hand gerichtet, auf den Skorpion, der darauf sitzt – der Körper des Tieres so perfekt gezeichnet, dass jeder Teil seines Skeletts sichtbar ist, der Schwanz aufgestellt, bereit zuzustoßen. Die Frau lächelt ihm zu und bedankt sich noch einmal für das Paket, dann schließt sie die Tür.

Ihre Stimme war leise und beruhigend, ihr Tonfall freundlich, und er spürt, wie ein Teil der Wut ihn verlässt. *Maddy wird es schaffen. Bitte mach, dass sie es schafft. Halt durch, Maddy, ich komme.*

Auf dem Rückweg zum Lieferwagen leuchtet das Display seines Handys auf. Es ist Debbie.

»Okay, ich hab mit Terri gesprochen«, erklärt sie, »sie arbeitet dort in der Notaufnahme. Maddy liegt auf der Intensivstation.«

»O Gott.« Eine Welle der Übelkeit erfasst ihn.

»Terri sagt, dass sie sie ins künstliche Koma versetzt haben, damit ihr Körper sich erholen und heilen kann. Sie hat eine Gehirnschwellung, und sie warten gerade darauf, dass die zurückgeht. Ich hab dir für heute Abend um acht einen Flug gebucht. Vor morgen früh wird sich ihr Zustand nicht verändern. Ich versuche gerade, ein Hotel in der Nähe des Krankenhauses zu finden.«

»Danke, Babe, danke«, sagt er und schämt sich ein wenig wegen der Tränen, die ihm über die Wangen laufen. Seine Schwester, seine kleine Schwester. *Ich bring ihn um. Ich bring ihn um.*

»Komm nach Hause«, bittet Debbie.

Logan sieht im Geiste vor sich, wie er im Wohnzimmer ihrer kleinen Wohnung auf- und abläuft, während sich die Stunden dahinziehen. »Nein, ich mache die Runde noch fertig. Viel zu tun ist eh nicht mehr und ich brauche etwas, das mich ablenkt. Kannst du deine Freundin, diese ... Terri stündlich anrufen und fragen, ob es etwas Neues gibt?«

»Natürlich. Versuch, ruhig zu bleiben. Sie ist in den besten Händen. Derzeit kannst du sowieso nichts tun.«

»Ich liebe dich«, sagt Logan, ganz untypisch für ihn. Es fühlt sich komisch an, das zu sagen.

»Ach Babes, ich liebe dich auch. Und du wirst sehen, alles wird gut. Sie wird wieder gesund. Mach du deine Route fertig, ich packe derweil für dich.«

Logan legt auf und beginnt, sich einen Plan zurechtzulegen, wie er Maddy zurück nach Sydney holen kann, damit Debbie und er sich um sie kümmern können. Für eine Zukunft zu planen, in der es ihr wieder gut geht, hilft ihm, sich auf das Hier und Jetzt zu konzentrieren. Deshalb hört er zwar eine Nachricht auf seinem Handy eintreffen, schaut aber erst nach, als er bei der nächsten Adresse ist.

Du bist der Nächste.

Eine unbekannte Nummer. Die Nachricht schockierend in ihrer Einfachheit. Der Nächste für was? Ist das wirklich für ihn gedacht oder hat sich da jemand vertan?

Er starrt auf die vier Worte. In seiner Vergangenheit lauern einige Leute, die Drohbotschaften schicken würden. Leute, die er bestohlen hat, Leute, die er im Gefängnis kennengelernt hat, selbst solche, die er einst als Freunde betrachtete – Leute wie Nick, aber der sitzt vermutlich noch im Knast. Seit dieser schicksalhaften Nacht hat Logan nicht mehr mit ihm gesprochen, hat sich sogar geweigert, ihn zu empfangen, als der ihn im Gefängnis besuchen wollte. Bevor er selbst gefasst wurde und für seine Verbrechen dort gelandet ist.

Er lacht bitter. Weil er einfach nicht glauben kann, dass all das an einem einzigen Tag passiert. Er lacht, als hätte ihm gerade jemand den besten Witz erzählt, den er je gehört hat. Erst als ihm bewusst wird, dass seine Wangen feucht sind, verstummt er und holt stattdessen tief Luft.

Der Nächste für was? Er sieht sich die Nachricht noch einmal an, versucht vergeblich, sich an jemanden mit dieser Nummer zu erinnern.

Maddy liegt in einem Krankenhausbett und jetzt behauptet jemand, er sei der Nächste. Das kann doch kein Zufall sein. Stammt die Nachricht von Patrick? Bestimmt nicht. Der ist in Melbourne, weit weg von hier. Aber vielleicht hat Patrick gar nichts damit zu tun, was mit seiner Schwester passiert ist. Gesichter und Namen blitzen vor seinem geistigen Auge auf. Jeder, mit dem er sich jemals abgegeben hat, weiß, dass er eine kleine Schwester hat, die er sehr liebt. Selbst wenn Nick noch im Gefängnis ist, weiß er alles über Logans Leben, und vielleicht ist er nicht begeistert davon, seit Jahren ignoriert zu werden. Vielleicht hat er über die Sachen, die sie zusammen angestellt haben, mehr geredet, als er hätte sollen. Nick kennt überall Leute. Die Liste der Möglichkeiten wird immer länger, je mehr er darüber nachdenkt. Sein Herz beginnt zu rasen bei dem Gedanken an all das, was er falsch gemacht hat.

Was, wenn das die Rache ist? Er dachte, er hätte die Vergangenheit hinter sich gelassen, aber was, wenn einer von denen, die er bestohlen hat, sichergehen will, dass er versteht, was für einen Fehler er damit begangen hat? Jemandem wehzutun, den er liebt, wäre die beste Möglichkeit dafür. Derjenige, der seine Schwester krankenhausreif geschlagen hat, weiß mit Sicherheit, dass er ins nächste Flugzeug springen würde, um zu ihr zu gelangen. Ihr wehzutun würde ihn zielsicher da runter locken – wo der Täter schon auf ihn warten könnte. »O Gott«, flüstert er und spürt, wie sich ihm der Magen umdreht, ihm der kalte Schweiß auf die Stirn tritt. Maddy wurde verletzt wegen etwas, das er getan hat.

Heute Abend wird er nach Melbourne fliegen, und dort wird seine Vergangenheit ihn einholen.

Er schlägt wütend mit der Hand aufs Lenkrad. *Ich bring ihn um, ich bring ihn um* – dieser Gedanke beherrscht ihn. Wen er damit genau meint, weiß er selbst noch nicht.

ZEHN

GLADYS

»Ich sag dir, was die tun sollten«, erklärt Lou und zeigt auf den Fernseher, wo gerade eine Varietéshow gezeigt wird. »Die sollten einen Hund dazunehmen, der Tricks kann.«

»Ich bin mir ziemlich sicher, dass einer der Kandidaten vor ein paar Wochen einen Hund dabeihatte«, meint Gladys, »sie haben ihn rausgewählt.« Obwohl sie der Sendung nicht wirklich folgt, schaut sie weiter auf den Fernseher. Ab und an wirft sie einen kurzen Blick aus dem großen Panoramafenster, vor dem der kleine runde Frühstückstisch und zwei Stühle stehen. Sonnenschein strömt herein, färbt den Holztisch orange, und auch wenn sie nicht draußen in der Hitze sein möchte, ruft das satte Grün des Rasens vor dem tiefblauen Himmel nach ihr.

»Keiner weiß gute Unterhaltung mehr zu schätzen.«

Gladys hasst die Varietéshow, aber Lou weigert sich, etwas anderes anzuschauen, auch wenn sie Zugriff auf gleich mehrere Streamingplattformen haben. Er scheint sich nicht lange genug auf einen Film konzentrieren zu können, um die Figuren auseinanderzuhalten. Bei Serien schläft er immer ein, und wenn er aufwacht, ist er sauer, weil sie ohne ihn weitergeguckt hat. Jetzt sitzt sie nur mit ihm im kühlen Wohnzimmer, weil er den ganzen Morgen nach ihr gerufen hat. Er scheint sie heute nah bei sich zu brauchen. Möglicherweise, weil seine übliche Routine mit Peter gestört wurde. Er lässt sich lieber von Peter beim Baden und Rasieren helfen; Gladys ist es nicht sonderlich gut gelungen: An seinem Kinn prangen zwei deutlich sichtbare Schnitte von der Rasierklinge.

»Meinst du nicht?«, fragt er, und ihr wird bewusst, dass sie ihm gar nicht geantwortet hat.

»Vielleicht hast du recht«, stimmt sie zu. »Es ist Zeit für deine Medizin, Lou. Möchtest du eine Kleinigkeit dazu essen?«

»Zu einem schönen Pfirsich würde ich nicht Nein sagen. Haben wir Pfirsiche da?«

»Haben wir«, antwortet sie und hört sein leises Seufzen. Er wollte eigentlich, dass keine im Haus sind, damit er murren und jammern kann. Bevor er etwas dazu sagen kann, geht sie in die Küche, wählt einen Pfirsich aus, wäscht ihn und schneidet ihn in mundgerechte Stücke – klein genug, dass Lou sie schlucken kann, aber groß genug, dass seine zitternden Hände sie halten können. Sie schiebt sich ein Stück in den Mund und genießt die intensive Süße, die immer nach Sommer schmeckt. Bei dem Gedanken, dass in ihrer Zukunft nichts mehr auf sie wartet außer der Verlust von Lou, bleibt Gladys das Stück im Hals stecken. *Sei nicht albern,* schalt sie sich selbst.

Sie bringt Lou den aufgeschnittenen Pfirsich, dazu seine Tabletten, und schaut schweigend zu, wie er ihn isst wie ein kleines Kind.

»Wo willst du jetzt schon wieder hin?«, fragt er, als sie das Wohnzimmer verlässt.

»Der Trockner ist fertig. Ich bringe nur schnell die Laken hoch und räume sie weg.«

»Du kannst einfach keinen Moment stillsitzen«, beschwert er sich gereizt.

Gladys verkneift sich eine scharfe Antwort. »Es dauert nur einen Moment«, sagt sie stattdessen.

Nachdem die Laken sicher und ordentlich verstaut sind, geht sie hinüber ins Gästezimmer, um zu sehen, ob Katherine die Jalousien in den Kinderzimmern inzwischen hochgezogen hat, aber sie sind immer noch unten. Das Haus steht still und finster in der morgendlichen Hitze.

Sie bleibt noch einen Moment länger am Fenster stehen. Fragt sich, warum sie das so sehr beunruhigt. Ihr fallen spontan hundert Gründe ein, warum sie nicht einmal darüber nachdenken sollte, aber irgendetwas lässt ihr keine Ruhe – auch wenn sie keine Ahnung hat, was das ist. Was meinte Sophie damit, im Haus gehe etwas Komisches vor sich? Hat die Kleine die Spannungen zwischen ihren Eltern auch gespürt?

Sie reibt über einen Fleck auf der Scheibe. Wollen sich die Wests etwa scheiden lassen?

Will Katherine das, oder John? Oder beide? Hoffentlich tun sie es nicht, schon wegen der Kinder. Katherine würde die Bedürfnisse der Zwillinge immer über ihre eigenen stellen. Gladys weiß, dass sie mit Leib und Seele Mutter ist. Bis Mitte letzten Jahres hat ihre eigene Mutter ihr noch geholfen, doch dann starb Janet an einem Herzinfarkt. Katherine war am Boden zerstört. Vielleicht hat der Verlust ihrer Mutter dazu geführt, dass sie jetzt alles in ihrem Leben hinterfragt. Jemanden zu verlieren, den man geliebt hat, lässt einen vieles in einem neuen Licht sehen. Allein das Wissen, dass Lou nicht mehr ewig an ihrer Seite sein wird, hat die Art verändert, wie Gladys ihr eigenes Leben lebt. Nichts scheint sie mehr wirklich zu interessieren.

Eine der Jalousien bewegt sich ein wenig, und dann erscheinen zu ihrem Erstaunen zwei kleine Hände, die ein Blatt Papier hochhalten. Etwas ist mit dickem blauem Filzstift darauf geschrieben, aber ohne ihre Brille kann sie es nicht lesen. Die braucht sie inzwischen für praktisch alles, nur hat sie sie leider unten beim Fernseher liegen lassen. Hastig schaut sie sich nach etwas um, das ihr helfen könnte. Als ihr Blick auf Lous Fernglas im Gästezimmerschrank fällt, das er zum Vogelbeobachten verwendet, macht ihr Herz einen Freudensprung. »Geh nicht weg, geh nicht weg«, wiederholt sie, wickelt hektisch das Halteband ab, hebt das Fernglas an die Augen und stellt die Linsen so ein, dass sie lesen kann, was in wackligen Buchstaben auf dem Blatt Papier geschrieben steht.

Hilft Uns

Helft uns. Da steht »Helft uns« in der Handschrift eines Kindes. Ein Frösteln überkommt sie. Schnell zieht sie das Handy aus der Tasche, um ein Foto zu machen, das sie Lou zeigen kann. Damit er ihr endlich glaubt, dass da drüben etwas nicht stimmt – doch plötzlich verschwinden die kleinen Hände mit dem Blatt Papier und die Jalousien fallen wieder herab.

Gladys wartet, während ihr Herz laut pocht, aber nichts bewegt sich im Nachbarhaus. Je länger sie die geschlossenen Jalousien anstarrt, desto mehr beginnt sie daran zu zweifeln, dass das gerade wirklich passiert ist.

Auf unsicheren Beinen steigt sie die Treppe hinab. »Du wirst nicht glauben, was ich eben gesehen habe«, sagt sie zu Lou.

»Den Wäscheschrank vermutlich«, antwortet er mit einem Hauch seines alten Humors.

»Nein, ich meine es ernst, Lou. Ich war im Gästezimmer, um zu sehen, ob die Jalousien von Katherines Haus inzwischen ...«

Er unterbricht sie mit gerunzelter Stirn. »Warum bist du so besessen von ihren Jalousien? Du klingst ehrlich gesagt ein bisschen verrückt, Gladys. Sie lässt sie unten, um die Hitze draußen zu halten, ganz einfach. Warum kannst du die Sache nicht auf sich beruhen lassen?«

»Jetzt hör mir mal zu, Lou Philips, und hör auf, mich zu

unterbrechen! Das ist wirklich unhöflich«, sagt sie scharf, die Stimme höher als sonst.

Lous Schultern fallen herab und er versinkt tiefer im Sessel. Er hasst es, wenn sie ihn anschreit. »Tut mir leid, altes Mädchen«, murmelt er, ganz untypisch für ihn, und Gladys fühlt sich wieder einmal schuldig. Er ist ja nicht mit Absicht so, wie er ist.

Sie geht zu ihm hinüber und setzt sich in ihren eigenen Ledersessel neben ihn. »Schon gut, Liebling. Aber ich wollte dir erzählen, was ich gesehen habe, also sei mal kurz still.«

»Also gut.« Sie hat seine volle Aufmerksamkeit, auch wenn er immer noch ein wenig zerknirscht ist, weil er ihr ins Wort gefallen ist.

»Eins der Kinder hat am Fenster ein Blatt Papier hochgehalten, darauf stand in Kinderschrift ›Helft uns‹. ›Helft‹ war zwar falsch geschrieben, aber da stand definitiv ›Helft uns‹.« Ihre Hand wandert kurz zum Handy. Wenn sie doch nur ein Foto hätte machen können ... Sie schiebt es zurück in die Tasche. Steht auf, setzt sich wieder. Das Blatt Papier erscheint vor ihrem geistigen Auge. Hat sie wirklich gesehen, was sie gesehen zu haben glaubt?

»Das ist schon ein bisschen seltsam«, gibt er zu.

»Nicht wahr?« Gladys ist erleichtert, dass er ihr glaubt, auch wenn sie es selbst nicht so ganz tut. »Ich hab dir doch gesagt, dass da drüben etwas nicht stimmt. Ich denke, ich sollte jetzt rübergehen und verlangen, dass Katherine die Tür öffnet. Oder vielleicht einfach die Polizei rufen.«

»Hör mal, Liebes«, sagt Lou sanft, »ich weiß, dass es schwer für dich ist, den ganzen Tag hier bei mir zu sein, wenn du eigentlich lieber draußen unterwegs wärst. Das weiß ich ... aber ich denke, dass du vielleicht einen Spaziergang machen solltest oder irgendwas. Ich komm schon eine Weile ohne dich klar.«

Dass er ihre Sorgen einfach abtut, als würde sie sich plötzlich Sachen einbilden, weil sie zu lange im Haus eingesperrt war, macht Gladys wütend. Sie hat gedacht, er sei endlich auf ihrer Seite. Trotzdem bemüht sie sich um einen gemäßigten Tonfall, weil sie weiß, dass er nur versucht, nett zu sein. »Irgendwas geht in diesem Haus dort vor. Ich weiß es einfach.« Sie wringt die Hände, während die Angst sich tiefer in sie hineinfrisst. Die Sache gestern – die, von der sie Lou nichts erzählt hat – fällt ihr wieder ein. Aber das hat bestimmt nichts mit dem zu tun, was bei Katherine gerade passiert, deshalb sieht sie keinen Grund, Lou damit zu belasten. Schließlich kann er sowieso nichts unternehmen.

»Vielleicht haben John und sie sich gestritten, und heute nehmen sie sich einfach eine Auszeit, um sich wieder zu beruhigen. Wahrscheinlich sind die Kinder deshalb unruhig und machen ein Spiel daraus. Weißt du noch, als du dachtest, ich flirte mit der neuen Sekretärin auf Arbeit?«

»Das ist Jahre her, Lou.« Sie seufzt und reibt sich die Stirn. Kopfschmerzen sind im Anmarsch.

»Ja, aber wir haben uns die ganze Nacht gestritten, und am nächsten Tag haben wir uns beide freigenommen und uns ein bisschen umeinander gekümmert. Manchmal braucht ein Pärchen einfach etwas Zeit für sich. Die Kinder spielen bestimmt nur. Wenn du jetzt die Polizei rufst, sind Katherine und John sicher nicht begeistert davon. Keiner in der Nachbarschaft ist das, wenn du dich einmischst.«

»Aber John ist doch gar nicht zu Hause, oder nicht? Du hast gesagt, du hast ihn heute Morgen wegfahren gehört.«

»Hab ich das gesagt?«, fragt er verwirrt.

»Ich sollte Katherine anrufen ...«

»Du mischst dich nur in ihre Angelegenheiten ein. Die Leute meinen bald, du wärst verrückt.«

»Lou, John ist heute früh am Morgen weggefahren, mit quietschenden Reifen davongebraust, laut genug, dass du wach geworden bist, das hast du mir vorhin erzählt. Vielleicht haben sie sich wirklich gestritten. Vielleicht hat er ... sie geschlagen oder so ... ich weiß auch nicht. Vielleicht braucht sie Hilfe, und deshalb haben die Kinder die Nachricht geschrieben. Du stimmst mir doch bestimmt zu, dass das nicht normal ist?«

Sie zieht das Handy aus der Schürzentasche. Dabei fallen ein paar Taschentücher heraus, also beugt sie sich herunter und hebt sie wieder auf.

»Gut, dann ruf Katherine doch einfach an.«

Gladys schweigt.

»Ich sagte, ruf sie doch einfach an.«

»Ja, weißt du, das hab ich schon«, gesteht sie, »vier Mal. Sie ist nicht rangegangen.« Sie schaut auf ihr Handy und beißt sich auf die Lippen. *Was soll ich jetzt tun? Was ist das Richtige?*

Lou reißt die Augen auf. »Du wirst noch wegen Belästigung verhaftet, Gladys. Stell dir vor, du im Gefängnis! Was mach ich denn dann?« Er zupft an seinem Hemd herum und schüttelt den Kopf. »Was mach ich dann?«

Hastig versucht sie, ihn zu beruhigen, legt die Hand sanft auf seine unruhigen Finger.

»Das wird nicht passieren, Lou. Ich rufe Katherine nicht noch mal an. Ich versuche es einfach schnell bei John auf Arbeit und dann vergessen wir die ganze Sache. Dauert nur eine Minute. Ich frage nur kurz nach den Kindern und ... ach, ich weiß doch auch nicht, ich denke mir irgendwas aus. Ich ruf ihn auf Arbeit an.«

»Woher hast du Johns Büronummer?«

»Hab ich gar nicht. Aber ich weiß, dass er bei Barker und Partnern arbeitet, oder nicht? Katherine hat mir einen ganzen Stapel Notizbücher von seiner Firma geschenkt, weil sie wohl das Logo geändert haben. Ich rufe an, und wenn er am Telefon auch nur ein bisschen ausweichend reagiert, dann marschiere ich rüber und sehe nach dem Rechten.« Während sie spricht, sieht sie ihn nicht an, schaut stur auf ihr Handy. Er soll keine Gelegenheit haben, ihr das auszureden.

Lou verschränkt die Arme und wartet.

Sie blinzelt durch die Brille auf ihr Handy, tippt bedächtig den Namen von Johns Firma ins Google-Suchfenster ein. »Ha«, sagt sie triumphierend, als sie sie findet, und wählt die Telefonnummer aus dem Google-Eintrag. Katherine hat ihr ganz stolz davon erzählt, dass John in seiner Firma zum Partner ernannt wurde. Es ist ein großes Unternehmen mit über hundert Angestellten. Das weiß sie, weil sie es gegoogelt hat.

»Ja, hallo«, sagt sie, als sich am anderen Ende eine sehr kompetent klingende Frau meldet. Gladys räuspert sich. »Ich würde gerne mit Jonathon West sprechen.«

»Dürfte ich fragen, wer Sie sind und worum es geht?«, erwidert die Frau.

Gladys spielt kurz mit dem Gedanken, ihr die Wahrheit zu sagen, entscheidet dann aber, dass eine kleine Lüge sie wahrscheinlich weiter bringen wird. »Ich bin seine Nachbarin, und ich glaube, dass bei ihm im Garten eine Rohrleitung undicht ist. Ich erreiche seine Frau nicht und ich mache mir Sorgen, dass das Haus unter Wasser gesetzt wird.« Gladys kreuzt die Finger und hofft. Die Wahrheit hätte wirklich zu seltsam geklungen. Die passende Lüge ist ihr einfach so eingefallen. Einmal hat sie Katherine anrufen müssen, weil die den Pool füllen wollte und das Wasser stundenlang laufen ließ. Der Wasserspiegel stieg immer weiter und weiter. Gladys sah aus ihrem Schlafzimmerfenster, dass der Pool schon kurz davor war überzulaufen. »Gott sei Dank hast du angerufen«, sagte Katherine später.

»Einen Moment, ich sehe nach, ob er Zeit hat.«

Sie schaut zu Lou hinüber. Er nickt ihr zu. Nun ist auch er neugierig. Sie müssen beide die Gewissheit haben, dass es Katherine gut geht. Gegenüber den jungen Frauen in der Nachbarschaft hegt Gladys schon fast mütterliche Gefühle. Katherines Mutter ist nicht mehr da, um ihre Tochter zu beschützen, und manchmal brauchen junge Frauen einfach jemand Älteren und möglicherweise Erfahreneren, der ihnen hilft und Ratschläge gibt.

»Es tut mir leid, Mr West ist heute nicht ins Büro gekommen«, erklärt die Frau, als sie wieder zurück ist.

»Oh … sind Sie sicher, dass er nicht nur in einem Meeting ist? Ich hinterlasse ihm gerne eine Nachricht.«

»Nein, tut mir leid. Wie gesagt, er ist heute den ganzen Tag noch nicht hier gewesen.«

»Und wo ist er dann?«

Die Frau zögert. »Diese Information hat mir seine Assistentin nicht weitergegeben.«

»Oh, vielleicht rufe ich ihn einfach direkt an. Könnten Sie mir seine Handynummer geben?«

»Sagten Sie nicht, Sie seien seine Nachbarin?«

»Ja.«

»Aber Sie haben seine Handynummer nicht?«

»Ich … also … nein.«

»Ich fürchte, ich kann die persönliche Telefonnummer eines Angestellten nicht herausgeben. Vielen Dank«, sagt die Frau, und dann legt sie einfach auf.

Gladys wendet sich zu Lou um. »Wenn er heute nicht auf Arbeit gefahren ist, wo ist er dann?«

»Zu Hause wahrscheinlich«, schlägt Lou vor.

»Aber er ist heute Morgen weggefahren, das hast du gesagt. Wenn er zurückgekommen wäre, hätten wir es gehört. Und warum sollte er überhaupt mitten am Tag heimkommen?«

Ihr Mann zuckt mit den Schultern. »Er ist ziemlich überstürzt gefahren und hat dabei reichlich Lärm gemacht, deshalb dachte ich … also ich dachte …«

»Was hast du gedacht?«, fragt Gladys und versucht, ihre Ungeduld ob des unvollendeten Satzes zurückzuhalten.

»Herrgott, Gladys, mir ist gerade erst wieder eingefallen, dass er zurückgekommen ist. Wirklich, er ist etwa zehn Minuten, nachdem er davongebraust ist, wiedergekommen, und ich dachte: ›Was macht er denn schon wieder daheim?‹ Ich hab gehört, wie das Garagentor hochfuhr. Hab sein Auto in die

Einfahrt fahren hören. Er ist zurückgekommen, Gladys, ich hab's nur vergessen.«

»Ach, Lou«, sagt sie sanft, »warum hast du das nicht gesagt?«

»Ich hab's vergessen, Liebes, einfach vergessen bis gerade eben. Um so was kümmern wir uns schließlich normalerweise nicht, oder? Es tut mir leid.« Er entschuldigt sich schon wieder, und das gefällt ihr gar nicht. Seltsamerweise ist es ihr lieber, wenn er schroff ist – das entspricht mehr dem Mann, der er einmal war.

Sie seufzt. »Es ist nicht deine Schuld, nur ... irgendwie fühlt sich heute alles komisch an.« Sie runzelt die Stirn und verschränkt die Arme. »Wie lange ist er denn geblieben, nachdem er zurückkam? Ist er noch da?«

Lou dreht sich zu ihr um und starrt sie an, offensichtlich verwirrt von der Frage.

»Keine Ahnung«, sagt er, »ich muss wieder eingeschlafen sein.« Er wendet sich dem Fernseher zu. »Es ist bestimmt nichts, Liebes. Wir machen aus einem ... Maulwurfshügel einen ganzen Berg, nichts weiter. Es ist alles in Ordnung. Sie bleiben heute einfach mal zu Hause.«

»Das glaube ich nicht«, sagt Gladys und steht auf, geht hinüber zum Fenster und sieht auf die leere Straße hinaus. Kein Grashalm bewegt sich in der Hitze. Selbst die Loris haben sich an irgendein schattiges Plätzchen verzogen, um den Tag zu verschlafen.

Sie schaut erneut auf ihr Handy. Ruft man die Polizei, wenn man sich Sorgen um eine Nachbarin macht, nur weil deren Mann nicht auf Arbeit ist und die Kinder nicht in der Schule?

Lou beobachtet sie schweigend. »Schau, vielleicht hatten sie einen Streit und sprechen sich gerade aus. Vielleicht hat sie entschieden, die Kinder wegen der Hitze heute daheim zu behalten. Alles Mögliche kann passiert sein. Wie wär's, wenn wir eine dieser Krimiserien schauen, die du so magst, die mit dem Arzt, du weißt schon. Wie sieht's aus, altes Mädchen?«

Gladys starrt den Fernseher an. Gerade wird dort eine neuartige Matratze beworben. Lou hat recht. Niemand kriegt gerne Besuch von der Polizei. Aber dafür ist sie da – um für Recht und Ordnung zu sorgen. Es ist ja nicht so, dass sie sonderlich oft dort anruft. Nach dem kleinen Zwischenfall gestern hat sie schließlich auch nicht angerufen. Eigentlich wollte sie, aber letztlich hat sie es gelassen.

Die Nachrichten beginnen. Die junge Frau, die in Melbourne überfallen wurde, ist weiterhin die Top-Meldung. »Die fünfundzwanzigjährige Frau, die vor zwei Tagen angegriffen wurde, liegt derzeit im Footscray Hospital in Melbourne im künstlichen Koma. Die Nachbarn berichten von mehrmaligem lauten Streiten in den Tagen vor dem Angriff.«

Hörst du das? Sie haben mitbekommen, wie sie gestritten haben, aber niemand hat etwas unternommen. Und jetzt sieh dir das arme Kind an. Was ihr passiert ist. Die Leute schimpfen so schnell, dass man sich aus ihren Angelegenheiten raushalten soll, aber was, wenn sie mal Hilfe brauchen? Was, wenn sie wirklich mal Hilfe brauchen? Nichts davon sagt sie laut, denn es hätte keinen Sinn. Sie richtet ihre Aufmerksamkeit wieder auf die dunkelhaarige Reporterin.

»Die Polizei bittet die Öffentlichkeit um Mithilfe bei der Suche nach diesem Mann, der zuletzt in der Nacht des Angriffs gesehen wurde, als er die Wohnung des Opfers verließ.«

Ein unscharfes Foto von einem jungen Mann mit roter Baseballmütze erscheint, der gerade das Gebäude verlässt.

»Das könnte jeder sein«, meint Lou.

»Ja«, stimmt Gladys zu ... auch wenn irgendetwas an ihm ihr vage bekannt vorkommt. Sie kommt aber nicht darauf, was es ist.

Das Bild wechselt zu einem streng aussehenden Polizisten, unter dessen Uniformmütze seine Augen fast nicht zu sehen sind. »Wir bitten nur um Hilfe dabei, diese Person ausfindig zu machen. Zum jetzigen Zeitpunkt können wir weder bestätigen noch dementieren, dass er in den Überfall auf die junge Dame verwickelt ist. Wir hoffen, dass er sich selbstständig meldet, um der Polizei bei den Ermittlungen zu helfen.«

»Gut, dass der nicht hier in Sydney ist«, meint Lou.

»Ja«, stimmt Gladys zu, »das ist wirklich gut. Das arme Kind.«

Seltsam, dass der Mann auf dem Bild ihr bekannt vorkommt. Sie schüttelt den Kopf. Vielleicht steigt ihr die Hitze trotz der Klimaanlage langsam zu Kopf. Die Nachrichten widmen sich inzwischen einer anderen Story, aber das Bild des Mannes bleibt beharrlich vor ihrem geistigen Auge stehen. Mit ihm stimmt etwas nicht, genau wie mit Katherines viel zu stillem Haus. Bleibt nur die Frage, was um Himmels willen sie dagegen unternehmen soll.

ELF

Es ist wirklich erstaunlich, wie einfach man an eine Pistole rankommt. Eine illegale, meine ich. Mit einer legalen Waffe ist viel zu viel Papierkram verbunden, und man muss sie für die Jagd verwenden können oder in einem Schützenverein sein und noch tausend andere Vorschriften einhalten, an denen ich mich niemals vorbeimogeln könnte. Ich hätte nie gedacht, dass ich Leute kenne, die in einem Umfeld unterwegs sind, in dem man sich illegale Waffen beschaffen kann. Das Thema kam eines Abends in einer Bar zufällig auf. »Wenn ich könnte, würde ich ihm einfach eine Kugel in den Kopf jagen«, sagte mein Freund Derrick über seinen Boss, nachdem er einen schlechten Tag auf Arbeit gehabt hatte. »Ich würd's tun«, murmelte er, »ich würd' ihn wirklich erschießen.«

»Wo würdest du eine Pistole herkriegen?«, fragte ich ihn. Dabei lächelte ich zwar, aber ich war trotzdem neugierig auf die Antwort. Ich wollte es wissen. Wollte es wirklich wissen.

»Tja«, begann er, »ich kenn da diesen Typen, der jemanden kennt ...«

Was Derrick wohl dazu sagen würde, wenn er wüsste, dass ich diese Information dazu genutzt habe, mir wirklich eine

Waffe zu besorgen ... oder darüber, was ich hier gerade mache? Er und ich reden schon seit einer Weile nicht mehr miteinander. »Du hast dich verändert«, hat er mir erklärt und eigentlich gemeint: »Du langweilst mich.« Das war mir egal. Ich war sowieso lieber zu Hause. Home, sweet home. Schon seltsam, wie schnell sich das ändern kann.

Gestern habe ich an eine Tür in Kings Cross geklopft. Die Wohnung befand sich in einem hübschen Gebäude, und im Hausflur hat mich ein Mann, der mit seinem Hund Gassi gehen wollte, gegrüßt, als hätte ich jedes Recht, dort zu sein. Wahrscheinlich hat er keine Ahnung, was in seinem Haus so alles vor sich geht. Ich klopfte also an die Tür, bezahlte, was verlangt wurde, und verließ das Haus mit etwas, das ein Leben beenden kann. Der Mann, der mir die Pistole gegeben hat, hat mich nicht mal richtig angesehen. Genauso gut hätte er mir eine Tasse Kaffee reichen können.

Aber jeden Tag werden Leben beendet, und die Leute machen einfach weiter mit ihrem Alltag. Genau so habe ich mich gefühlt, als sie mir gesagt hat, dass es vorbei ist – als wäre mein ganzes Leben vorbei. Es fühlte sich an, als würde ich sterben.

Mein Leben sollte anders sein als das meines Vaters. Ich hatte mir vorgenommen, nicht dieselben Fehler zu machen wie er, nicht mit einem Drink in der Hand auf dem Sofa zu enden. Mein Leben muss anders sein. Dass unsere Beziehung einfach vorbei sein soll, kann ich nicht akzeptieren. Als sie es mir gesagt hat, habe ich es nicht akzeptiert. Ich akzeptiere es auch jetzt noch nicht – aber gleichzeitig sehe ich keinen Weg zurück zu dem, was wir einmal hatten. Nicht mehr.

Die Waffe liegt schwer in meiner Hand, das Metall kühl an meiner warmen Haut. Sie ist verkörperlichte Angst. Wenn ich die Pistole nicht hätte, hätte sie bestimmt längst versucht zu entkommen. Hätte ihre zwei kleinen Engel aus dem Haus geschickt. Aber die Pistole ändert alles. Sie weiß nicht, wie schnell ich sie einsetzen könnte, um damit Schmerzen zuzufü-gen, zu verletzen ... zu töten.

Alle drei beobachten jede meiner Bewegungen.

Ich sehe ihr an, dass sie nachdenkt, etwas plant. Sie hat versucht zu argumentieren, hat gebettelt, an meine Menschlich-keit appelliert, aber das wird ihr alles nichts nützen. Dafür ist es zu spät. Ich hatte einen Plan, wie mein Leben aussehen soll, und nach all dem, was ich durchgemacht habe, habe ich es verdient, dass alles so wird, wie ich es mir wünsche. Ich war verliebt – was immer das heißen mag. Es fühlte sich zumindest an wie Liebe. Es gab eine Zeit, da war sie auch in mich verliebt, aber jetzt behauptet sie, dass sie es nicht mehr ist, und das ist nicht fair.

Mein Vater hatte mit manchem schon recht. Zum Beispiel, wenn es um Frauen und Kontrolle geht.

Aber ich lasse mich nicht kontrollieren. Wenn ich nicht das Leben haben kann, das ich mir wünsche, dann soll es auch niemand sonst haben. Einen Moment warte ich ab, ob dieser Gedanke irgendwelche Gefühle in mir auslöst, aber da ist nichts. Ich könnte genauso gut einen Zeitungsartikel lesen, der nichts mit mir zu tun hat, oder auf Zahlenreihen starren. Ich habe meinen Schmerz und meine Wut weggesperrt. Es ist besser so.

»Können sie ihre iPads haben?«, fragt sie, so höflich, so vorsichtig, dass ich nachgebe. Großzügig bin, und nett.

Zu denen, die man liebt, ist man großzügig, und nett. Vermutlich würde sie sagen, dass sie mich nett behandelt hat, dass sie großzügig zu mir war. Früher habe ich ihre Liebe für mich in ihrem Blick gesehen. Ich hätte merken sollen, als sich das geändert hat. Inzwischen weiß ich: Wenn jemand aufhört, dich zu lieben, dann passiert das nicht plötzlich. Stattdessen zieht er sich zurück, wird distanzierter, schafft Abstand zwischen sich selbst und dir, und eines Tages stellst du fest, dass die Liebe deines Lebens dich nicht mehr für die Liebe ihres Lebens hält.

»Die Liebe meines Lebens«, murmle ich.

»Was?«, fragt sie, aber ich wiederhole mich nicht. Stattdessen denke ich an früher zurück, als alles noch besser war.

Ich habe sie an einem kühlen Herbsttag kennengelernt. Der Wind pfiff durch die Stadt und ich ging zu Fuß zur Arbeit, den Kopf gesenkt, die Augen von der steifen Brise tränend ... und lief einfach in sie hinein.

»Oh, tut mir leid«, sagte ich und machte einen Schritt zurück.

»Schon gut«, lächelte sie, »kein Grund zu weinen.«

»Oh, das tu ich gar nicht, der Wind ist einfach ... also ...«, stotterte ich, weil sie so hübsch war. Ich wollte ihr braunes Haar berühren, da, wo die schwächliche Herbstsonne dünne Fäden aus Gold hineinsponn. Da lachte sie, weil ich nicht verstanden hatte, dass sie nur einen Witz gemacht hat. Und ich lachte mit ihr.

»Wenn Sie mit mir einen Kaffee trinken gehen, fühle ich mich gleich besser«, erwiderte ich, und sie sagte Ja. Ich konnte es erst gar nicht glauben. Der Coffee-Shop war gleich um die Ecke, und wir setzten uns drinnen an einen Tisch, ließen den Wind draußen vor der Tür. Es roch nach Zucker, und die Kaffeemaschine dröhnte und schepperte. Nach dem Bestellen saßen wir uns einen Moment lang gegenüber, sahen uns nur an, lächelten beide, als wir erkannten, dass wir uns voneinander angezogen fühlten.

»Ich sollte zurück auf Arbeit«, sagte sie.

»Wo arbeiten Sie?«, fragte ich, aber sie schüttelte den Kopf. Sie war noch nicht bereit, mir das zu verraten, und das verstand ich. Schließlich weiß man nie, was im Kopf eines Fremden vorgeht. Inzwischen kennt sie mich schon ziemlich lange, und trotzdem hat sie keine Ahnung – oder hatte zumindest bis vor Kurzem keine. Inzwischen schon.

Nach diesem ersten Quasi-Date bin ich aus dem Coffee-Shop auf den Gehweg hinausgetreten, habe zum Himmel aufgesehen und ein stilles Dankgebet hinaufgeschickt, weil ich das Gefühl hatte, dass es das war, auf das ich all die qualvollen Jahre meines Lebens gewartet hatte. Hier war nun endlich die Belohnung, die ich verdiente. Ich war mir sicher, dass sie ganz anders war als alle Frauen, die ich je gekannt hatte. Absolut sicher – und natürlich habe ich mich absolut geirrt.

Deshalb bin ich jetzt hier, und die Waffe wird mit jeder Stunde, die vergeht, immer schwerer. Ich bin mir nicht mehr sicher, ob mein Plan wirklich so gut ist, aber daran kann ich im Moment nichts ändern.

»Sei wie ein Hai, Sohn«, hat mein Vater mir eingeschärft. »Bleib niemals stehen. Stillstand ist der Tod.«

Ratschläge verpackt in Redensarten hatte er reichlich auf Lager. Selbst hat er sich allerdings nicht daran gehalten.

Nachdem mein Vater seinen Job verloren hatte, als ich fünfzehn war, verbrachte er die Tage damit, zu trinken und meine Mutter zu hassen – und damit auch mich.

Das klingt einfach, und so, als wäre auch die Lösung eigentlich ganz einfach: Ich hätte wieder zu ihr ziehen können. Aber er war ein Ertrinkender, und jedes Mal, wenn er etwas tat, das mich dazu brachte, ausziehen zu wollen, klammerte er sich an mich und jammerte, dass sein Leben so schrecklich schiefgegangen sei.

Zu dem Zeitpunkt lebte ich schon seit über einem Jahr bei ihm und wollte nicht mehr zurück zu Regeln und Vorschriften. Ich hatte ihr nicht gesagt, wie schlimm es wirklich um meinen Vater stand. »Sie freut sich garantiert diebisch, dass ich meinen Job verloren habe. Mich leiden zu sehen macht ihr unheimlich Spaß«, erklärte er mir, die Augenlider schwer von Müdigkeit und Alkohol, das Haar fettig, weil er keinen Grund mehr hatte zu duschen, wenn er nicht auf Arbeit musste.

»Ich werd' ihr nichts verraten.«

»Du bist ein guter Junge. Ich komm bald wieder auf die Beine.« Nach dem vierten Bier war er sich sicher, dass er wieder Arbeit finden würde. Nach dem siebten nicht mehr. Er hat seinen Job verloren, weil der Manager eines Haushaltswarenladens erklären können muss, wo die fehlende Ware hin verschwunden ist. Und weil eine schöne Frau immer ein schönes Geschenk verdient hat. Das habe ich mir erst später zusammengereimt. Er hätte sich in einen neuen Job hineinmogeln können, aber er ist ein paar Mal zu oft verkatert zu einem Vorstellungsgespräch gegangen, weil »deine Schlampe von Mutter mir mein Selbstbewusstsein ausgesaugt hat. Wenn sie nicht gewesen wäre, hätte ich jetzt meinen eigenen Laden.«

Ich konnte förmlich dabei zusehen, wie er alterte, Tag für Tag und Woche für Woche, und nur zufrieden war, wenn er genug Bier intus hatte, um all die Dinge aufzählen zu können, die meine Mutter getan hatte, um ihm das Leben zu versauen.

»Und sie wollte keine weiteren Kinder.«

»Und sie hasste es zu kochen.«

»Und sie war einfach nur faul und wollte sich keinen richtigen Job besorgen.«

»Und, und, und.« Die Vorwürfe gingen ihm nie aus.

Ich verstand instinktiv, dass er sie für seine Fehler verantwortlich machte, aber wenn ich sie besuchte, sagte sie immer: »Du willst doch nicht so werden wie dein Vater. Du musst fleißig lernen, damit was aus dir wird. Ich will, dass du später die Wahl hast. Du musst aufhören, dich mit diesen Jungs rumzutreiben, die sind nicht gut für dich. Vielleicht solltest du mal zum Friseur gehen, ins Fitnessstudio ...«, und so weiter und so fort. Mir war es egal, ob das, was sie sagte, stimmte oder nicht. Jemand anderem zu sagen, wie er sein Leben zu leben hat, ist einfach falsch. Wenn ich jemals eine Frau finden würde, mit der ich zusammen sein wollte, dann wäre sie ganz anders. Kinder sind keine Schachfiguren, aber ich lief zwischen ihnen hin und her, bis ich nicht mehr konnte.

Als ich mich jetzt von der Vergangenheit losreiße, die mir ständig im Kopf herumschwirrt, wird mir bewusst, dass die Kinder schon eine ganze Weile weg sind, länger, als sie eigentlich brauchen sollten. Sie sitzt schweigend auf dem Sofa und beobachtet mich.

»Sie brauchen ganz schön lange«, sage ich.

»Ach, du weißt doch ... sie lassen die iPads ständig irgendwo liegen und finden sie nachher nicht mehr.« Sie schluckt schnell, schluckt die Wahrheit herunter. Sie suchen nicht einfach nur nach ihren iPads.

»Sie sind nicht dumm.«

»Natürlich nicht. Sie suchen einfach nach ihren iPads und vielleicht ... gehen sie noch auf Toilette oder so. Sie sind noch so klein.«

Ihr Blick huscht zur Wohnzimmertür und ich bin sicher, dass da oben etwas im Gange ist. Sie sind zusammen die Treppe raufgerannt, aber jetzt ist alles still. Sie sollten eigentlich nur ein paar Minuten brauchen.

»Ich geh wohl besser mal nachsehen, was sie treiben.«

»Nein, bitte, das musst du nicht. Sie sind gleich zurück.«

»Ich weiß, dass ich das nicht muss. Aber ich will.«

ZWÖLF

KATHERINE

Sie sitzt auf dem Sofa und drückt Sophies Stoffaffen an sich. »Bleib hier«, hat er sie gewarnt, und dann ist er zu ihrem Entsetzen die Treppe raufgeschlichen. Sie steht auf, setzt sich schnell wieder hin. Er hat gesagt, sie solle hierbleiben.

Stattdessen versucht sie, sich an ein Gebet zu erinnern, irgendeins, doch ihr geht immer nur »bitte, lieber Gott« durch den Kopf. So sehr sie auch etwas anderes sagen will, ihr Verstand ist wie leer gefegt. Um besser zu hören, was oben passiert, schließt sie die Augen, doch aus dem Kinderzimmer weht nur Stille herab.

Er hat die Pistole mitgenommen. Im Prinzip könnte sie jetzt fliehen. Sie könnte aufstehen, zur Haustür rennen und nach draußen entkommen. Im Prinzip – aber natürlich kann sie die Kinder nicht zurücklassen. Das könnte sie niemals. Und das weiß er auch.

Sie schaut hinüber zu dem Fenster, das auf den Garten hinausgeht. Wenn es näher an der Straße wäre, könnte sie es öffnen und um Hilfe rufen, aber alle Häuser in ihrer Straße haben große Gärten und dicke Mauern. Alles, was sie damit erreichen würde, wäre, ihn noch wütender zu machen.

Ihr Blick fällt auf die Regale über dem Fernseher. Die Geschenkpapierrollen, die auf ihren Einsatz warten. In drei Tagen werden die Zwillinge sechs Jahre alt. Sie schlägt die Hände vors Gesicht. Für Sonntagnachmittag haben sie eine Party geplant. Eine Hüpfburg für den Garten gemietet. Die Vorratskammer ist voll mit Süßigkeiten, und letzte Nacht hat sie das erste der Geschenke eingepackt, die sie für die beiden gekauft hat. Dieses Jahr hat sie es wahrscheinlich etwas übertrieben. Weil ihr beim Einkaufen vor ein paar Wochen der Gedanke kam: *Was, wenn John und ich nächstes Jahr nicht mehr zusammen sind?* Dieser Gedanke, aus dem Nichts heraus, hat sie erschüttert. Sie hätte nicht gedacht, sich einmal in dieser Situation wiederzufinden, schon gar nicht jetzt. Sie hat John so sorgfältig ausgewählt, ist sich so sicher gewesen. Das hätte nicht passieren dürfen.

Aber letzte Nacht war sie endgültig überzeugt davon, dass sie auf eine Scheidung zusteuern, dass es nur eine Frage der Zeit ist, und John wusste es auch. »Das kannst du nicht machen«, hat er vor einer Woche zu ihr gesagt, als sie eine Auszeit für sie beide das erste Mal zur Sprache brachte. »Die Kinder fangen an, darunter zu leiden«, erklärte sie. »Wir müssen unserer Ehe einfach etwas Raum zum Atmen geben. Du bist in letzter Zeit immer wütend auf mich.«

»Du machst mir alles so schwer.« Er biss die Zähne zusammen; die verschränkten Arme wehrten jegliche zielführende Diskussion ab.

»Ich verstehe, dass du das Gefühl hast. Ich weiß, dass du unglücklich bist, genau wie ich, und vielleicht ... vielleicht brauchen wir einfach etwas Zeit getrennt voneinander.« Sie rieb sich über die Augen, hielt die Tränen zurück, musste beweisen, dass sie stark war.

»Das kannst du nicht machen«, sagte er und schüttelte den Kopf. »Das lasse ich nicht zu.« Die Wirkung dieser Worte auf sie war erstaunlich: Sie war erleichtert. Es klang, als wolle er wirklich über ihre Probleme reden, wolle ihre Sorgen verstehen.

Und dann änderte sich alles. Der Streit letzte Nacht, über die Textnachrichten von einer anderen Frau, und jetzt ... ist ihre ganze Welt über den Haufen geworfen.

Katherine steht auf, geht zur Tür Richtung Flur. Sie kann nicht länger stillsitzen. Doch der Gedanke daran, was er tun wird, wenn sie ihm nicht gehorcht, löst Panik in ihr aus. Wenn den Kindern etwas passiert ... *Ich lasse mir nicht vorschreiben, was ich tun oder lassen soll.* Das sagt sich leicht, wenn keine Kinder im Spiel sind. Sie machen eine Frau, eine Mutter so verletzlich. Sich ihm zu widersetzen macht ihr schreckliche Angst. Angst um ihre Kinder. Schnell setzt sie sich wieder.

Ihre Gedanken kehren zu dem Streit letzte Nacht zurück. Wie John sich frustriert an den Haaren zog, mit den Zähnen knirschte.

»Deine Schuld, Katherine. Du bist diejenige, die sich immer mehr zurückzieht.«

»Ich muss mich um die Zwillinge kümmern.«

»Und ich muss arbeiten gehen. Wir haben beide zu tun!«

»Und deshalb schreibst du einer anderen Frau?«

»Wir sind nur Freunde, nichts weiter. Von dir kommt ja nichts mehr, nicht einmal mehr Freundschaft.«

»Blödsinn. Freunde setzen keine Herzchen-Emojis ans Ende ihrer Nachrichten.«

Von oben ertönt ein Kreischen, dann ein Schrei, und sie springt von der Couch und rennt zur Treppe. »Sophie, George ... Sophie, George!«, ruft sie, die Namen ihrer Kinder nicht mehr als ein ersticktes Krächzen. Da erscheint er am Treppenabsatz, richtet die Waffe auf sie. »Keinen Schritt weiter.« Sie erstarrt.

Er dreht sich um und knurrt: »Macht, dass ihr herkommt, ihr Bälger.« Die Kinder kommen aus Sophies Zimmer, halten sich bei den Händen, in der freien Hand hat jedes ein iPad. Georges Wange glüht in einem tiefen, leuchtenden Rot.

»Was ... was ist passiert?«, fleht sie.

»Verschwinde ins Wohnzimmer«, fährt er sie an, und sie kehrt hastig in den Raum zurück. Dabei fällt ihr Blick wieder auf das Geschenkpapier. Auf den blauen Griff der Schere, der darunter hervorschaut. Sie packt sie schnell, schneidet sich in der Eile an der Klinge, und setzt sich wieder aufs Sofa. Die Schere schiebt sie zwischen die Sitzkissen, spürt, wie die Klinge am Stoff hängenbleibt und ihn aufreißt. Als er mit den Zwillingen wieder ins Wohnzimmer zurückkommt, klopft ihr das Herz panisch in der Brust. Sie versucht, normal zu atmen, sich nicht zu verraten. *Was hast du getan? Was, wenn er sie entdeckt? Was hab ich getan?*

Die Kinder rennen zu ihr und klammern sich an sie, schlingen die Arme um ihre Taille, die kleinen Körper zittern so ängstlich, dass sie glaubt, daran zu zerbrechen.

»Tut mir leid, Mum«, schluchzt Sophie.

»Was ist passiert? Was ist passiert?«, wiederholt sie mit hoher, panischer Stimme. Was, wenn er irgendwie herausfindet, dass sie die Schere versteckt hat?

»Haltet endlich die Klappe«, befiehlt er, und alle drei verstummen sofort, kauern sich auf dem Sofa zusammen. In dem Moment beschließt Katherine, dass sie das Teil entsorgen wird, sollten sie und ihre Kinder den heutigen Tag überleben. Dass das immer unwahrscheinlicher wird, entlockt ihr ein verzweifeltes Stöhnen, das sie schnell herunterschluckt. Was zur Hölle kann eine Schere schon gegen eine Pistole ausrichten? Die Kinder schweigen ungläubig und beobachten ihn.

»George hat versucht, mit einem Schild die Nachbarn zu alarmieren, nicht wahr, Georgie-Boy?«, sagt er und klingt amüsiert, weil nur ein Kind etwas so Dummes versuchen würde.

George nickt langsam, und Katherine weiß instinktiv, dass er für seine Schwester die Schuld auf sich genommen hat. Sophie sprüht nur so vor Ideen und Erfindungen: »Wie wäre es, wenn wir ... lass uns doch mal ... probieren wir das einfach mal aus!«

Als die beiden drei Jahre alt waren, ließ sie sie für fünf Minuten in der Küche allein, um eine Fuhre Wäsche in die Maschine zu stecken. Als sie zurückkam, war der ganze Boden mit Mehl bedeckt.

»Ich war's«, erklärte George sofort, und Katherine konnte beim Anblick des Chaos nur noch lachen. Als Sophie erkannte, dass es keine Strafe geben würde, sagte sie: »Ich hab sagt, wir sollen backen.«

Es ist so typisch für ihn, die Schuld auf sich zu nehmen, seine Schwester zu beschützen, dass ihr das Herz aufgeht. Das flammende Rot auf seiner Wange verblasst nur langsam. Er wurde mit voller Wucht geschlagen. George hat noch nie eine Ohrfeige bekommen, und seine roten Augen sind Beweis genug, wie sehr ihn das erschüttert hat. Wenn ihre Kinder etwas falsch machen, dann kriegen sie Vorträge gehalten, müssen eine Zeit lang auf ihr Zimmer gehen, und ihnen wird erklärt, was an ihrem Verhalten nicht in Ordnung war. Aber geschlagen werden sie nicht. Bis heute. Ihnen hat noch nie jemand wehgetan. Bis heute.

»Es tut mir so leid, Schatz.«

»Spielt endlich mit den blöden Dingern.« Beide Kinder rufen gehorsam Spiele auf ihren iPads auf, die sie gerne spielen. Dabei zittern ihre kleinen Hände, und Katherine spürt ihre Angst und ihr Entsetzen. Er hat George geschlagen, und sie hat ihn nicht davor beschützt. Eine Mutter muss ihre Kinder vor allem und jedem beschützen, wenn nötig selbst vor dem eigenen Vater. Aber sie hat versagt.

Ob die beiden gerade darüber nachdenken? Darüber, dass

sie bei der einen Sache versagt hat, die die Aufgabe jeder Mutter ist?

Sie beobachtet, wie die kleinen Hände sich lustlos über die Bildschirme bewegen. Die Spiele, die sie sonst jederzeit mit Begeisterung spielen, interessieren sie heute nicht im Geringsten.

»Ich will euch eine Geschichte erzählen«, sagt er.

Bei seinem Tonfall schaut sie auf. Er ist anders als bisher. Bereut er, was er getan hat? Sucht er nach einem Weg, die Situation aufzulösen? Er klingt weniger hart, und er wirkt auch entspannter. Vielleicht hat ihn der Anblick der entsetzten Kinder selbst schockiert.

»Es ist die Geschichte von einem Jungen, der ein Mädchen fand, das er für immer lieben wollte. Sie war hübsch und lustig und clever und all das, was eine Frau sein sollte, und der Junge war ausgesprochen nett zu ihr.«

Blumen für dich, und Schokolade dazu, weil ich dich liebe – alles, was ich brauche, bist du.

Der Spruch auf der Karte kommt ihr wieder in den Sinn, und sie erinnert sich wie heute an das Lächeln auf ihrem Gesicht, das glückliche Lachen, das einfach aus ihr herausplatzte: Er liebte sie, wie sie ihn liebte.

Georges iPad, das sich automatisch mit ihrem Computer synchronisiert, gibt ein »Pling« von sich, und sie schaut aufs Display. Ihr Sohn drückt vor Schreck auf den Button, der die E-Mail öffnet. Es ist ein Fragebogen zu dem Paket, dem Laptop, den der Paketbote heute Morgen versucht hat auszuliefern. Sie streckt die Hand aus, um die Mail zu schließen, aber George tippt schnell auf eine der Nummern und löscht die Mail dann hastig.

Er springt auf, kommt zu ihnen herüber und reißt George das iPad aus der Hand. »Was treibst du da?«, brüllt er ihn an, aufgebracht, weil der ihn unterbrochen hat. Jetzt ist er wieder angespannt, und damit ist jegliche Chance, einen Ausweg aus dieser Situation zu finden, dahin.

»Er hat gar nichts getan! Es kam einfach nur eine E-Mail rein!«, schreit sie zurück. Wenn sie genauso laut ist wie er, kann sie seine Aufmerksamkeit vielleicht auf sich lenken.

»Bei euch ist nichts einfach nur ›nichts‹. Ich seh doch, dass du schon wieder irgendwas ausheckst. Denkst du, ich bin blöd? Denkst du das?«

»Nein«, sagt sie und schüttelt heftig den Kopf, »nein, das denke ich nicht, wirklich nicht.«

Er hebt das iPad über den Kopf und wirft es dann schwungvoll auf den Boden. Der Bildschirm bekommt einen Riss. Er stampft zwei, drei Mal nachdrücklich darauf herum, bis er völlig zersplittert ist.

»Siehst du, was du angerichtet hast?«, schreit er bei jedem Aufstampfen. »Siehst du, was du angerichtet hast?«

»Hör auf, hör auf«, ruft sie und steht auf, »du machst ihnen Angst!« *Mach, dass ich die Schere weit genug zwischen die Kissen geschoben habe. Mach, dass er sie nicht sieht.*

»Ach ja?«, brüllt er, hebt die Pistole und schlägt sie ihr ins Gesicht. Sie fällt aufs Sofa zurück, spürt, wie sich warmes Blut in ihrem Mund sammelt. »Oh«, macht sie. Der unvermittelte Schmerz macht sie sprachlos.

»Mama, Mama!«, ruft George, ein Wort, das er nicht mehr benutzt hat, seit er in die Schule gekommen ist. Seitdem nennt er sie immer Mum.

»Du hast ihr wehgetan. Du bist gemein!«, kreischt Sophie, das Gesicht vor Empörung rot angelaufen.

»Mit euch mach ich das Gleiche, wenn ihr nicht die Klappe haltet.«

Um Katherine dreht sich alles, ihr ist schwindlig. Auch sie ist noch nie geschlagen worden. Sie kann nicht glauben, dass er das getan hat ... und doch ist es passiert. Am liebsten würde sie für einen Moment die Augen schließen, sich ausruhen, bis der

Schmerz nachlässt, damit sie nachdenken kann; aber damit kämen ihre Kinder nicht zurecht. Der metallische Geschmack von Blut liegt ihr auf der Zunge, und sie unterdrückt das Verlangen, es auszuspucken, die zähe Flüssigkeit loszuwerden.

Stattdessen zieht sie den Saum ihres weißen T-Shirts hoch und wischt sich damit den Mund ab. Aber das Blut hört nicht auf. Sie will das T-Shirt nicht ausziehen, will nicht halbnackt vor ihm sitzen, noch verletzlicher als jetzt.

»Ich brauche ein Handtuch«, erklärt sie, die Worte verwaschen wegen all der Flüssigkeit in ihrem Mund. Sie spürt Erbrochenes im Hals. Von der Stelle, an der er sie getroffen hat, geht ein scharfer Schmerz aus, und einer ihrer Zähne ist zerbrochen und hat ihre Wange innen aufgeschnitten.

»Hol ihr irgendwas«, befiehlt er und gestikuliert mit der Waffe. George springt auf, rennt aus dem Raum und kommt kurz darauf mit einem großen hellblauen Handtuch aus dem Badezimmer zurück. Es saugt das Blut auf, ändert die Farbe, ändert alles.

»Oh, Mama«, flüstert George. Er hat sie noch nie bluten sehen. Wenn sie krank ist, hält sie es vor ihnen geheim, nimmt alle möglichen frei verkäuflichen Medikamente, um den Schnupfen zu stoppen, das Fieber zu senken, damit sie weiter daran glauben können, dass sie immer für sie da ist, was auch passiert. Jetzt kann sie dabei zusehen, wie Georges Bild von ihr sich wandelt, sich verändert – und damit sein Bild von der Welt. Wenn die eigene Mutter so verletzt werden kann, was kann dann sonst noch alles passieren? Bei dem Gedanken treten ihr Tränen in die Augen. Er ist noch so jung ... er muss noch daran glauben können, dass sie unbesiegbar ist. Daran muss er noch glauben können, genau wie an die Zahnfee und an Santa Claus, aber vor allem muss er darauf vertrauen dürfen, dass sein Vater und seine Mutter und sein Zuhause für ihn Sicherheit bedeuten. Doch das stimmt nicht mehr. Damit haben ihre Kinder etwas Unermessliches verloren, etwas, das man nicht mit Händen greifen kann. Ein unglaublicher Verlust, der sie für immer verändern wird.

Katherine drückt das Handtuch an die Lippen. Alles ist außer Kontrolle, fühlt sich surreal an. Ihre fassungslosen Kinder, die sie mit weit aufgerissenen Augen ansehen, brauchen sie jetzt. »Mir geht's gut«, sagt sie, und dann noch einmal: »Mir geht's gut«, weil George und Sophie ganz blass sind vor Schreck. Sie glauben ihr nicht, aber sie wiederholt es trotzdem weiter, weil Wiederholung vielleicht hilft. Wenn sie es oft genug sagt, kann sie sie vielleicht überzeugen. »Mir geht's gut, mir geht's gut, ich bin okay.«

»Ihr geht's gut«, sagt er und setzt sich wieder in den Sessel.

Sie presst das Handtuch so fest an den Mund, dass es wehtut, damit die Blutung aufhört.

»Ich hasse dich«, flüstert George, der neben ihr steht, den schmalen Rücken durchgestreckt, klein und grimmig.

Er lacht. »Tja, ich mag dich grad auch nicht besonders.«

Mit der freien Hand zieht sie ihren Sohn an sich, als könne sie so seinen Schmerz in sich aufnehmen. So hochmütig, so selbstgerecht – wie kann das sein? Wie kann jemand auf ein völlig verstörtes fünfjähriges Kind herabsehen und davon überhaupt nicht berührt werden?

Sie nimmt das Handtuch vom Mund und stellt erleichtert fest, dass die Blutung nachlässt. Die Innenseite ihrer Wange brennt. Mit den Fingern tastet sie nach der verletzten Stelle. Der Schnitt ist deutlich spürbar, blutet aber kaum noch.

»Es ist Zeit, das hier zu beenden«, sagt sie. »Lass sie gehen und sag mir, was du mir sagen willst.«

Sie schaut aus dem Fenster auf die Pflanzen und Blumen im Garten, die in der Hitze die Köpfe hängen lassen. Normalerweise hätte sie sie um diese Zeit schon gegossen, nur so viel, dass sie überleben, dass sie grün bleiben und die Blüten ihre Blätter nicht verlieren. Aber dafür ist es jetzt zu spät. Die gnadenlose Hitze hat sie fest in ihrer Gewalt.

»Weißt du was? Ich denke, ich lasse mir Zeit. Das hier macht mir irgendwie Spaß, und ich hatte schon lange keinen Spaß mehr.«

»Irgendwas stimmt nicht mit dir«, raunt sie.

»Tja, naja«, seufzt er, »du musst es ja wissen.«

DREIZEHN

LOGAN

Logan hat gerade ein weiteres Päckchen ausgeliefert und ist auf dem Rückweg zu seinem Lieferwagen, als sein Handy klingelt. Er wirft einen Blick aufs Display und flucht: Es ist Mack. Noch so ein Gespräch mit seinem Schwager und Boss erträgt er heute nicht. Er ballt die Hand zur Faust und wappnet sich für das, was da kommen wird. Dann geht er ran.

»Logan, Debbie hat gerade angerufen. Es tut mir so leid, Kumpel, das mit Maddy. Anna und ich haben sie wahnsinnig gern, und sie ... also, sie wird bestimmt eine ganz tolle Lehrerin, und ich ... also wir sind einfach ...«

Überrascht stellt Logan fest, dass Mack klingt, als würde er weinen.

»D-danke«, stottert er, »sie wird ... also ich hoffe, sie wird wieder.«

»Bring die Pakete einfach zurück ins Depot und fahr zum Flughafen, Logan. Ich kümmer mich um den Rest.«

Er denkt kurz nach. »Ich mache die Tour lieber noch fertig, wenn das okay für dich ist. Wenn ich rumsitze und darauf warte, dass mein Flug endlich geht, werde ich wahnsinnig, und Debbie ist in Kontakt mit den Krankenschwestern dort. Ich kann schon noch ein paar Stunden arbeiten.«

»Okay … also gut, aber wenn du dich … wenn du was brauchst, bin ich für dich da, Logan. Wir sind alle für dich da.«

»Danke, Kumpel.« Logan spürt, wie ihm nun selbst die Tränen kommen, während sich alle schlechten Gedanken, die er heute über Mack hatte, angesichts dieser Anteilnahme in Luft auflösen. Mack redet weiter, und Logan hört zu, bedankt sich am Ende des Gesprächs noch einmal.

Dann steigt er in den Lieferwagen, um seine Tour fertig zu machen, damit Mack morgen keine Mehrarbeit hat.

Eine Textnachricht von Debbie trifft ein:

Hab gerade mit Terri telefoniert. Sie sagt, Maddys Zustand sei stabil, aber kritisch. Selbst wenn du jetzt da wärst, würden sie dich nicht zu ihr lassen. Kann sein, dass sie sie noch mal operieren müssen, um den Druck auf ihr Gehirn zu reduzieren. Du solltest nach Hause kommen.

Ich glaub, ich würde verrückt werden, wenn ich jetzt daheim rumsitze. Ich hab nur noch ein paar Pakete, dann bin ich fertig für heute. Hab mit Mack gesprochen – er hat mir bis Ende der Woche freigegeben.

Gut. Ich hab dir ein Motelzimmer reserviert. Ist nicht gerade luxuriös, aber es wird seinen Dienst tun.

Der letzte Satz bringt Logan zum Schmunzeln. Mehr als ein Bett und eine Tür, die man abschließen kann, braucht er nicht. Alles andere ist ihm egal.

Er parkt in einer Seitenstraße und widmet sich der Fleischpastete, die er vor zehn Minuten an einer Tankstelle gekauft hat, zwingt sich dazu, sie zu essen. Die Klimaanlage lässt er laufen, weil der Gedanke, beim Essen draußen in der Hitze zu stehen, nicht gerade verlockend ist. Jedes Mal, wenn er aussteigt und ihn mit einem Schlag die heiße Luft trifft, als hätte er gerade einen Hochofen betreten, starrt er zum tiefblauen, wolkenlosen Himmel hinauf und hofft auf eine sanfte Brise, einen leichten Grauschleier, der ein Gewitter ankündigen würde. Aber der Himmel bleibt quälend blau, die Sonne eine flammendgelbe Scheibe. Ein Gewitter wäre ihm jetzt gerade recht – tosender Wind und prasselnder Regen würden so viel besser passen als dieser wunderschöne Anblick an einem Tag, an dem seine Schwester im Krankenhaus liegt.

Inzwischen hat es draußen neununddreißig Grad, und die Vororte, durch die er fährt, liegen schweigend da, als hätte ganz Sydney spontan beschlossen, ein Nickerchen zu machen. Vor zahlreichen Häusern liegen Hunde mit heraushängender Zunge hechelnd am Tor und beobachten die Straße.

Die Stille macht ihm nichts aus. Im Gefängnis haben ihn die ständigen Geräusche am meisten gestört. Nie war es völlig ruhig, nicht mal nachts. Männer, die im Gefängnis sitzen, reden nicht in normaler Lautstärke. Und hinter den lauten Stimmen, dem Lärm … spürte er stets die Angst. Alles, was er wollte, war, seine Strafe hinter sich zu bringen und von vorne anzufangen. Einigen anderen ging es wie ihm, aber es gab genug Insassen, für die das Leben im Gefängnis alles war, was ihnen noch blieb. Das waren die Gefährlichsten überhaupt – weil sie nichts mehr zu verlieren hatten.

Gefangene sollten eigentlich keinen Zugang zu Handys haben, aber natürlich kann man auch die reinschmuggeln, wenn man es wirklich darauf anlegt. Er versucht sich vorzustellen, wie Nick heute aussehen würde. Sein Blick fällt auf die ominöse Nachricht, sein Daumen schwebt schon über dem Anrufen-Symbol. So könnte er ganz einfach herausfinden, wer sie geschickt hat.

Er tippt auf das Symbol, und als es klingelt, beschleunigt sich sein Herzschlag.

Aber niemand geht ran. Es klingelt einfach weiter, bis eine Computerstimme ertönt: »Sie haben den Anschluss von 614—« Er legt auf. Offensichtlich wurde zu der Nummer kein Name hinterlegt.

Ein gelber Porsche braust vorbei, und der Lärm der quietschenden Reifen in der ruhigen Nebenstraße reißt ihn aus seinen Gedanken. Maddy hat ihm zu seinem siebzehnten Geburtstag einen Spielzeugporsche geschenkt. Wochenlang hat sie ihm erzählt, sie würde ihm ein Auto kaufen. Das kleine Spielzeugauto hat sie ihm mit einem so lieben, hoffnungsvollen Gesichtsausdruck überreicht, dass er über den Witz nicht mal lachen, sondern sie einfach nur in den Arm nehmen konnte. Ihr Geschenk war das einzige, das er an dem Tag bekam. Den Porsche hat er immer noch irgendwo, klammert sich an die Hoffnung, ihn eines Tages seinem Sohn schenken zu können.

Logan hat sich schon immer für Autos begeistert, und mit Motoren kennt er sich aus. Kaputte Motoren kann man meistens wieder reparieren – Menschen eher selten. Eigentlich wollte er sich nach seiner Entlassung eine Ausbildungsstelle zum Mechaniker suchen, dafür hat er im Gefängnis extra Kurse besucht. Aber niemand wollte ihn einstellen. Sein Führungszeugnis folgt ihm überallhin, wie ein Hund. Und er kann im Anschreiben nicht lügen – das hätte keinen Sinn.

»Versuch es einfach weiter, Babes«, hat Debbie gesagt. »Bewirb dich überall, wo es geht, und überlass den Rest dem Universum.« Debbie überlässt Dinge gerne dem Universum, aber in ihrem eigenen Leben scheint es bisher auch auf ihrer Seite gewesen zu sein. Mack und sie wurden von liebevollen Eltern großgezogen, die ihnen alles gegeben haben, was ihnen finanziell möglich war, und was sie ihnen nicht kaufen konnten, haben sie mit bedingungsloser Liebe und Unterstützung wettgemacht. Debbies Vater Paul ist ein schweigsamer Mann. Als er ihm das erste Mal begegnet ist, hat Paul kaum einen Blick auf Logans Tattoos geworfen, ihm die Hand geschüttelt und dabei den Blick bewusst von den Buchstaben »H A S S« auf seinen Fingern abgewendet. Sicher hatte Debbie ihre Familie vorgewarnt, was ihn betraf, aber ihre Mutter Ruth konnte ihre Überraschung trotzdem nicht gänzlich verbergen. Logan hat lange überlegt, was er zu dem Treffen anziehen soll, und sich dann bewusst für ein T-Shirt entschieden, um von Anfang an alle Karten auf den Tisch zu legen. Beim Mittagessen achtete er darauf, wie schnell er sein Bier trank, wie er Gabel und Messer hielt. Aber das nervöse Wippen seines Beins unter dem Tisch konnte er nicht unterdrücken – es war ihm nicht mal bewusst, bis Debbie ihm eine Hand aufs Knie legte und sanft zudrückte. Das einzige Mitglied der Familie, das von seinem Anblick völlig unbeeindruckt schien, war der Labrador Betty. Sie legte ihm einfach den goldfarbenen Kopf auf den Schoß und sah mit schmachtendem Blick zu ihm auf, während er ihr die weichen Ohren kraulte.

Nach dem Essen nahm Paul ihn zur Seite, und Logan spürte, wie ihm das Herz in die Hose rutschte. Er war sicher, dass er nun höflich gebeten werden würde, Debbie in Ruhe zu lassen, dieser wunderschönen, intelligenten jungen Frau die Chance zu geben, jemanden für sich zu finden, der sich ihrer als wert erweisen konnte.

In der Garage nahm Paul einen Schraubenschlüssel von der Werkbank und suchte nach dem zugehörigen Platz an der Wand. Logan wartete mit klopfendem Herzen. Er wusste, dass er mit Paul über die Unangemessenheit dieser Verbindung nicht mal diskutieren konnte. Er war dreißig Jahre alt und hatte bereits drei davon im Gefängnis verbracht. Weil er in anderer Leute Häuser eingebrochen war, und wegen eines tätlichen Angriffs. Er hatte keinen Job und kein Geld. Er war ein völlig wertloser Mensch. Während diese Gedanken ihm durch den Kopf kreisten, fand Paul den richtigen Platz für den Schraubenschlüssel, lächelte, hängte ihn auf und klopfte sich dann imaginären Staub von den Händen. »Sie war schon immer ein sehr guter Menschenkenner, weißt du?«

»Sie ist wirklich schlau«, antwortete Logan.

»So schlau, wie ein Labrador eben sein kann, denke ich«, erwiderte Paul, und Logan musste lachen. Er meinte Betty. Paul stimmte mit ein.

»Ich kenne meine Tochter, Logan«, sagte er. »Wenn sie meint, dass du in Ordnung bist, dann reicht mir das. Ich bin immer dafür, jemandem eine zweite Chance zu geben. Scheint, als hättest du auch eine bekommen. Sieh zu, dass du es nicht versaust. Wir lieben sie sehr und wollen nicht erleben, dass ihr jemand wehtut.«

»Das werde ich nicht, Paul, versprochen.« Er hoffte inständig, dass er dieses Versprechen würde halten können. »Ich werde diese Chance nutzen.«

Paul nickte, und Logan atmete erleichtert aus. Bei dem Gedanken, dass Betty jedes Mal neben ihm sitzt, wenn Debbie und er zu Besuch sind, muss er lächeln. Sein Traum ist ein Haus mit einem Garten, der groß genug für ein Kind und einen Hund ist. Das ist kein großer Traum, aber im Moment scheint die Erfüllung in unerreichbarer Ferne zu liegen. Auch Maddy hat immer davon geträumt – von einem Haus mit Garten, Essen auf dem Tisch und Kindern, die keine Angst vor ihren jähzornigen Eltern haben müssen. Sie dachte, das hätte sie mit Patrick gefunden, und auch wenn Logan nie verstanden hat, was sie an ihm findet, beunruhigt ihn viel mehr, dass er nie auch nur eine Ahnung davon gespürt hat, dass dieser Mann zu solch abscheulicher Gewalt fähig ist.

Sein Blick fällt auf seine Hände. Sie, wie sein ganzer Körper, sind so viel größer als Patricks. Er könnte ihn mit bloßen Händen umbringen. Dieser Gedanke bringt eine gewisse Befriedigung mit sich.

Eine weitere Nachricht trifft ein. Ein Blick aufs Display verrät ihm, dass sie von seiner Mutter stammt.

Ich dachte, du solltest wissen, dass das, was ihr passiert ist, inzwischen im Internet nachzulesen ist.

Logan antwortet nicht. Stattdessen ruft er eine Nachrichtenwebsite auf. Sofort sticht ihm der Artikel über Maddy ins Auge.

»Nachbarn hörten einen Streit und eine Frau, die jemanden anflehte, aufzuhören.« Eine Gänsehaut fährt ihm über den Rücken und richtet die Härchen auf seinen Armen auf. Sie haben gehört, wie sie gefleht hat. Im Geiste hört er die Stimme seiner Schwester, hört, wie sie weint, wie sie um Hilfe ruft, und die Fleischpastete droht ihm wieder hochzukommen. Er reibt die Hände aneinander; das Bedürfnis, auf etwas einzuschlagen, jemandem wehzutun, sich selbst wehzutun, weil er Patrick nicht erreichen kann, ist überwältigend. Als er noch zu Hause wohnte, hat er alles getan, um sie zu beschützen, hat die Ohrfeigen von ihrer Mutter eingesteckt, sich die Hiebe von ihrem Vater eingefangen. Er hat sich für sie schlagen lassen, weil er es konnte. Aber diesmal war sie zu weit weg, um sie beschützen zu können. Er presst die Handflächen auf die Augen, versucht, sich auf die Dunkelheit zu konzentrieren, die dabei entsteht, aber das Chaos seiner Gedanken lässt sich nicht beruhigen, auch nicht durch tiefes Durchatmen und Zählen.

Maddy, Maddy, Maddy.

Wenn er heute Abend in Melbourne ankommt, wird er seine Schwester besuchen, und danach wird er das Krankenhaus verlassen und nach dem Mann suchen, der sie verletzt hat, und dann ... darüber will er nicht nachdenken. Wenn er dort ist, wird er die unbekannte Nummer noch einmal anrufen, wieder und wieder, bis Patrick rangeht. Oder jemand anders. Die

Nachricht stammt bestimmt von dem Mann, der Maddy zusammengeschlagen hat – so muss es sein.

Er liest den Artikel noch einmal. Bei der trockenen, emotionslosen Aufzählung der Fakten wird ihm schlecht. Solche Nachrichten liest er jeden Tag, aber es ist etwas ganz anderes, wenn sie von der eigenen Schwester handeln. Die Nachbarn haben sie schreien und betteln gehört und haben nichts getan? Was für Leute wohnen denn in Maddys Nachbarschaft? Wer hört, wie eine Frau um Hilfe ruft, und unternimmt nichts?

Er fährt sich mit den Fingern durchs schweißnasse Haar. Dass er zu weit weg war, als dass sie sich hilfesuchend an ihn hätte wenden können, macht ihn fertig.

Zwar ist es möglich, dass nicht Patrick sie verprügelt hat, sondern jemand anders, aber seine Mutter hat recht: Es ist fast immer der Mann oder der Freund. Nicht wenigen davon ist Logan im Gefängnis begegnet. Da gehört Patrick hin, auch wenn es ihm lieber wäre, wenn er seine Gerichtsverhandlung nicht mehr erleben würde. Er ballt die Hand zur Faust und stellt sich vor, wie sie in Patricks Gesicht landet.

»Hör auf, hör auf, hör auf«, knurrt er und versucht, seine Wut unter Kontrolle zu bringen.

Seine Gedanken wandern zurück zu den Nachbarn, die etwas gehört, aber nichts unternommen haben. Was stimmt mit den Leuten nicht? Wenn er das Gefühl hätte, dass jemand in Schwierigkeiten ist, dann würde er sicherlich versuchen zu helfen, würde eingreifen. Ein Klopfen an der Tür hätte schon gereicht. Noch besser wäre ein Anruf bei der Polizei gewesen.

Die Frau von heute Morgen fällt ihm wieder ein, und eine Welle der Scham überkommt ihn. Er glaubt, dass bei ihr zu Hause etwas vor sich geht, und trotzdem hat er nichts unternommen. Wie würde er sich fühlen, wenn er morgen im Internet über ihren Fall lesen würde – und er hätte es verhindern können?

Aus einem Impuls heraus entscheidet er sich, noch einmal

bei ihr vorbeizufahren. Das bedeutet zwar einen Umweg, aber das ist ihm egal.

Die Fahrt dauert fünfzehn Minuten, und als er ankommt, bleibt er einen Moment in seinem Lieferwagen sitzen und betrachtet das Hitzeflimmern über dem Asphalt.

Das ist keine gute Idee. Aber jetzt bin ich schon mal hier.

Auf dem Weg durch den Vorgarten fällt ihm auf, dass aus dem Haus immer noch kein Geräusch zu hören ist. Er umklammert das Paket mit dem Computer und klingelt. Etwas wie Stuhlbeine, die über den Boden scharren, ertönt von drinnen, dann wird das Guckloch geöffnet. Er hebt das Paket auf Kopfhöhe.

»Ich dachte, ich schaue, ob Sie es jetzt vielleicht entgegennehmen können«, sagt er und räuspert sich, weil das nicht gerade das Standardvorgehen ist. Das war eine wirklich dumme Idee – er wird seinen Job verlieren, wenn die Frau sich über ihn beschwert. Aber er hat sich nun einmal entschieden. Also wartet er jetzt geduldig auf die Antwort desjenigen auf der anderen Seite der Tür.

»Die Pistole ist echt«, flüstert eine Kinderstimme.

»Was?« Logan versucht angestrengt, sie besser zu verstehen.

»Nein, warte, au!«, schreit das Kind. Er hört ein kurzes Handgemenge, dann wird der Stuhl weggeschleift.

»Hör mal, Kumpel«, ertönt eine Männerstimme, leise und bedrohlich, »sie will das Paket heute nicht haben. Also komm nicht noch mal her, oder ich rufe die Polizei.«

Dann wird das Guckloch wieder geschlossen. Logan steht auf der Treppe und ringt mit sich, was er nun tun soll.

Auf der Straße verströmen ausgeleerte Mülltonnen – manche mit offenem Deckel, manche auf der Seite liegend, wie die Müllabfuhr sie hat liegen lassen – den Gestank von in der Hitze Verrottendem. Schweiß sammelt sich auf seiner Oberlippe. Er fährt sich mit der Hand durchs feuchte Haar.

Die Tür bleibt eisern geschlossen. Er schaut sich unruhig

um. Eigentlich sollte er nicht hier sein. Das Letzte, was er gebrauchen kann, ist, dass jemand wegen ihm die Polizei ruft. Die würde ihn sofort als das erkennen, was er ist, was er getan hat.

»Niemand hat mich gesehen«, murmelt er und kehrt zu seinem Lieferwagen zurück.

Dieses Mantra wiederholt er immer und immer wieder seit jenem letzten Mal. Über das er nicht nachdenken will. Es ist Monate her. Bevor er Mack um einen Job gebeten hat. Vor Monaten, in einer verzweifelten Nacht, einem verzweifelten Moment ... aber glücklicherweise hat er sich damals selbst zurückhalten können.

Die Nacht war noch recht kalt und der Wind stechend auf seiner Haut, als er vor dem Haus stand. Es war so einfach, reinzukommen. Ging ganz schnell. Noch heute sieht er den schlanken schwarzen Laptop, leicht und teuer, in seiner Hand. Die Bewohner waren nicht daheim. Neben dem Laptop fand er noch ein Paar Diamantohrringe, die leichtsinnigerweise auf dem Nachttisch im Schlafzimmer lagen. Er schlich weiter durchs Haus, nahm hier und da Kleinigkeiten mit – eine Digitalkamera, ein iPad, etwas Bargeld aus einer Schublade –und kehrte dann zur Hintertür zurück, deren Schloss bereits bei Anwendung sanfter Gewalt nachgegeben hatte. Stand da, das Herz laut pochend in der Brust, und bekam keine Luft. Das Gefühl des Eingesperrt-Seins, das er in seiner kleinen Zelle stets gehabt hatte, überfiel ihn wieder, und er fing in der kalten Nachtluft an zu zittern. Debbies ungläubiger Gesichtsausdruck, Maddys enttäuschter und das selbstzufriedene »Ich hab's doch gleich gesagt« seines Vaters stürmten auf ihn ein.

Schließlich legte er alles, was er eingesteckt hatte, auf den Küchentisch, schloss die Tür hinter sich und ging.

Doch das Entsetzen darüber, was er sich selbst und seinem Leben beinahe noch einmal angetan hätte, ließ ihn seitdem nachts aus dem Schlaf schrecken. Hat er Fingerabdrücke hinterlassen, DNA-Spuren, irgendeinen Beweis? Er ist sich zwar eigentlich sicher, dass er die ganze Zeit Handschuhe getragen hat, kann sich aber nicht wirklich daran erinnern. Für den Rest seines Lebens wird sein Name in einer Datenbank geführt. Hat er irgendeinen Hinweis darauf hinterlassen, dass er es war, der da eingebrochen ist? Haben die Bewohner Anzeige erstattet, obwohl nichts gestohlen wurde? Wenn er mitten in der Nacht aus einem dieser Albträume aufwacht, betet er zu einem Gott, an den er eigentlich nicht glaubt, dass ihm vergeben werden möge, dass diese eine schreckliche, verzweifelte Tat ihn nicht einholen wird. Bisher hat sie das nicht getan.

Aber darf er sich von der Angst vor den Konsequenzen dieser einen Nacht davon abhalten lassen, der Familie hier jetzt zu helfen?

Die Pistole ist echt. Komisch, dass ein Kind so etwas sagt. Haben sie gerade ein Spiel gespielt – Räuber und Gendarm oder etwas Ähnliches? Aber warum war der Mann, der danach an die Tür kam, so abweisend? Warum hat er nicht einfach die verdammte Tür aufgemacht und das Paket entgegengenommen? Dann müsste er sich jetzt nicht mit solchen Gedanken rumschlagen.

Was, wenn er der Ehemann und Vater der Familie war – und einen Grund hatte, die Tür nicht zu öffnen? Schreckliche Bilder von geschwollenen Gesichtern voller blauer Flecken stürmen auf Logan ein, bevor Maddys Gesicht alle anderen überdeckt. Was, wenn die Frau versucht hat zu verbergen, dass sie von dem Mann geschlagen wurde? Und was ist dann mit den Kindern? Wurde sie in dem Haus hier verletzt, wie Maddy in ihrer Wohnung verletzt wurde?

Im Gefängnis gab es eine Gruppe von Männern, die sich zusammengetan hatten, weil jeder von ihnen wegen »dieser Schlampen« einsaß, mit denen sie verheiratet waren oder mit denen sie schliefen. Sie murmelten tagein, tagaus über ihre

Frauen vor sich hin; was sie ihnen antun würden, wenn sie erst wieder draußen wären und sie in die Finger bekämen. Sie wurden in eine Therapie gezwungen, und manchen von ihnen half das. Manche erkannten, dass Hand an eine Frau zu legen Körperverletzung war, selbst wenn man mit ihr verheiratet war. Dass sie ihren Groll gegen die Welt nicht an den Frauen auslassen konnten, von denen sie behaupteten, sie zu lieben. Anderen war nicht mehr zu helfen.

Aus manchen Wohnungen in dem Gebäude, in dem Logan und Debbie leben, kommen ab und an Frauen mit einem Bluterguss am Arm oder einem blauen Auge, und die meiste Zeit unternimmt er nichts dagegen. Kann nichts unternehmen. Mit Sicherheit würde er den Mann schlagen, der die Frau geschlagen hat, und prompt wieder im Gefängnis landen. Debbie schiebt ihnen manchmal Flyer unter der Tür durch, damit sie wissen, wo sie Hilfe finden können. Es ist nicht einfach, um Hilfe zu bitten. Seine eigene Schwester liegt gerade im Krankenhaus, weil ein Mann sie geschlagen hat. Zumindest in diesem Fall wird er definitiv etwas unternehmen.

Zurück im Lieferwagen denkt er darüber nach, was Debbie immer über das Universum sagt: »Sei einfach offen und unvoreingenommen, Babes. Das Universum wird dich genau da hinbringen, wo du gebraucht wirst.« Warum hat das Universum ihn gerade heute gerade hier hingebracht?

Er legt den Kopf an die Rückenlehne und schließt die Augen, verflucht diesen Tag, verflucht alles, was passiert ist – denn jetzt weiß er mit Sicherheit, was er tun muss. Er schaut auf sein Handy. Den Notruf zu wählen und einen anonymen Tipp zu hinterlassen wäre so einfach. Aber kann er das Problem am Telefon wirklich richtig erklären? Kann er deutlich genug machen, dass in dem Haus etwas Schlimmes vorgeht? Würden sie ihn überhaupt ernst nehmen? Und wenn nicht – wenn sie es einfach für einen Telefonstreich halten würden –, was dann?

Er hat keine Wahl. Trotzdem fühlt es sich an, als würde er

gerade zu seiner eigenen Hinrichtung fahren, sich fröhlich pfeifend in die Hände des Feindes begeben. Aber irgendetwas passiert in dem Haus, und mindestens zwei Kinder sind dort drin, zwei kleine Kinder, die vor ihren Eltern geschützt werden müssen. Er fährt rechts ran und sucht auf seinem GPS die nächstgelegene Polizeistation heraus.

Das wirst du bereuen, das weißt du ganz genau.

»Ich dachte, du möchtest heute vielleicht mal eine andere Geschmacksrichtung ausprobieren«, sagt Gladys und stellt die Schüssel mit dem Salted-Caramel-Eis auf das Tablett, das Lou auf den Knien balanciert. Ihre Schulter schmerzt ein wenig, weil er sich auf dem Hin- und Rückweg von der Toilette schwer auf sie gestützt hat. Peter ist groß, sehr muskulös und noch jung, er hat nie Probleme damit, Lou zu helfen. Und er spielt gerne Schach. Insgeheim vermisst Lou die übliche Partie heute, aber sie kann nicht Schach spielen, und er wäre wahrscheinlich eher genervt als dankbar, wenn sie ihn bitten würde, es ihr beizubringen.

Das Eis soll ihn etwas aufmuntern. Er sitzt in seinem Sessel vor dem Fernseher und schaut die Nachrichten, neben sich den Rollstuhl. »Sie glauben, dass es der Freund dieses Mädchens war, der sie verprügelt hat«, rief er herüber, während sie in der Küche zugange war.

»Na ja, so ist es doch immer, oder nicht? Menschen tun manchmal wirklich schreckliche Dinge«, antwortete sie.

»Was für eine Geschmacksrichtung ist das?«, fragt er jetzt. »Du weißt doch, dass ich nur Schokolade mag.«

Er schlägt demonstrativ mit der Hand auf die Schüssel, die prompt umkippt, sodass sich das ganze Eis auf den Teppich ergießt. Eilig holt sie einen Putzlappen, kann aber nicht verhindern, dass ihr Tränen in die Augen treten. »Ich wollte nur, dass du mal was anderes ausprobierst«, sagt sie und wischt auf Händen und Knien die Schweinerei auf. Mühsam schluckt sie die Wut hinunter, die ihr wie ein Knoten im Hals steckt, hinter ihren Schläfen hämmert. Stellt sich vor, wie er in ihren Magen wandert, wo er nicht mehr dafür sorgen kann, dass ihr etwas Negatives über die Lippen kommt. Sie holt tief Luft und wischt sich die Tränen weg, damit er sie nicht sieht.

Lou schweigt einen Moment. »Es tut mir leid, Liebes«, sagt er schließlich. »Ich bin wirklich manchmal ein schwieriger alter Mann, nicht wahr?«

Gladys schnieft und bringt den Lappen in die Küche. Als sie ins Wohnzimmer zurückkehrt, hat sie in der einen Hand eine Schüssel mit Schokoladeneis für Lou, in der anderen eine mit Salted Caramel für sich selbst. Der Wetterbericht verspricht, dass sich die Temperaturen deutlich abkühlen werden, zehn bis fünfzehn Grad innerhalb einer Stunde. »Das wird wirklich eine Wohltat sein«, sagt Lou leise, aber Gladys findet nicht die Kraft, ihm zu antworten. Schweigend lässt sie das kühle Eis ihre Kehle hinabgleiten, schluckt ihre Gefühle mit der Süße herunter.

Auf das, was im Fernsehen läuft, kann sie sich nicht konzentrieren – immer wieder kehren ihre Gedanken zu der Frage zurück, was sie wegen Katherine und den Kindern unternehmen soll.

Ob ich die Polizei rufen sollte? Noch mal rübergehen? Was, wenn ich mir das alles nur einbilde? Sollte ich die Familie lieber in Ruhe lassen?

Deine blühende Fantasie bringt dich noch in Schwierigkeiten, ermahnt sie sich selbst.

Die Klimaanlage an der Wand rattert, während sie kühle

Luft ausspuckt. Ab und zu wirft Gladys einen Blick darauf. Hoffentlich gibt das Ding nicht ausgerechnet heute den Geist auf. So schlimm hat sie noch nie geklungen.

In der Werbepause läuft die Vorschau für eine Krimiserie. Eine Leiche mit blauen Lippen und verdrehten Gliedern, die von zwei Polizisten untersucht wird. Bei dem Anblick rutscht sie unruhig auf dem Sessel herum.

»Warum bringen sie eigentlich ständig die Story von dieser jungen Frau, wenn das Ganze in Melbourne passiert ist?«, fragt sie als eine Art Friedensangebot, weil Lou schon die ganze Zeit neben ihr sitzt und schmollt.

»Ah, den Teil hast du verpasst«, meint er. »Der Mann, mit dem sie reden wollen, der mit der roten Baseballmütze, soll vor ein, zwei Tagen den Staat verlassen haben. Sicher sind sie sich aber nicht, deshalb lassen sie die Meldung überall laufen. Er könnte inzwischen in Sydney sein oder in Perth oder Adelaide. Im Prinzip könnte er überall sein.«

Sie nimmt einen weiteren Löffel von ihrem Eis, aber der war wohl zu groß: Beim Schlucken spürt sie einen scharfen Schmerz von den Zähnen bis zu den Ohren schießen. Irgendwas an dem Mann mit der roten Baseballmütze beunruhigt sie mehr als üblich, aber sie hat immer noch keine Ahnung, warum. Vielleicht, weil die junge Frau auf dem Bild so hübsch ist. Ihre Nichte Rebecca hat gerade einen neuen Freund, den Lou und sie bisher nur einmal getroffen haben. Er schien zwar nett zu sein, aber wirklich wissen tut man es nie. Die meisten Leute wirken nett, und keiner weiß, was sie alles vor der Welt verstecken.

Ihr kommt ein Gedanke. »Ich glaube, ich mache schnell ein paar Schokomuffins und bringe sie rüber. Wenn sie alle krank im Bett liegen, freuen sie sich bestimmt darüber.«

»Du kannst sie wohl einfach nicht in Ruhe lassen«, murrt er.

»Es dauert ja auch nicht lange.« Sie steht auf und nimmt im Gehen die leeren Schüsseln mit.

»Wenn es ihnen nicht gut geht, wollen sie bestimmt keine Muffins«, sagt er, als sie schon an der Tür ist, »lass sie in Ruhe.«

»Dauert nur ein paar Minütchen«, trällert sie. Diesmal wird seine Ermahnung sie nicht aufhalten. »Irgendwas ist da drüben definitiv nicht in Ordnung ... irgendwas ist absolut nicht in Ordnung«, murmelt sie vor sich hin, während sie das Muffinblech hervorholt und sich auf die Suche nach den Schokostückchen macht.

Der Teig ist schnell angerührt. Sie schiebt das Blech in den Ofen und freut sich schon auf den leckeren Schokoladenduft, der bald durchs Haus ziehen wird.

»Wie wär's mit dieser Krimiserie? Die, die gerade läuft«, meint Lou, als sie wieder im Wohnzimmer ist.

»Ja, gute Idee«, stimmt sie zu, weil er sich Mühe gibt, nett zu ihr zu sein. Die Folge hat sie zwar schon einmal gesehen, aber das ist nicht schlimm, weil sie sich sowieso nicht konzentrieren kann. Ungeduldig wartet sie darauf, dass der Alarm auf ihrem Handy ertönt. So hat sie sich noch nie gefühlt ... na ja, einmal, als Rebecca in Europa war. Eines Morgens ist sie aufgewacht und hat sich gefragt, in welchem Land Rebecca heute sein würde. Fast jeden Tag ist sie in eine andere Stadt weitergezogen. Gladys war an dem Tag schrecklich unruhig. Als sie es nicht mehr länger aushielt, rief sie ihre Schwester Emmaline an. »Ich mache mir Sorgen um Rebecca«, sagte sie.

»Du musst wohl einen sechsten Sinn haben«, antwortete Emmaline. »Ich hab gerade die Nachricht gekriegt, dass ihr Bus in den Bergen einen Unfall hatte. Sie hat sich am Handgelenk verletzt. Sie glauben zwar nicht, dass es gebrochen ist, aber zur Sicherheit wird sie gerade geröntgt.«

Rebecca ging es zwar weitgehend gut, aber Gladys hatte Recht, dass etwas nicht stimmte. Dasselbe Gefühl hat sie jetzt, was Katherine angeht, auch wenn sie ihrer Nachbarin weit weniger nahe steht als ihrer Nichte.

Sie fixiert den Countdown auf ihrem Handy, treibt ihn in Gedanken zur Eile an. Im Fernsehen wird jemand von jemand anderem erschossen, und Gladys erschrickt, weil sie die Handlung nicht verfolgt hat.

»Warum sehen wir uns diese Gewalt an?«, fragt sie Lou.

»Weil die Geschichte gut gemacht ist und du Krimiserien magst. Zumindest behauptest du das immer«, antwortet er. Sie schaut erneut aufs Handy. Er hat die Serie zwar nur vorgeschlagen, um ihr einen Gefallen zu tun, aber wenn er Spaß daran hat und dadurch länger wachbleiben kann, ist das immerhin etwas.

Noch einmal prüft sie den Countdown, dann ruft sie heimlich ihre Lieblings-Nachrichtenwebsite auf. Die neueste Schlagzeile handelt von einem Mann in Amerika, der wegen des Mordes an seiner Frau und seinen Kindern verurteilt wurde. Vor ein paar Monaten ist er weinend im Fernsehen aufgetreten, hat erklärt, dass seine Familie verschwunden sei, und um Hilfe bei der Suche gebeten. Er behauptete, nicht zu wissen, wo sie sein könnten, aber alles war nur eine ausgeklügelte Lüge. Gladys hat auf den ersten Blick gewusst, dass man ihm nicht trauen kann. Er hatte einen verschlagenen Blick und brach einfach zu oft in Tränen aus.

Ein Schauer läuft ihr über den Rücken. Wie gut kennt sie John wirklich? Nicht sonderlich gut. Ab und zu wechseln sie mal ein paar Worte. Sie führt sich die Fakten vor Augen: Heute Morgen ist er mit quietschenden Reifen davongefahren, später wiedergekommen und heute nicht auf Arbeit gewesen. Die Jalousien sind heruntergelassen, aus dem Haus ist kein Laut zu hören. Die Kinder sind daheim. Eins von ihnen hat einen Zettel im Fenster hochgehalten, auf dem es um Hilfe bittet. Katherine wollte sie nicht reinlassen. Es passt alles zusammen.

Gladys will nicht eine dieser Nachbarinnen sein, die nachher sagen, sie hätten nichts bemerkt, obwohl sich Entsetzliches in ihrer Straße abspielte; will nicht eine von diesen Leuten sein, die im Fernsehen behaupten, sie seien total geschockt und erschüttert. Sie weiß, dass da drüben etwas im Gange ist – spürt es einfach.

Der Alarm ertönt und sie springt auf, erleichtert, dass ihre Ausrede endlich fertig ist. Katherine hat vielleicht das Gefühl, dass sie sich zu sehr einmischt – vielleicht ist sie aber auch unendlich dankbar, dass Gladys sie nicht in Ruhe lässt. Wie auch immer: Sie wird jetzt die Muffins nehmen und noch einmal drüben klingeln.

Als sie das Blech aus dem Ofen holt, kommt ihr der Mann wieder in den Sinn, den die Polizei sucht. Die rote Baseballmütze ist einfach nur irgendeine rote Baseballmütze, viel mehr erkennt man auf der Aufnahme nicht. Aber aus irgendeinem Grund ist sie sich sicher, dass vorne im selben Rot ein Nike-Logo aufgestickt ist. Sie legt das Blech auf dem Herd ab und holt tief Luft. Sie hat die Baseballmütze schon mal gesehen. Und zwar gestern.

»Es gibt garantiert hunderte von diesen Baseballmützen«, murmelt sie. Das war bestimmt nur ein Zufall. Bestimmt.

FÜNFZEHN

Zu viel Blut. Mir wird schlecht von dem Anblick. Es tropft ihr aus dem Mund auf das Handtuch, das George ihr geholt hat, und auf ihr T-Shirt. Ehrlich gesagt habe ich den Anblick von Blut noch nie ertragen können. Vor allem meines eigenen. Es ist interessant, die Kinder zu beobachten, wie sie versuchen, sie zu beschützen. Sophie hat vor allem Angst, aber George schwankt zwischen Angst und Wut. Er beobachtet mich, die grünen Augen zusammengekniffen und auf mein Gesicht fokussiert. Wenn Blicke töten könnten …

Keine Ahnung, warum sie dachten, ich würde sie nicht dabei erwischen, wie sie … wem auch immer eine Nachricht schicken wollten. Schließlich ist da niemand, der so etwas bemerken würde – zumal sie nur ganz kurz zu sehen war. Aber sie haben es trotzdem versucht. Dafür immerhin verdienen sie Anerkennung, auch wenn sie mich damit gezwungen haben zu tun, was ich getan habe.

Ich hatte eigentlich nicht das Gefühl, dass ich so hart zugeschlagen habe, aber die Pistole hat dem Ganzen wohl etwas mehr Nachdruck verliehen. Jetzt tut mir die Hand weh. Ich massiere sie vorsichtig, achte aber darauf, dass die Waffe die ganze Zeit auf die drei gerichtet bleibt.

Ich habe ihr so viel zu sagen, so viel zu erzählen. »Willst du eine Geschichte hören? Über die Zeit, als mein Vater starb?«, frage ich sie.

»Die Geschichte kenne ich schon«, antwortet sie und klingt dabei ganz undeutlich, weil ihr Mund voller Blut ist.

»Was?«

Sie spuckt in das Handtuch und ich warte darauf, dass ich mich schuldig fühle oder bereue, was ich getan habe. Aber ich scheine gar nichts zu fühlen. Die Fähigkeit, meine Gefühle gegenüber anderen einfach abzustellen, habe ich wohl von meinem Vater geerbt. Letztlich war ihm nur er selbst wichtig.

In den Monaten, nachdem er seinen Job verloren hatte, ging es meinem Vater immer schlechter. Meistens lag er, wenn ich von der Schule nach Hause kam, schlafend auf dem Sofa. Aber manchmal war er wach, und dann fragte er, wie mein Tag gewesen sei. Wann immer er wissen wollte, was ich in der Schule gelernt habe, antwortete ich: »Gar nichts.«

Gewöhnlich beließ er es dabei. Aber einmal wurde er völlig unerwartet richtig wütend. Er sprang vom Sofa auf, packte mich am T-Shirt und zog mich nah zu sich heran. »Jetzt hör mir mal zu, Sohn. Die Welt da draußen kann verdammt hart sein«, sagte er. Ich war damals fünfzehn und hatte den ganzen Scheiß so satt. Er hielt mein T-Shirt fest umklammert und war mir so nah, dass mir sein stinkender Atem direkt ins Gesicht wehte – trotzdem verdrehte ich die Augen und seufzte laut. Er packte fester zu, und seine Fingernägel kratzten über meine Haut. »Du meinst, du wärst ach so clever, nicht wahr?«, schrie er, und dann verpasste er mir eine kräftige Ohrfeige. Das war nicht das erste Mal, dass er die Hand gegen mich erhob. Im Gegenteil: Es machte ihm Spaß. Manchmal schlug er hart genug zu, um einen blauen Fleck zu hinterlassen, aber nie so hart, dass er für mich nicht einfach nur erbärmlich blieb. Vielleicht hätte er sich besser gefühlt, wenn ich in diesen Situationen Angst gezeigt hätte, echte Angst. Die Sorte Angst, die ich in der Art erkenne, wie die drei mich beobachten. Wie sie versuchen, sich noch tiefer ins Sofa zu verkriechen, und dabei die weichen Kissen zerdrücken. Das zeigt mir, dass ich hier der Chef bin. Zwischendurch wurde es etwas unschön, aber ich sage immer noch, wo's langgeht.

Inzwischen hat das Blut aufgehört, aus ihrem Mund zu sickern. Ich beobachte, wie sie mit der Zunge über die Innenseite ihrer Wange fährt, nach einem losen Zahn sucht. Außen auf ihrer Wange ist ein kleiner Schnitt, und ich muss den Drang unterdrücken, ihr zu sagen, sie solle Eis drauflegen. Es gab eine Zeit, da wollte ich mich um sie kümmern.

»Wusstest du, dass ich, als mein Vater gestorben ist, zwei Tage gewartet habe, bevor ich die Polizei rief?«

Ihre braunen Augen weiten sich vor Entsetzen. »Nein, das hast du mir nie erzählt.«

»Tja, aber so war es.«

»Es tut mir —«

»Erzähl mir nicht, dass es dir leidtäte. Ich hab es so satt, ›es tut mir leid‹ von dir zu hören.«

SECHZEHN

KATHERINE

Die Charaktere der Zwillinge sind sehr unterschiedlich, und Katherine fragt sich oft, zu was für Menschen sie wohl heranwachsen werden. George ist ruhig und nachdenklich. Er hält sich immer an die Regeln. Sophie hat vor ihm Laufen gelernt, aber dafür hatte sie ständig blaue Flecken und Beulen – George nicht. Sophie hat es mit allem eilig, läuft blindlings los und denkt erst später über die Konsequenzen nach. Schon jetzt hat sie Ärger in der Schule. George dagegen würde im Traum nicht daran denken, seinen Lehrern nicht zu gehorchen oder die Regeln zu brechen.

»Warum hast du die Puppen mit in die Schule genommen, obwohl du wusstest, dass das nicht erlaubt ist?«, hat sie sie gestern Abend gefragt.

»Warum sind Murmeln erlaubt, meine Puppen aber nicht? Murmeln sind langweilig«, war ihre verdrießliche Antwort.

Katherine wusste nicht, was sie darauf sagen sollte. Schließlich hat Sophie recht: Regeln können manchmal ziemlich willkürlich sein. Aber sie muss lernen, nicht kopflos loszupreschen, Ideen bis zum Ende zu durchdenken. Genau das hat Katherine versucht, ihr beizubringen: zu versuchen, die Konsequenzen ihrer Handlungen abzusehen. Bisher ist ihr das nicht gelungen, und nie war gerade das wichtiger als heute.

Nur noch wenig Blut sickert aus dem Schnitt. Es hätte deutlich schlimmer kommen können. George hat zwar die Schuld für seine Schwester auf sich genommen, aber ihre impulsive kleine Tochter hätte ernstlich verletzt werden können.

Denk nach, denk nach, denk nach, treibt sie sich in Gedanken an. Besteht zumindest die Möglichkeit, dass er nicht weiter gehen wird als das? Dass er sich entschließt, jetzt einfach zu gehen, oder zumindest, sie gehen zu lassen?

Als es an der Tür klingelt und Sophie vom Sofa springt und aus dem Zimmer flitzt, hat sie noch nicht mal fertig Luft geholt, bevor er der Kleinen hinterherjagt und sie über die Schulter anfaucht: »Wage es ja nicht, dich auch nur einen Zentimeter zu bewegen!«

Katherine sitzt stocksteif da, den Arm um George gelegt. Ihr wird abwechselnd heiß und kalt. Von der Haustür her hört sie, wie Sophie »Au!« ruft – dann Stille. Als er den Raum wieder betritt, trägt er sie unter dem Arm, hält ihr mit einer Hand den Mund zu, während sie sich heftig wehrt und um sich tritt. So sehr, dass sein Griff sich schließlich lockert. Er lässt sie fallen, und dieser plötzliche Kontrollverlust macht ihn so wütend, dass er sie zu Boden schubst. Prompt bricht sie in Tränen aus.

»Hör auf!«, kreischt Katherine. Aber da ist er schon bei ihr, hält ihr die Waffe an die Schläfe.

»Haltet die Klappe, haltet die Klappe, alle drei! Ihr sollt endlich die Klappe halten. Und wehe, du hast irgendwas zu ihm gesagt.«

Katherine schaut ihn verwirrt an. »Zu wem?«

»Dem Paketzusteller von heute Morgen. Er will scheinbar unbedingt, dass du ihm das Päckchen abnimmst. Halt die Klappe, Sophie, oder ich schwöre bei Gott ...«

»Bitte, Sophie ... bitte, Liebling«, fleht sie ihre Tochter an, »sei einfach still, ja? Alles ist gut, Mum ist hier, Mum ist —«

»O Gott, du kannst einfach nicht die Klappe halten. Warum hältst du nie die Klappe?!« Es klingt fast, als würde ihre Stimme ihm physische Schmerzen bereiten. Er rauft sich die Haare und reibt sich frustriert das Kinn.

»Sophie«, wiederholt Katherine, eine deutliche Warnung in der Stimme. Sie muss endlich leise sein.

Sophie schließt den Mund und beißt sich auf die Lippen, um keinen Laut mehr von sich zu geben. Dann klettert sie zurück aufs Sofa und reibt sich den Arm, mit dem sie auf dem Boden aufgekommen ist. Katherine zieht ihre Kinder an sich und hält sie ganz fest. Ihre kleinen Körper sind feucht vom Schweiß, genau wie ihr eigener. Die Klimaanlage kann vielleicht etwas gegen die Hitze tun, aber gegen ihre Angst kann sie nichts ausrichten.

»Jetzt hört mir mal zu«, sagt er mit bedrohlicher Stimme, »wenn einer von euch noch mal so was Dämliches versucht, dann passiert das hier.« Damit packt er Sophies Stoffaffen, der auf den Boden gefallen ist, stopft sich die Pistole in den Hosenbund und beginnt, an dem Stofftier zu zerren. Er ächzt vor Anstrengung, aber schließlich schafft er es, ihm mit einem Ruck den Kopf fast vollständig abzureißen. Es ist eine Vorführung seiner Macht, vor allem für sich selbst gedacht – eine hässliche Art, ihnen zu zeigen, zu was er fähig ist.

Diesen Menschen kenne ich nicht. Habe ihn vielleicht nie gekannt.

»Oh, mein Baby!«, jammert Sophie, und die völlige Verzweiflung in der Stimme ihres Kindes treibt Katherine vom Sofa. Bevor sie es sich versieht, steht sie vor ihm, zeigt ihm mit ihrer Körpersprache, dass er so nicht weitermachen darf. In dem Moment wird ihr bewusst, dass er die Pistole nicht in der Hand hat, dass sie in seinem Hosenbund steckt, und dass jetzt vielleicht die einzige Möglichkeit ist, sie ihm abzunehmen. Wenn sie schnell genug ist.

Mach Lärm. So viel wie möglich.

Sie schreit, während sie sich auf ihn zubewegt, in der Hoffnung, ihn damit lange genug abzulenken, dass sie sich die Waffe schnappen kann.

»Wie konntest du nur? Wie konntest du nur? Das ist ihr Lieblingsspielzeug. Das ist scheußlich, du bist einfach nur scheußlich. Was stimmt nicht mit dir? Was zur Hölle stimmt nicht mit dir?«

Als sie über ihm steht, hebt er den Blick, und sie macht einen Satz nach vorne – nicht, um nach dem Spielzeug zu greifen, wie er erwartet, sondern nach der Pistole.

Ihre Hand wandert um seine Hüfte herum, und er stößt ein überraschtes »Hey!« aus. Blitzschnell lässt er den Affen fallen, packt sie an den Armen und stößt sie von sich.

Sie fällt rückwärts und einen Moment später ragt er vor ihr auf. Sie versucht, sich zu erheben, aber er packt ihre Hand.

»Was glaubst du, was du da gerade machst?«, zischt er und verbiegt ihr Handgelenk nach hinten, zwingt sie auf die Knie, und immer noch biegt er es weiter und weiter zurück. Der Schmerz, der ihren Arm hinaufschießt, ist so stark, dass ihr die Luft wegbleibt. Und immer noch biegt er ihr Handgelenk weiter zurück. Die Lust, die ihm ihre offensichtliche Qual bereitet, steht ihm offen ins Gesicht geschrieben. Dann gibt es einen Knall, ein Knacken und er lässt los. Sie sinkt wortlos zu Boden und liegt einen Moment einfach nur da. In ihrem ganzen Körper vibrieren die Nervenenden, der Schmerz nimmt ihr die Luft zum Atmen und in ihrem Kopf summt es. Überall bricht ihr der Schweiß aus. Aber sie muss aufstehen. Muss aufstehen und sich zu ihren Kindern setzen. Sie kann nicht glauben, dass sie so etwas mit ansehen, so etwas erleben mussten. Trotzdem muss sie jetzt aufstehen. Denn auch wenn sie nicht an die Pistole heran-

gekommen ist, muss sie es irgendwie schaffen, sie zu retten. Die
Schere steckt immer noch zwischen den Sofakissen, aber wenn
sie jetzt versucht, ihn damit anzugreifen, und scheitert ... was
wird er dann mit der Schere in der Hand anstellen?

Steh auf, Katherine. Steh auf!

Sie bewegt sich ungelenk, drückt das verletzte Handgelenk
an die Brust, schiebt sich umständlich hoch und setzt sich
neben George und Sophie. Beide Kinder sind stumm vor
Schreck. Mit offenen Mündern starren sie ihn an.

»Seht ihr, was passiert?«, meint er beiläufig, während er
rüber ans Fenster geht. »Es ist ganz schön heiß hier drin.
Warum hast du die Klimaanlage nicht längst reparieren
lassen?«

»Das hätte ich tun sollen, ich weiß.« Katherine holt tief Luft
und versucht, sich zu beruhigen, ihren hämmernden Puls zu
verlangsamen.

Er schiebt das Fenster auf, und heiße Luft strömt herein.
Schnell schiebt er es bis auf einen Spalt wieder zu.

»Kann ich Mum etwas zum Kühlen holen?«, fragt George
leise.

»Was?«

»Wenn ich hinfalle und mich am Knie stoße, dann legt
Mum etwas zum Kühlen drauf und gleich geht's mir besser.
Kann ich ihr was aus der Küche holen?« Er stellt die Frage
vorsichtig, Unsicherheit schwingt in jedem Wort mit.

»Schon okay, George«, sagt sie. Die Luft im Wohnzimmer
fühlt sich zähflüssiger an, dichter, und das Atmen fällt ihr
zunehmend schwerer. Der Schmerz in ihrem Handgelenk
breitet sich wie ein Querschläger in ihrem ganzen Körper aus,
und sie zittert von der Anstrengung, aufrecht sitzen zu bleiben,
obwohl alles in ihr danach schreit, sich hinzulegen.

»Darf ich?«, fragt George noch einmal, scheinbar entschlossen, diese eine Sache für sie zu tun. Er ist ein Denker, ein
Planer, und während sie ihn beobachtet, wird ihr klar, dass ihr

Sohn der Schlüssel dazu ist, ihre Kinder zu retten. Für sich selbst hat sie keine Hoffnung mehr, aber wenn ihr eine Idee kommt und sie sie George irgendwie vermitteln kann, dann haben zumindest die beiden eine Chance. Und das ist alles, was zählt.

»Okay, meinetwegen«, sagt er gelangweilt, weil es nicht um seinen eigenen Schmerz geht.

George sprintet aus dem Zimmer und ist kurz darauf mit einem Eisbeutel zurück, den er ihr unendlich vorsichtig auf das bereits anschwellende Handgelenk legt.

»Danke, Liebling«, sagt sie, und er nickt.

»Es tut mir leid, Mum.«

»Das ist doch nicht deine Schuld, Schatz.« Trotz ihrer Worte beginnen ihm die Tränen über die Wangen zu laufen.

»Doch, ist es«, erwidert der kleine Junge.

»Nein, George«, mischt er sich mit leiser, fast sanfter Stimme ein. Doch er beißt dabei die Zähne zusammen und zieht die Oberlippe verächtlich hoch. »Es ist nicht deine Schuld. Wenn irgendjemand Schuld hat, dann ist sie es. Sie ist nämlich für all das verantwortlich, was heute passiert ist. Sie ist schuld, deine Mama ist schuld.«

SIEBZEHN

LOGAN

So eine harmlos aussehende Polizeistation hat Logan noch nie gesehen. Mit ihrem weißen Kunststofftresen, ein paar Kunstlederbänken an der hellblauen Wand und einer großen Topfpflanze in der Ecke erinnert sie ihn eher an das Foyer eines Bürogebäudes. Alles hier sagt Besuchern, dass sie nichts zu befürchten haben. Es gibt keine Betrunkenen, die auf Sofas ihren Rausch ausschlafen, keine zittrigen Junkies, die darauf warten, heimgefahren zu werden – nur einen leeren Raum, und hinter dem Tresen eine einzelne Polizistin, die auf ihren Bildschirm starrt. Auf Logan wirkt es fast, als würde sie heimlich Solitaire spielen. Das hier ist eine kleine Polizeistation in einem Vorort, wo das Schlimmste, was passiert, verschwundene Katzen sind, und gelegentlich eine Party, die länger als bis Mitternacht dauert, weshalb die Nachbarn nicht schlafen können. Das Einzige, was hier in der Luft liegt, ist Desinfektionsmittel mit Pinienduft, vermischt mit der Süße der Blumen, die in großen Töpfen vor der Tür blühen.

Ob die Polizisten, die hier arbeiten, wohl jemals etwas

Schlimmeres gesehen haben als einen handfesten Streit darüber, wer wessen Einfahrt zugeparkt hat? Doch dann erscheint das Bild der Frau in dem hübschen Haus in der hübschen Straße ganz in der Nähe vor seinem geistigen Auge. Dort passiert gerade etwas Schlimmeres. Manchmal gehören die hübschesten Häuser Leuten, die viel lächeln – doch hinter diesem Lächeln verbergen sie schreckliche Gräueltaten. Im Gefängnis ist er Menschen begegnet, die sich benahmen wie Abkömmlinge einer Privatschule, aufgeweckt und clever waren – und wegen Mord und Vergewaltigung einsaßen.

Als er das Gebäude betritt, kriecht ihm eine Gänsehaut über den Rücken – zum Teil wegen der Klimaanlage, die auf vollen Touren läuft, zum Teil aber auch wegen der alten Angst vor Polizeistationen und ihrer unheimlichen Macht, ein Leben für immer zu verändern. Vor sechs Jahren hat er eine als nervöser Mann mit bandagierter Hand betreten und sie als angeklagter Verbrecher wieder verlassen. Danach war sein Leben nie mehr wie vorher. Deshalb zögert er am Eingang, kämpft den Drang nieder, auf der Stelle kehrtzumachen und die Beine in die Hand zu nehmen. *Ich habe keine Fingerabdrücke hinterlassen. Niemand weiß, dass ich das war.*

Die Frau in dem großen Haus ist eigentlich nicht sein Problem. Wirklich nicht. Die Angst vor der Polizei drängt ihn dazu, die Sache einfach auf sich beruhen zu lassen ... aber sein Instinkt will keine Ruhe geben. Die Frau in dem großen Haus ist in Schwierigkeiten, da ist er sich sicher. Warum sonst sollte das Kind etwas von einer Pistole sagen? Was hat das »Au« aus seinem oder ihrem Mund verursacht, und wer war der Mann, der ihn so unfreundlich weggeschickt hat? Er kommt sich vor wie in einem dieser Detektivspiele: Einen Hinweis nach dem anderen setzt er zu einem Gesamtbild zusammen. Doch das hier ist kein Spiel. Selbst wenn er die Frau vergessen könnte – es sind Kinder im Haus. Wenn damals einer der Nachbarn in seinem Viertel oder einer seiner Lehrer gemerkt hätte, dass etwas mit ihm nicht stimmt, den einen oder anderen blauen Fleck bemerkt hätte ... verstanden hätte, dass sein abweisendes Verhalten nicht daher rührte, dass er einfach ein Einzelgänger war ... vielleicht wäre er dann ein ganz anderer Mensch geworden. Irgendjemand muss sich um die Kinder kümmern, muss sicherstellen, dass es ihnen gut geht.

Der Gedanke an Maddy in ihrem Krankenhausbett lässt ihn nicht los. Er hat Debbie gebeten, ihm über ihre Freundin ein Foto von ihr zu schicken. »Warum willst du das sehen?«, hat sie ihn per Textnachricht gefragt. »Ich muss einfach.« Besser konnte er es nicht beschreiben.

Der Schock ihres Anblicks – der einbandagierte Kopf, der Schlauch, der in ihrem Mund steckte – nahm ihm die Luft. Auf dem Bild konnte man nicht genug von ihr erkennen, um sicher zu sein, dass es wirklich seine Schwester zeigte. Aber Logan wusste trotzdem, dass es so war. Vor ein paar Minuten hat er in seinem Lieferwagen den Kopf gesenkt, die Augen geschlossen und gebetet: *Bitte lass sie das überleben.*

Jetzt strafft er die Schultern und geht entschlossen zum Tresen. Er hat seine Zeit abgesessen, und nun versucht er nur, zu helfen. Niemand hat seine letzte, verzweifelte, traurige Verfehlung beobachtet. Niemand hat ihn gesehen, niemand weiß davon, und deshalb darf sie ihn nicht davon abhalten, heute für jemand anderen Hilfe zu holen.

Die Polizistin trägt über ihrer Uniform eine voll ausgestattete Weste, dazu eine Pistole im Holster an der Hüfte. Wenn die Klimaanlage nicht so hochgedreht wäre, würde sie garantiert kräftig schwitzen unter all den Lagen Stoff und mit dem ganzen Gewicht am Körper. Die blonde Frau ist klein und zierlich, was es sicher nicht leichter macht.

»Kann ich Ihnen helfen?«, fragt sie mit neutralem Gesichtsausdruck, doch ihre Augen schätzen seine Statur, seine Körpersprache und die Ansätze der Tattoos ein, die unter seinen Ärmelaufschlägen hervorschauen, die Worte, die auf seinen

Händen geschrieben stehen, die in seinem Gesicht. Ihre Lippen bewegen sich ein wenig, als sie die winzigen Buchstaben unter seinem Wangenknochen entziffert: *Ich werde nicht untergehen.*

Wahrscheinlich glaubt sie, er hätte sich verlaufen.

»Ja, also ... es ist eine komische Sache ... ich weiß nicht so recht, wie ich das erklären soll.«

Die Hand der Polizistin wandert zu ihrer Hüfte, legt sich auf ihre Waffe. »Fangen Sie am besten am Anfang an.«

»Okay. Ich bin Paketzusteller für Pack & Go, wie Sie sehen«, Logan zeigt auf das Logo auf seinem Hemd, ein lächelndes Paket vor einer Uhr, und hofft, dass ihm das genug Glaubhaftigkeit verleiht, »und heute Morgen gegen halb acht war ich bei einem Haus, um einen Laptop auszuliefern, aber die Frau dort wollte die Tür nicht aufmachen. Sie muss für das Paket unterschreiben, aber sie wollte die Tür nicht aufmachen ...«

»Gibt es für solche Fälle keine Vorschriften?«, fragt die Frau und unterdrückt ein Gähnen. Er ist gerade das Spannendste, was ihr heute den ganzen Tag passiert ist, und schon jetzt ist sie gelangweilt von dem, was er ihr zu sagen versucht. Er ist es nicht gewohnt, so einfach abgetan zu werden.

Mühsam versucht er, seine Frustration im Zaum zu halten. »Nein, ich mache mir Sorgen, dass in dem Haus etwas vor sich geht, etwas, das sie davon abhält, die Tür zu öffnen. Ich glaube, sie ist in Schwierigkeiten. Ihr Name ist Katherine West.« Er hat es jemandem gesagt, der tatsächlich etwas unternehmen kann. Logan fühlt, wie seine verkrampften Schultern sich endlich etwas entspannen.

»Ich bin noch mal hingefahren und habe versucht, das Paket auszuliefern, und da war ein Kind, das durch die Tür etwas von einer echten Pistole gesagt hat, und dann hat es ›Au‹ gerufen und so ein Typ hat mir gesagt, ich solle verschwinden.« Mit jedem Wort spürt er seine Überzeugung schwinden. Das klingt alles ein bisschen verrückt.

»Ist es normal, dass ein Paketzusteller zweimal zu einer Adresse fährt und versucht, ein Päckchen auszuliefern? Lassen Sie nicht normalerweise einfach einen Zettel da und bringen es zur nächsten Poststelle?«

»Ja, normalerweise schon, aber ich hab das Gefühl, dass in dem Haus was nicht stimmt.«

»Wie sagten Sie, war noch Ihr Name?«

»Habe ich nicht. Warum ist das wichtig?« Ihm dreht sich der Magen um. Das ist nicht gut.

»Wie heißen Sie?«, fragt die Polizistin langsam und deutlich, um sicherzugehen, dass er die Frage versteht. Ein leichtes Lächeln liegt auf ihren Lippen.

Logan spielt kurz mit dem Gedanken zu lügen, aber sie könnte einfach die Firma anrufen und es überprüfen. Schließlich weiß sie, wo er arbeitet, und Mack hat nur zehn Fahrer. Er könnte sagen, sie solle die ganze Sache vergessen, er habe sich bestimmt geirrt, aber jetzt ist sie aufmerksam geworden. Hierher zu kommen war eine sehr, sehr dumme Idee.

»Logan Clarkson«, sagt er leise, »aber ich hab wirklich keine Ahnung, warum das eine Rolle spielt. Ich kann Ihnen die Adresse von der Frau geben, damit Sie eine Streife vorbeischicken und nach dem Rechten sehen können. Alles, was ich wollte, war, Ihnen Bescheid zu geben, dass ich mir Sorgen um sie mache.«

»Und wie lange kennen Sie Miss West schon?«, fragt sie, während ihre Finger über die Tastatur fliegen.

Er spürt, wie seine Hände sich zu Fäusten ballen. Jetzt ist völlig klar, wo das Ganze hinlaufen wird.

»Ich kenne die Frau nicht. Ich bin Paketzusteller. Ich habe versucht, ihr ein Paket zuzustellen, und sie wollte die Tür nicht öffnen, und das fand ich komisch. Ich mache mir Sorgen um ihre Sicherheit.«

»Steht Katherine in irgendeiner Beziehung zu Ihnen?« Ihre Stimme ist neutral, frei von Interesse und jeglicher Emotion.

Sie stellt ihre Fragen bewusst so, damit er aus Versehen etwas sagt, das er gar nicht sagen wollte.

»Hören Sie ... Nein ... nein, ich hab Ihnen doch gesagt, ich trage einfach nur Pakete aus.« Seine Frustration kann er nur noch mühsam verbergen. »Ich weiß überhaupt nichts über sie. Sie hat nichts mit mir zu tun.«

Die Polizistin wirft ihm einen Blick zu, dann liest sie etwas auf dem Bildschirm vor ihr, bewegt dabei wieder stumm die Lippen. Schaut auf. Lässt ihre Hand erneut zu ihrer Waffe wandern. An ihrem Auge zuckt ein kleiner Muskel. Inzwischen ist sie ein bisschen – nur ein bisschen – unsicher, macht sich Gedanken darüber, was er als Nächstes tun könnte. Er ist groß genug, um einfach über ihren makellosen weißen Tresen zu springen.

»Nun, wir werden in jedem Fall einen Wagen vorbeischicken, Mr Clarkson. Gehe ich recht in der Annahme, dass Sie drei Jahre wegen Einbruchs und tätlichen Angriffs im Gefängnis saßen?«

Sie hört ihm überhaupt nicht mehr zu. Alles, was für sie noch zählt, ist seine Polizeiakte. Seine Vergangenheit lässt ihn nicht los.

»Ja«, antwortet er vorsichtig und bewusst höflich. Der kleinste Fehltritt könnte ihn in Nullkommanichts wieder dorthin schicken.

»Wir hatten hier in der Gegend in den letzten Monaten mehrere Einbrüche. Sie haben sicherlich recht, sich Sorgen zu machen.« Sie schenkt ihm ein schmales Lächeln, und auch wenn er deutlich größer ist als sie, spürt er, wie sich die Haare auf seinen Armen aufstellen. Er ist die Maus in diesem Spiel, sie die Katze – ein falsches Wort und sie schlägt zu.

»Okay, und die Adresse von dem Haus, in das sie gelangen wollten, lautet ...?«

Logan entgeht nicht, wie sie ihre Frage formuliert hat. »Ich habe nicht versucht, ins Haus zu kommen. Alles, was ich wollte, war, dass sie für ein Paket unterschreibt.«

»Und die Adresse war?«

»Das war ... ähm ...« Er schluckt. Der Gesichtsausdruck der Polizistin macht ihn nervös. »Hogarth vierundzwanzig, nein, halt, Holborn, vierundzwanzig oder sechsundzwanzig ...« Er schüttelt den Kopf. Er war heute schon zwei Mal bei der Adresse, wie kann er sie plötzlich vergessen haben?

»Sie ist auf meinem Handy, aber ich ...« Er durchsucht seine Taschen. Das Handy liegt noch im Lieferwagen.

»Ich verstehe«, sagt die Polizistin, und ihre Stimme nimmt eine gewisse Schärfe an. »Vielleicht könnten Sie einfach kurz hier warten, während ich einen Detective hole. Ihm können Sie die ganze Sache erklären. Und dann gehen wir zusammen zu Ihrem Auto und holen das Handy. Bitte bleiben Sie, wo Sie sind, Mr Clarkson. Ich bin gleich zurück.«

»Meinetwegen.« Die Polizistin geht zu einer Tür im hinteren Teil des Empfangsbereichs, öffnet sie und steckt den Kopf hindurch. Hofft vielleicht, dass jemand direkt reagiert. Sie wirft einen kurzen Blick zu ihm zurück, dann tritt sie durch die Tür und lässt ihn alleine im Vorraum zurück.

Logan spürt, wie er in dem eisigen Raum anfängt zu schwitzen. Sie werden ihn da hinter schleifen, und von dort gibt es nur eine mögliche Richtung, in die das Ganze sich entwickeln kann. Er wird seine Frustration nicht dauerhaft unter Kontrolle halten können, das weiß er aus Erfahrung. Dabei wollte er doch nur das Richtige tun. Und *vielleicht wissen sie etwas.*

Er sollte nicht hier sein. Er sollte am Flughafen sitzen und warten, hoffen, dass er vielleicht einen früheren Flug erwischt, damit er bei seiner Schwester sein kann. Die Frau hat nichts mit ihm zu tun, und für das, was in dem Haus passiert, ist er nicht verantwortlich. Er wippt auf den Fußballen, würde am liebsten wegrennen. Deshalb holt er tief Luft, um sich zu beruhigen. Doch stattdessen schlägt sein Herz noch schneller, und er kann sich nicht länger davon abhalten, auf dem Absatz kehrtzumachen und aus der Polizeistation zu flüchten, die Betontreppen hinunterzusprinten, über die Straße und zu seinem Lieferwagen. Sein Körper bewegt sich ohne sein Zutun, ohne Sinn und Verstand. Alles, was er weiß, ist: Er muss hier verschwinden.

»Mr. Clarkson!«, hört er, als er sich auf den Fahrersitz schwingt. Er startet den Motor und fährt los, noch bevor er sich fertig angeschnallt hat. Seine Hände zittern vor lauter Panik.

Debbie hatte recht: Er hätte die Sache einfach auf sich beruhen lassen sollen.

»Du bist so ein Idiot!«, brüllt er und schlägt mit der Hand aufs Lenkrad. Als er glaubt, genug Abstand zwischen sich und die Polizeistation gebracht zu haben, hält er in einer Seitenstraße an und reißt das langärmlige Hemd auf, das er trägt, ignoriert die in alle Richtungen davonfliegenden Knöpfe, das leise Geräusch, wenn sie auf den Boden und die Scheibe auftreffen. Zieht es hastig aus und schmeißt es in den Fußraum, streift sich stattdessen ein T-Shirt über, das er immer im Lieferwagen aufbewahrt. Seine Tattoos sind jetzt für alle Welt sichtbar, aber das spielt keine Rolle mehr. Wie sehr er auch versucht, ein aufrechtes Leben zu führen, wie angestrengt er sich auch stets an den rechten Weg hält oder was für ein Mensch er heute ist – es spielt keine Rolle. Er wird immer der Mann mit der kriminellen Vergangenheit sein. Das ist das Erste und das Letzte, was die Leute in ihm sehen.

Er wird mit seiner Runde weitermachen, und wenn sie ihn holen kommen, dann wird er lügen, weil Kriminelle wie er das tun, und behaupten, er hätte sich geirrt, hätte das Päckchen an die falsche Adresse liefern wollen oder irgend so ein Blödsinn. Hoffentlich werden sie trotzdem eine Streife schicken und in der Nachbarschaft klingeln. Es war die Hogarth Street, da ist er sich sicher. Wahrscheinlich werden sie im Computer nachsehen. Die Adresse herausfinden. Ganz bestimmt. Schließlich haben sie ja auch ihren Namen. Die richtige Adresse herauszufinden geht ganz schnell. Auch wenn sie sich wahrscheinlich fragen werden, warum er ihnen die falsche genannt hat.

»Hör auf jetzt«, schimpft er mit sich selbst. »Hör auf, hör auf, hör auf, hör auf.«

Er hat es satt, sich um die Frau Sorgen zu machen. Debbie hat Recht: Das ist wirklich nicht sein Problem.

Nur noch ein paar Pakete, dann ist er fertig – mit allem, was heute passiert ist.

Aber die Polizistin hat seinen Namen. Das war dumm von ihm. In seiner Akte steht nur, dass er seine Zeit abgesessen hat. Und sie enthält natürlich seine Fingerabdrücke. Würden sie nach Fingerabdrücken suchen, wenn nichts gestohlen wurde? *Woanders hingebracht, aber nicht mitgenommen.* Er hat sich gerade noch rechtzeitig zurückhalten können. Aber war es wirklich rechtzeitig? Oder hat er die Polizei jetzt auf sich aufmerksam gemacht, und sie werden sich die Zeit nehmen, ihn zu überprüfen?

Er kann nicht zurück ins Gefängnis. Auf keinen Fall. Ein Ball rollt auf die Straße, direkt vor seinen Lieferwagen, doch erst als ein kleines Kind hinterherrennt, tritt er hastig auf die Bremse. Die Reifen quietschen und der Geruch von verbranntem Gummi liegt in der Luft, dringt trotz der eingeschalteten Klimaanlage in den Innenraum.

»Reiß dich zusammen, Logan!«, brüllt er sich selbst an, als eine panische Mutter auf die Straße rennt, ihr Kind und den Ball einsammelt und ihm entschuldigend zuwinkt. Das hätte schiefgehen können. Er muss sich konzentrieren. Das Leben kann sich innerhalb eines einzigen Moments komplett ändern. Und den Luxus solcher Momente hat er nicht mehr.

ACHTZEHN

GLADYS

Gladys holt die Schokomuffins aus den Förmchen und atmet den süßen, kräftigen Duft von Kakao und geschmolzener Schokolade ein. Vorsichtig bricht sie ein kleines Stück ab, verbrennt sich dabei ein wenig die Finger, und pustet darauf. Als es ausreichend abgekühlt ist, schiebt sie es sich in den Mund. Sie sind ihr vorzüglich gelungen, saftig und bissfest mit einer leichten Kruste am Rand. Schokoladenmuffins sind eine ihrer Spezialitäten.

Einen der Muffins legt sie auf einen Teller. Den darf Lou nachher zum Tee genießen. Den angebrochenen behält sie für sich selbst, die restlichen arrangiert sie auf einem grünen Teller mit hübschem weißem Spitzendeckchen aus Papier. Was immer Katherine gerade durchmacht, einen Teller Muffins kann sie einfach nicht ablehnen. Gladys bewundert einen Moment ihr Werk, vor allem, wie schön die Farben zusammenwirken.

»Ich bringe die Muffins nur schnell zu Katherine rüber«, ruft sie Lou zu.

Bevor er antworten kann, öffnet sie die Hintertür, schlüpft

hinaus und umrundet das Haus, um zum Gartentor zu gelangen. Die Hitze liegt wie eine dicke Decke über allem, sie spürt ihr Gewicht förmlich auf den Schultern. Die Zikaden zirpen lautstark in der Stille. Bereits nach wenigen Schritten beginnt sie zu schwitzen; trotzdem geht sie zügig weiter in der Hoffnung, dass Katherine sie hereinbitten wird.

An der Haustür ihrer Nachbarin angekommen, klingelt sie und holt tief Luft. Wenn sie sie nicht reinlassen, übergibt sie ihnen die Muffins einfach, aber Gladys ist sich sicher, dass sie ihr diesmal zumindest die Tür öffnen werden.

Sie wartet und wartet. Als sich nichts tut, klingelt sie noch einmal, ruft durch die Tür: »Huuuhu! Ich wollte euch nur schnell ein paar meiner berühmten Schokomuffins vorbeibringen!«

Langsam kommt sie sich etwas lächerlich vor. Trotzdem tritt sie näher an die Tür heran und legt das Ohr an das solide Holz. Von drinnen ist kein Laut zu hören ... aber die Tür ist auch recht dick. Sie tritt zurück und wartet. Die Ringelblumen in den großen Töpfen neben der Treppe lassen wegen der Hitze die Köpfe hängen. *Die Armen.* Sie könnten wirklich etwas Wasser vertragen.

Sie beschließt, noch ein letztes Mal zu klingeln, und wenn dann immer noch niemand kommt, dann gibt sie auf und lässt den Teller eben neben der Tür stehen. Kopfschüttelnd schalt sie sich selbst, dass sie nicht daran gedacht hat, sie abzudecken. Wenn sie sie auf dem Boden stehen lässt, machen sich die Ameisen darüber her. Schon jetzt schwirren ihr ein paar Schmeißfliegen um den Kopf. Es ist wohl einfach zu heiß, um sie hierzulassen. Sie wird sie wieder mit heimnehmen und es später noch einmal versuchen müssen. Sie sollten ja sowieso ein Trick sein, damit Katherine ihr die Tür öffnet. Und wenn sie das tut? Wie kann Gladys dann herausfinden, ob sie Hilfe braucht, ohne sie direkt danach zu fragen?

Braucht ihr einen Arzt? Ich kann einen für euch rufen, ist das Beste, was ihr einfallen will.

Sie klingelt noch einmal und wartet. Als sie gerade aufgeben will, hört sie das Rasseln der Sicherheitskette. Dann bewegt sich der Türgriff und die Tür öffnet sich.

NEUNZEHN

Ich werde langsam müde. Meine Gedanken verschwimmen zusehends, und die Kontrolle über die Situation beginnt mir zu entgleiten. Ich verstärke den Griff um die Pistole. Die werde ich nicht loslassen. Ich hole ein paar Mal tief Luft, atme die erdrückende Luft ein, die von draußen hereinströmt, und versuche, mich zu beruhigen. Mich an den Plan zu erinnern, der mir heute Morgen noch so klar vor Augen stand. Den Plan, sie dazu zu bringen, zuzuhören, zu verstehen. Das muss ich erreichen: dass sie zuhört, dass sie versteht – und dass sie ihren Anteil an all dem zugibt. Erst dann kann es weitergehen. Auch wenn ich gerade nicht wirklich eine Ahnung habe, wohin es danach gehen soll. Wer werden wir nach heute sein – wir zwei, wir vier?

»Warum?«, fragt sie mich absolut ahnungslos. »Warum tust du das?« Ihr Handgelenk, das bereits anschwillt, hält sie vorsichtig mit der anderen Hand, kneift die Augen vor Schmerz zusammen.

Ich stopfe die Waffe in den Hosenbund und klatsche in die Hände, dann wische ich sie mir an der Jeans ab, um den Schweiß loszuwerden. Wenn ich sie nicht ansehe, ist es leichter. Ich will ihren Schmerz nicht sehen; er würde mich schwach machen. Selbst ein Monster hat Gefühle.

»Also weiter mit der Geschichte, wie mein Vater gestorben ist«, sage ich. George beobachtet mich. Noch ist er zu klein, um seine Mimik unter Kontrolle zu haben, deshalb kann ich ihm jeden Gedanken vom Gesicht ablesen. Er glaubt, dass ich nicht so schnell an die Waffe herankomme, solange sie im Hosenbund steckt. Demonstrativ greife ich danach und ziehe sie heraus. Seine kleinen Schultern fallen herab. »Ich bin nicht blöd«, betone ich.

»Das hab ich auch nicht gesagt«, antwortet er. In seiner Stimme liegt mehr Wut, als mir lieb ist.

Ich gehe auf ihn zu und hocke mich direkt vor ihm hin, so nah, dass er meinen Atem auf der Haut spürt. »Ich kann dir genauso wehtun wie ihr, wie ich Sophie wehgetan habe, und diesem blöden Spielzeug. Das kann ich, weißt du?«, sage ich leise.

Er zieht die Nase kraus und schiebt sich auf dem Sofa von mir weg, drückt sich tiefer in die Kissen. Bei dieser Demonstration meiner Macht durchfährt mich unwillkürlich eine leichte Erregung. Mein Vater wäre sicher besser damit klargekommen, wenn ich Angst vor ihm gehabt hätte, statt ihn einfach nur lächerlich zu finden. Vielleicht wollen in Wirklichkeit alle Väter nicht geliebt, sondern gefürchtet werden.

»Erzähl mir, warum du nicht die Polizei gerufen hast, als dein Vater gestorben ist«, geht sie schnell dazwischen, um mich von George abzulenken.

Ich erhebe mich und gehe wieder hinüber zum Fenster. Die Hitze von draußen ist unangenehm, aber die Luft hier drinnen beginnt, schal zu riechen. Eigentlich stinkt sie bereits regelrecht.

»Ich kam von der Schule nach Hause und er lag nicht wie sonst auf dem Sofa. Auf dem Wohnzimmertisch stand eine leere Flasche Whisky, dazu bestimmt sieben leere Bierflaschen, aber darüber habe ich mir nicht groß Gedanken gemacht.« Ich sehe noch das Etikett auf der Whiskyflasche vor mir, an einer Ecke eingerissen. Selbst ich wusste, dass es eine Billigmarke war. Ich war froh, dass er nicht da war. Ich dachte einfach, er wäre so betrunken, dass er ins Schlafzimmer hinübergestolpert war, und freute mich auf einen Abend alleine, in dem ich selbst bestimmen konnte, was ich mir im Fernsehen anschauen würde. Also schob ich die Flaschen beiseite und legte die Füße auf den hässlichen Holzimitat-Tisch, einfach, weil er es hasste, wenn ich das tat. Ich behielt sogar extra die Schuhe an.

»Ich dachte, er würde schlafen, einfach nur schlafen.«

»Es war nicht deine Schuld«, erklärt sie.

Ich zucke mit den Schultern. »Natürlich hätte ich nach ihm sehen können, aber ich hatte den ganzen Scheiß so satt. Also ließ ich ihn einfach in Ruhe und machte mir einen schönen Abend. Öffnete sogar eine seiner kostbaren Bierflaschen und trank sie leer, während ich meine Zwei-Minuten-Nudeln aß.«

»Das hättest du nicht wissen können.«

»Jaja, mir ist völlig egal, was du darüber denkst«, sage ich milde, und dann richte ich die Waffe direkt auf sie. »Ich denke, es wäre am besten, wenn du jetzt einfach die Klappe hältst.«

Sie sinkt in sich zusammen, und die Kinder kuscheln sich enger an sie.

»Vielleicht könnten sie sich noch etwas zu essen holen. Das müssen sie doch nicht hören.«

»Tatsächlich ist es an der Zeit, dass sie lernen, wie die Welt da draußen wirklich ist. Das hier«, ich gestikuliere mit der Pistole, »ist nicht die echte Welt. Dieser geschniegelte Garten und das herausgeputzte Haus und alles, was dazugehört, hat mit der echten Welt nichts zu tun, und das sollten sie wissen. Meine Kindheit fand in der echten Welt statt.«

»Die meisten Kinder werden nicht von jemandem als Geiseln gehalten, der sie eigentlich lieben sollte«, erwidert sie, »von ihrem —«

»Halt endlich die Klappe!« Wenn sie irgendeine Ahnung

von Liebe hätte, dann würde ich das hier nicht tun. Ich dachte, ich hätte verstanden, was Liebe ist, aber es hat sich herausgestellt, dass ich sie nicht haben kann, selbst wenn ich sie verstehe. Alles, was ich haben kann, ist ein gebrochenes Herz.

Ich warte einen Moment, ob sie mir weiter widerspricht, aber sie bleibt stumm. Sie hat Schmerzen, und das ist gut so. Ich habe mehr Schmerzen ertragen müssen, als ein Mensch ertragen müssen sollte. Physischer Schmerz vergeht; der psychische Scheiß macht dich fertig.

»Am nächsten Morgen habe ich nicht nach ihm gesehen. Bin einfach aufgestanden und zur Schule gegangen. Erst als ich nachmittags wieder heimkam, begann ich mich zu fragen, ob irgendetwas nicht in Ordnung sei. Willst du wissen, warum?«

»Warum?«, fragt sie, aber nur, um mich zu besänftigen. Es interessiert sie nicht wirklich.

Ich lache trocken. »Weil keine leeren Flaschen auf dem Wohnzimmertisch dazugekommen waren. Da standen immer noch die vom Vortag, die Whiskyflasche mit dem eingerissenen Etikett und die sieben leeren Bierflaschen. Also beschloss ich, mal nach ihm zu sehen. Mann, der Gestank, als ich die Schlafzimmertür aufgemacht hab ... ich kann euch sagen, der war wirklich übel. Als er gestorben ist, hat er die Kontrolle über seine Ausscheidungsorgane verloren.«

»Was heißt das?«, fragt George.

»Das heißt, er hat sich in die Hose geschissen wie ein kleines Baby.«

»Hör ...«, beginnt sie.

»Weißt du, was dein Problem ist?« Ich beantworte die Frage gleich selbst: »Du meinst immer noch, dass du irgendeine Art von Kontrolle über die Situation hier hast, Katherine, aber das hast du nicht. Kein bisschen.«

»Ich weiß, dass ich keine Kontrolle habe«, sagt sie. »Du bist derjenige mit der Pistole.«

»Das stimmt.«

Als ich meinen Vater so im Bett liegen sah, das Bettlaken zerknittert und muffig, weil er es nie gewaschen hat, bin ich ausgerastet. Das erzähle ich ihnen nicht, aber es war trotzdem so. Ich hab ihn an den Schultern gepackt und geschüttelt und ihm ins Gesicht geschlagen und gebrüllt: »Dad, Dad, wach auf, Dad!« Dann habe ich nach seinem Puls gesucht. Das hatten sie uns im Erste-Hilfe-Kurs in der Schule beigebracht. Ich hielt die Luft an, hoffte, ihn zu finden, irgendein Lebenszeichen zu entdecken, aber seine Haut war kalt, die Augen glasig und das Gesicht ganz grau. Ich wusste, dass er tot war. Gerne würde ich behaupten, ich hätte seinen Geist in dem Raum gespürt, einen kalten Luftzug, mit dem er sich verabschiedete, oder irgend so ein Blödsinn, den die Leute immer erzählen, wenn jemand Geliebtes gestorben ist. Aber da war nichts.

Ich saß lange auf seinem Bett und weinte. Der Gestank störte mich gar nicht mehr. Wahrscheinlich hab ich geweint, weil mit ihm meine letzte Hoffnung gestorben ist. Bevor er sich umgebracht hat, konnte ich zumindest manchmal daran glauben, dass sich eines Tages etwas ändern würde, dass er sich zusammenreißen würde. Einmal haben wir zufällig eine Sendung über Abhängigkeit gesehen, und er sagte leise lallend zu mir: »Ich bin wahrscheinlich genauso.«

»Du könntest dir Hilfe holen«, erwiderte ich. »Die Leute da haben sich Hilfe geholt.« Mein Herz schlug schneller bei dem Gedanken, dass sich etwas ändern könnte.

»Vielleicht mach ich das tatsächlich«, stimmte er zu – aber dann öffnete er einfach die nächste Flasche.

Jetzt, wo er tot war, würde mein Leben nur noch schlimmer werden. Das war mir klar. Wie jedes Scheidungskind hatte ich gehofft, dass er sich zusammenreißen und aus seinem Tief herausfinden und sie ihn dann auf magische Weise zurücknehmen würde und wir wieder eine Familie wären. Für einen Fünfzehnjährigen sind solche Gedanken wirklich lächerlich, *aber ich wette, dass die meisten Kinder sich an diesen kleinen Hoffnungsschimmer klammern.*

Mit seinem Tod starb auch meine letzte Hoffnung. Ich saß lange so da, vielleicht ein paar Stunden. Aber schließlich versiegten meine Tränen, und ich spürte, so deutlich, wie man einen Schlag in die Magengrube spürt, wie ein Teil von mir sich einfach abschaltete, sich wegschloss. Er war es nicht wert, dass ich um ihn weinte. Er hat mich immer nur im Stich gelassen. Ich durchsuchte sein Portemonnaie, nahm das bisschen Bargeld, das ich darin fand, und verließ die Wohnung. Ging einfach los, in irgendeine Richtung, und dann ziellos immer weiter. Ich wollte mit meiner Mutter sprechen. Ich wusste, dass ich sie eigentlich anrufen sollte, und die Polizei, aber das tat ich nicht. Stattdessen kaufte ich mir Abendessen, und dann wartete ich. Es war Frühling und abends noch recht frisch, aber in dieser Nacht schlief ich trotzdem draußen, zusammengerollt auf einer Parkbank.

Bei der Erinnerung daran schüttele ich den Kopf. »Als er starb, hatte ich das Gefühl, dass ich mich an niemanden wenden konnte«, *erkläre ich*, »deshalb wartete ich.«

Als ich am nächsten Tag zurückkam, hatte sich der Gestank schon in der ganzen Wohnung ausgebreitet, und es war klar, dass ich nicht länger warten konnte. Also rief ich die Polizei. Ab da wurde alles geregelt, und schon am selben Abend war ich wieder bei meiner Mutter, an dem Ort, an dem ich am wenigsten sein wollte. Weil alles ihre Schuld war. Das hatte er selbst gesagt.

Er hat eine Nachricht hinterlassen. Das habe ich nie jemandem erzählt.

Mein lieber Sohn,

das hier tut mir leid. Ich weiß, du willst nichts mehr von dem hören, was ich zu sagen habe, aber eine letzte Sache lege ich dir wirklich ans Herz: Vertrau niemals einer Frau. Sie machen dich zum glücklichsten Mann der Welt – und dann reißen sie dir das Herz raus, sodass du das Gefühl hast, keinen einzigen Tag länger leben zu können. Traue ihnen niemals.

Dad

Dieses eine Mal hätte ich auf ihn hören sollen. Eine Weile habe ich das auch. Aber dann habe ich die Frau kennengelernt, von der ich dachte, dass sie die Liebe meines Lebens sei, und verliebte mich so schnell und so heftig in sie, dass ich keinen Gedanken daran verschwendete, was passieren würde, wenn sie mich eines Tages satt hätte.

Und deshalb bin ich jetzt hier. Schaue diese Frau vor mir an und erkenne: Ich hasse sie so inbrünstig, dass es ein Wunder ist, dass ich sie nicht längst getötet habe.

»Ich will nicht mehr darüber reden«, sage ich und schaue wieder aus dem Fenster, betrachte das grüne Gras in dem perfekten Garten, das nicht die ganze Geschichte erzählt. Darüber, wer sie ist und was sie getan hat.

ZWANZIG

KATHERINE

Als es erneut klingelt, wird ihr etwas leichter ums Herz, weil es sein kann – schließlich ist nichts unmöglich –, dass jemand gekommen ist, um ihnen zu helfen.

»Das hört einfach nicht auf!«, murrt er.

Er wird langsam müde. Sie alle werden müde, aber er hält die Pistole jetzt seit Stunden in der Hand, tut ihnen allen seit Stunden weh. Georges Wange ist immer noch gerötet. Sophie reibt sich nach wie vor den Kopf. Wahrscheinlich hat er ihr einige Haare ausgerissen. Und der heftige Schmerz ihres ziemlich sicher gebrochenen Handgelenks pocht in ihrem ganzen Körper.

Als sie heute Morgen die Waffe in seiner Hand sah, konnte sie zuerst nicht glauben, dass er sie je benutzen würde. Das schien ihr schlicht unmöglich.

Aber jetzt weiß sie es besser. Erst dachte sie, wenn er sie oder die Kinder töten wollte, hätte er es längst getan; aber vielleicht will er sie einfach so lange wie möglich quälen. Dabei zuzusehen, wie George und Sophie leiden, tut ihr mehr weh, als eine Kugel es je könnte, und das weiß er.

Sie versucht, sich einen Plan zurechtzulegen, irgendeinen

besseren Plan, als sich einfach auf ihn zu stürzen, zu versuchen, ihn mit der Schere zu erstechen, ihn zu zwingen, sie zu erschießen in der Hoffnung, dass die Kinder währenddessen entkommen können. Aber dafür gibt es keine Garantie. So wenig wie dafür, dass sie im richtigen Moment wissen, dass sie weglaufen sollen, und ihr fällt nichts ein, wie sie ihnen vermitteln könnte, dass sie genau das tun sollen.

»Ich glaube, das an der Tür ist Gladys«, sagt sie, nach einem Strohhalm greifend. »Sie macht sich bestimmt Sorgen, weil ich sie nicht hereingebeten habe. George sollte mit ihr reden. Er kann ihr sagen, dass wir krank sind, dass ich krank bin. Das hab ich ihr schon gesagt ... denke ich zumindest. Aber vielleicht ... sie bäckt gerne für uns. Vielleicht hat sie einen Kuchen rübergebracht.«

»Huuuhu«, ruft Gladys, »ich wollte euch nur schnell ein paar meiner berühmten Schokomuffins vorbeibringen!«

Katherine zuckt mit den Schultern, wie um zu sagen: »Siehst du?« Wenn sie ihn zu sehr drängt, wird er sich weigern, George die Tür öffnen zu lassen. Aber wenn George mit Gladys reden kann, dann kann er vielleicht, nur vielleicht ...

Er rubbelt sich über den Kopf, dass ihm die Haare zu Berge stehen. Das lässt ihn mit einem Mal jünger aussehen, weniger bedrohlich. Seine Konzentration lässt nach. Es ist nicht so einfach, jemanden zu töten, auch wenn es in Filmen und Serien immer so aussieht. Er ist schlau genug, um zu verstehen, dass jemandem das Leben zu nehmen nicht rückgängig zu machen ist. Er selbst hat seinen Vater zu früh verloren und sehr darunter gelitten. Was der Tod für die bedeutet, die zurückbleiben, weiß er aus erster Hand.

»Wenn du George nicht mit ihr reden lässt, dann wird sie immer wieder kommen.«

»Meinetwegen. Geh und erzähl der alten Krähe, dass hier alle krank sind. Ich schwöre bei Gott, George, wenn du auch nur ein Wort mehr sagst, wenn du auch nur seufzt, reiße ich deiner Schwester den Kopf ab, wie ich ihn diesem dämlichen Stoffding abgerissen habe.«

George wirft ihr einen Blick zu, die Augen ungläubig aufgerissen. Noch nie hat jemand so mit ihm geredet. Er weiß nicht, wie er mit solch schrecklichen Drohungen umgehen soll. Und auch wenn es für ihn einfach wäre, Gladys zu sagen, sie solle die Polizei rufen, spürt Katherine, dass das nicht der richtige Zeitpunkt ist. Noch ist sie nicht stark genug, um ihn aufzuhalten, wenn er auf Sophie losgeht. Der Schmerz macht sie schwach.

Das Risiko ist einfach zu hoch. Unmerklich schüttelt sie den Kopf. Er blinzelt. Er hat verstanden. Trotz der Angst und des Schmerzes und der kochenden Wut darunter erfüllt es sie immer noch mit Erstaunen, dass sie mit ihrem Kind so kommunizieren kann, und dass er sie versteht. Sie schließt die Augen und schickt ein Gebet gen Himmel, dass sie es noch erleben darf, ihn zu dem außergewöhnlichen Mann heranwachsen zu sehen, der bereits jetzt in ihm steckt.

George krabbelt vom Sofa und verlässt den Raum.

Sie hört, wie er kurz mit dem Schloss der Haustür kämpft, das für ihn auf Schulterhöhe sitzt. Dann unterhalten Gladys und er sich murmelnd. Er zögert. Überlegt, was er tun soll. *Sag ihr einfach, dass wir krank sind, Liebling. Jetzt ist nicht der richtige Zeitpunkt. Sag ihr einfach, dass wir krank sind.*

»Warum dauert das so lange?«, fragt er, dann erhebt er sich und geht selbst zur Tür. Er sagt etwas, aber sie kann es über die Entfernung nicht verstehen. Wahrscheinlich warnt er George, den Mund zu halten. Die Angst um ihren kleinen Jungen lässt Adrenalin durch ihren Körper schießen, überdeckt den Schmerz. *Tu ihm nicht weh, tu ihm nicht weh.* Sie spannt die Muskeln an, bereit, zur Tür zu sprinten, wenn sich an den Geräuschen von dort irgendetwas ändern sollte.

Sie schaut zu Sophie, die still dasitzt und auf ihr iPad starrt, statt zu spielen. Er ist nicht hier, und mit dem Gerät haben sie Zugang zur Außenwelt.

»Gib mir das iPad, Liebes«, flüstert sie, während ihr Blick zur Tür huscht. Ihre Tochter reagiert, aber viel zu langsam.

Obwohl jegliche Bewegung neue Wellen des Schmerzes auslöst, streckt sie die Hand nach dem Gerät aus in der Hoffnung, auf ihr E-Mail-Postfach zugreifen zu können, bevor er zurück ist. Doch nur Sekunden später kommen George und er wieder. Schnell schiebt sie Sophie das iPad wieder zu, und diese widmet sich wieder ihrem Spiel. Katherine spürt, wie sich das Pochen in ihrer Hand zusammen mit ihrem rasenden Herzschlag verstärkt.

Er hält ihren Sohn am Arm, schleift ihn förmlich mit sich. In der anderen Hand hält George umständlich einen Teller mit Schokoladenmuffins, und die Fürsorglichkeit hinter diesem kleinen Geschenk treibt Katherine die Tränen in die Augen. Gladys glaubt wahrscheinlich, dass sie böse auf sie ist, weil sie heute Morgen so kurzangebunden war. Im Stillen dankt sie der älteren Frau, die mit ihrem eigenen Schicksal wahrlich genug zu tun hat, sich aber dennoch die Zeit nimmt, sich um ihre Nachbarn zu kümmern.

»Guck mal, Schokomuffins«, sagt er, nimmt George den Teller aus der Hand und schubst ihn zurück aufs Sofa. »Esst einen«, befiehlt er, und beide Kinder sehen zu ihr.

»Nur zu«, sagt sie, »ihr müsst doch hungrig sein.«

Normalerweise wärmt sie Muffins, die Gladys ihnen herüberbringt, für die Kinder auf, damit die Schokolade schmilzt und das ganze Haus danach duftet. In solchen Momenten kann sie sich beinahe einbilden, sie hätte sie selbst gebacken. Die Zwillinge lieben Gladys ' Muffins heiß und innig, aber jetzt greifen sie nur zögerlich zu. Sophie bricht ein kleines Stück ab und schiebt es sich in den Mund.

»Was ist mit dir?«, fragt er. »Hast du keinen Hunger?«

»Nein«, sagt sie schwach und hebt die verletzte Hand mit

dem inzwischen warmen Eisbeutel hoch. Vielleicht gibt es ja noch einen kleinen Teil von ihm, der etwas für sie übrig hat. Er hat ihr Handgelenk bisher noch nicht einmal richtig angesehen, oder sie selbst. Vielleicht, weil er nicht sehen will, wie viel Schmerz er ihr zugefügt hat. Wenn sie es schafft, dass er es tut, kommt er vielleicht wieder zur Vernunft und erkennt, was er hier gerade anrichtet.

Stattdessen springt er auf, schnappt sich einen Muffin vom Teller und stürmt auf sie zu. »Mach den Mund auf«, fordert er beinahe gut gelaunt.

Sie schüttelt den Kopf. »Ich bin nicht hungrig.«

»Tja«, spottet er, »dein Pech.« Und damit packt er mit der Hand, die immer noch die Pistole hält, ihren Kopf und schiebt ihr mit der anderen den Muffin gewaltsam in den Mund. Ein Teil zerkrümelt dabei, aber der Rest füllt ihren Mund, bis sie nicht mehr atmen, geschweige denn kauen kann.

Sie kämpft gegen seinen unerbittlichen Griff, tritt nach ihm.

»Hör auf!«, ruft George.

»Mama«, weint Sophie, und beide beginnen, mit ihren kleinen Fäusten auf ihn einzuschlagen.

Ihre aussichtslosen Versuche, ihn aufzuhalten, bringen ihn zum Lachen. Schließlich lässt er sie tatsächlich los, wirft ihr die Überreste des Muffins ins Gesicht, während sie mühsam nach Atem ringt, hustet und so viel davon ausspuckt, wie sie kann. Sie lehnt sich zurück und versucht angestrengt, wieder Luft zu kriegen; Tränen laufen ihr über die Wangen. Da sagt George: »Ich bring dich um.« Seine Stimme ist von einer unheimlichen Bedrohlichkeit erfüllt, jegliche Kindlichkeit daraus verschwunden. In diesem Moment ist er ein Mann. Ein sehr wütender.

»Nicht, wenn ich dich zuerst umbringe«, antwortet er. Dann schnappt er sich noch einen Muffin und schiebt ihn sich selbst in den Mund. »Nicht, wenn ich dich zuerst umbringe«, wiederholt er, kaut mit offenem Mund und schluckt die Stücke gierig herunter.

Katherine begreift, dass sie sich die falsche Frage gestellt hat: nicht, wie jemand, der sie einmal geliebt hat, sie so sehr verletzen kann; wie er zusehen kann, wie sie alle leiden, und nichts dabei fühlen. Stattdessen hätte sie sich fragen sollen, wo all diese tief sitzende, grausame Wut herkommt, die ihn erfüllt. All diese Gewalttätigkeit, die er bis heute vor ihr verborgen hat. Es gibt etwas, das sie nicht weiß, das ihr dabei helfen könnte zu verstehen, warum er das hier tut. Wenn sie nur herausfinden kann, was das ist, was das hier ausgelöst hat, dann findet sie vielleicht einen Ausweg. Es gibt Dinge, die sie nicht weiß, Seiten an ihm, die sie noch nicht verstanden hat. Deshalb muss sie dafür sorgen, dass er weiterredet.

»Du musst deine Geschichte zu Ende erzählen«, sagt sie leise.

»Ja. Ja, das muss ich.« Er schaut sie nachdenklich an. »Ich frage mich ...«

»Du fragst dich?«, hakt sie nach.

»Wie es enden wird.«

EINUNDZWANZIG

LOGAN

Logan reibt sich über das Gesicht, spürt das Kratzen der Bartstoppeln, die im Laufe des Tages gesprossen sind. Er wirft einen Blick in den Rückspiegel. Unter seinen blauen Augen liegen dunkle Ringe, seine Lippen sind trocken und rissig. Er will Debbie nicht schon wieder anrufen. Wenn es irgendetwas Neues zu Maddy gäbe, würde sie sich melden. Der Tag hat ihn ziemlich zermürbt; die Lieferung am frühen Morgen, die schieflief; seine Versuche zu helfen, obwohl er das Ganze besser hätte sein lassen sollen; vor allem aber die Angst und die Sorge um seine Schwester.

Er darf sie nicht verlieren. Sie ist die einzige Familie, die er noch hat.

Und jetzt muss er sich auch noch Gedanken darum machen, dass die Polizei nach ihm sucht und was es für Folgen haben könnte, wenn sie ihn mitnehmen und befragen würden. Er ist erschöpft von der Hitze, von diesem unendlich langen Tag. Alles, was er im Moment will, ist, nach Melbourne zu kommen und seine Schwester zu sehen.

Nur noch drei Pakete, dann ist er für heute fertig. Wird auch Zeit.

»Bring sie einfach mit zurück, ich liefere sie schon aus«, hat Mack gesagt, als er noch einmal anrief. Er klang besorgt, dass Logan immer noch arbeitete.

»Passt schon. Die früheren Flüge sind sowieso alle ausgebucht.«

»Halten sie nicht immer ein paar Sitze für Trauerfälle und dergleichen zurück?«

»Debbie macht sich da gerade schlau. Aber selbst wenn ich sofort hinfliegen könnte, dürfte ich sie nicht sehen. Ihr Zustand ist immer noch kritisch. Wenn es für dich okay ist, mache ich die Runde noch fertig und fahre dann heim.«

»Was immer für dich besser funktioniert, Logan. Und wenn du jemanden zum Reden brauchst, bin ich für dich da.«

»Danke, Kumpel.«

Während er fährt, die Straße im Blick behält, nach Straßenschildern Ausschau hält und ab und zu aufs GPS schaut, wandert er in Gedanken zurück. Zählt im Geiste all diejenigen auf, die er einstmals als Freunde betrachtet hat; danach die bloßen Bekanntschaften und schließlich diejenigen, denen er irgendwann mal gedroht hat oder die ihn bedroht haben. Derjenige, der ihm geschrieben hat, muss nichts damit zu tun haben, was Maddy passiert ist ... aber möglich ist es. Vielleicht war es Patrick – vielleicht aber auch nicht. Einige auf seiner Liste sind mit Sicherheit im Gefängnis, andere wurden inzwischen entlassen. Nick scheint ihm nach wie vor ein durchaus möglicher Kandidat, aber der sitzt gerade irgendwo in Sydney ein. Allerdings lebte seine Freundin damals in Melbourne. Logan bremst an einer roten Ampel. »Scheiße«, murmelt er. Nick hatte eine Freundin, die in Melbourne wohnte. Ob sie immer noch zusammen sind?

Als er um die nächste Kurve fährt, spielt sich in seinem Kopf ein Horrorszenario ab: Nick wird entlassen, zieht nach

Melbourne und sinnt auf Rache. *Du denkst zu viel,* schalt er sich selbst. Der Absender war bestimmt Patrick.

Auf der Suche nach Ablenkung schaltet er das Radio ein. Ob das, was Maddy passiert ist, es auch ins Radio schafft? Stattdessen läuft ein Song über gebrochene Herzen. Gereizt schaltet er um, lauscht kurz dem Wetterbericht, dann schaltet er weiter. Wie heiß es ist, weiß er auch so. Endlich findet er eine Nachrichtensendung. Er dreht lauter.

»Die Polizei bittet um Mithilfe bei der Suche nach dem Partner einer Frau, die vor zwei Tagen in Melbourne schwer zusammengeschlagen wurde. Gesucht wird ein gewisser Patrick Anderson. Inzwischen wurde bestätigt, dass Anderson Melbourne vor zwei Tagen verlassen hat, mutmaßlich auf dem Weg nach Sydney.«

Logan bremst abrupt und fährt rechts ran. Sein Herz hämmert wie verrückt. Er legt eine Hand auf die Brust. Eigentlich ist er noch zu jung für einen Herzinfarkt, aber der Schmerz, der sich gerade in seinem Arm ausbreitet, sagt etwas anderes. Er lässt die Nackenwirbel knacken, erst auf der einen, dann auf der anderen Seite. Am liebsten würde er aus seinem Körper springen.

Du bist der Nächste.

Er dreht das Radio lauter und versucht, sich auf das, was gesagt wird, zu konzentrieren. Knackt mit den Knöcheln, zieht an jedem Finger einzeln, erleichtert, wenn das leise »Plop« ertönt.

»Behandelt er dich auch gut?«, hat er seine Schwester einmal gefragt.

»Ja, großer Bruder, er benimmt sich – klammert ein bisschen, verhält sich aber ansonsten völlig normal. Er hat ein paar Probleme, aber wer hat die nicht? Ich hab ihm gesagt, dass du ein Auge auf ihn hast. Das war eigentlich als Scherz gemeint, aber er hat wirklich Angst vor dir.«

»Gut. Ich mag ihn nicht. Er benutzt dich nur.«

»Aber ich mag ihn. Und er weiß, wie du zu ihm stehst. Das hast du bei deinem Besuch letzten Monat mehr als deutlich gemacht. Er versucht ja, einen Job zu bekommen. Und er kann so süß sein. Das verstehst du einfach nicht. Er versucht, die Wohnung in Ordnung zu halten, und kocht für mich. Er kann doch nichts dafür, dass es im Moment so wenig Arbeit gibt. Er kann nicht gut mit Autorität, aber das kannst du auch nicht.«

»Und wenn er die Kurve nicht kriegt? Was dann?«

»Dann wird es Zeit für mich, weiterzuziehen.«

Wenn Patrick Anderson Maddy verprügelt hat und jetzt hier ist, dann kann es dafür nur einen Grund geben. Dann ist völlig klar, wer die Nachricht geschickt hat.

Logan ballt die Fäuste. Auf der einen steht »HASS«, auf der anderen »QUAL«. »Komm nur her«, murmelt er und spürt, wie die Angst von brennender Wut abgelöst wird. Sein ganzer Körper steht in Flammen. Er hofft darauf, dass der Mann ihn bald findet. Schließlich wäre es in dem Fall ganz klar Selbstverteidigung, und die ist erlaubt – oder nicht? So sollte er nicht denken. Das sind die Gedanken eines Mannes, der er nie wieder sein will. Trotzdem erscheinen ungebetene Bilder vor seinem geistigen Auge, ein Stummfilm der Gewalt.

Wann Patrick wohl auftauchen wird? Wird er ihn bei der Arbeit behelligen oder einfach irgendwo auf der Straße? Als Logan sich diese letzte Möglichkeit vorstellt, sich vorstellt, wie das Treffen ablaufen würde, wird ihm bewusst ...

Patrick weiß, wo er und Debbie wohnen. Plötzlich kriegt er keine Luft mehr. Hastig lässt er das Fenster herunter. *Er weiß, wo wir wohnen.* Geistesabwesend kratzt er sich an der Brust, die von juckendem Schweiß bedeckt ist. Die Wut verwandelt sich in Panik. Einen Moment lang hat er keine Ahnung, was er jetzt tun soll.

Maddy hat ihn mitgebracht, als sie letzten Monat für einen Besuch vorbeikam, und zusammen haben sie ein sehr unbehagliches Abendessen verbracht. Was in nicht geringem Maße daran lag, dass Logan den Mann, der mit seiner Schwester ausging, über das Brathähnchen hinweg gnadenlos ausfragte. Ihn nach seinen Plänen für die Zukunft löcherte, während die Frauen schweigend ihr Mousse au Chocolat löffelten. Ihm nach dem Kaffee nahelegte, sich endlich einen Job zu suchen.

»Du warst ziemlich unhöflich«, warf Debbie ihm danach an den Kopf, aber das war ihm egal.

Er weiß, wo wir wohnen.

»Nein, nein, nein!«, schreit er. Debbie ist zu Hause, alleine, liegt mit einer Erkältung im Bett, zu schwach zum Aufstehen. Entsetzen tanzt ihm durch die Adern. Wenn Patrick nach ihm sucht, dann wird er Debbie vor ihm finden. *Sitz nicht einfach nur da, Idiot.*

Logan flucht und greift zum Handy. »Hör zu, Debbie«, sagt er, als sie sich meldet. »Oh, hey Babes«, antwortet sie, »warte kurz, da ist jemand an der Tür.«

»Debbie, warte! Nein – warte!«, ruft er, schmeißt den Motor an und fährt mit quietschenden Reifen los, das Handy in der schweißnassen Hand. Zu spät. Wenn er vorhin einfach nach Hause gefahren wäre, wäre er jetzt da. Zu spät.

»Was machst du denn?«, hört er ihre Stimme aus dem Hörer, und dann, »O nein, nein ...«

»Debbie!«, brüllt er und schneidet die nächste Kurve so eng, dass er beinahe mit einem Mercedes-Benz und einem parkenden Auto zusammengeprallt wäre.

»Debbie, Debbie, Debbie!« Seine panische Stimme erfüllt den Lieferwagen, das Herz klopft ihm bis zum Hals, die Hände am Lenkrad sind ganz glitschig vor Schweiß. »Debbie«, stöhnt er.

ZWEIUNDZWANZIG

GLADYS

Gladys kann nicht stillsitzen. Mit kurzen, schnellen Schritten geht sie im Wohnzimmer auf und ab. Das Rattern der Klimaanlage raubt ihr den letzten Nerv. »Ich sage dir, Lou, da ist irgendwas nicht in Ordnung. ›Danke, dass Sie versuchen, zu helfen‹, das hat er zu mir gesagt. Er wusste, dass ich weiß, dass etwas nicht stimmt. Ich meine, er ist fünf Jahre alt, Lou. Welcher Fünfjährige würde so etwas sagen?«

»Kannst du bitte aufhören, ständig hin- und herzulaufen, altes Mädchen? Das macht mich ganz müde. Vielleicht wollte er sich einfach für die Muffins bedanken und hat es etwas komisch formuliert. Kinder bringen doch ständig irgendwas durcheinander.« Aber Lou klingt verunsichert. Ist sich seiner Sache selbst nicht mehr so sicher. Sie setzt nach. Sie braucht jetzt einen Verbündeten, um ihre Gedanken zu sortieren.

»George ist ein sehr cleverer kleiner Junge. Er wollte mir damit etwas sagen, da bin ich ganz sicher.«

»Vielleicht. Aber was genau willst du jetzt unternehmen?«

»Ganz einfach: Ich rufe die nächste Polizeistation an und verlange, dass sie in der Sache ermitteln.« Sie nickt bekräftigend. Das ist das einzig Richtige in dieser Situation.

»Ja gut, das könntest du natürlich tun, Gladys. Aber haben sie nicht gesagt, du sollst ... ich weiß auch nicht, nicht mehr anrufen oder so was?« Er klingt zögerlich, unsicher, wie sie auf seine Worte reagieren wird.

Gladys spürt, wie sie rot wird. »Ich rufe nur an, wenn ich einen guten Grund habe, Lou. Constable Auerbach hat mich nur gebeten, etwas länger zu warten, damit die Leute in der Straße Zeit haben, zu reagieren.«

»Bitte versuchen Sie erst einmal, selbst mit Ihren Nachbarn zu reden, bevor Sie uns anrufen«, war der genaue Wortlaut, aber die Polizistin hatte es mit einem freundlichen Lächeln gesagt. »Sie haben uns dieses Jahr schon zwölf Mal angerufen«, bemerkte sie und tätschelte Gladys dann den Arm, wie man es bei alten Leuten macht, um sie zu beruhigen. Sie musste sich wirklich zusammenreißen, um ihren Arm nicht zurückzuziehen, weil die Geste an sich ja nett gemeint war.

Und überhaupt kann es so oft gar nicht gewesen sein. Aber selbst wenn – was kann sie denn dafür, wenn Hunde die ganze Nacht bellen, oder zumindest bis zehn Uhr abends, die Leute unsachgemäß parken und die Teenager in ihrer Straße immer mal wieder spontan schwerhörig zu sein scheinen, so sehr drehen sie die Musik auf? Jede Nachbarschaft braucht doch jemanden, der die Augen offen hält, aufpasst, dass alles seine Ordnung hat.

Wahrscheinlich hat sie wegen dem Gespräch mit der Polizistin nach dem Zwischenfall gestern nicht die Polizei gerufen. Obwohl sie darüber nachgedacht hat. Sogar ernsthaft in Versuchung war. Aber dann stellte sie sich vor, wie Constable Auerbach sie wieder mit diesem freundlichen Lächeln bedenken und ihr in leicht herablassendem Ton sagen würde, dass die Leute ein Recht haben, ihren Job zu machen. Heute hat sie allerdings zuerst versucht, mit Katherine zu reden. Hat es immer und immer wieder versucht.

»Schau dir das an«, sagt Lou in dem Moment und stellt die

Nachrichten lauter, offensichtlich in der Hoffnung, sie abzulenken. »Dieser junge Mann ist wirklich nach Sydney gekommen. Das wissen sie jetzt mit Sicherheit. Sie kriegen ihn, ganz bestimmt.«

Gladys wirft einen Blick auf den Bildschirm, wo gerade wieder der Mann mit der roten Baseballmütze gezeigt wird ... und sinkt kraftlos in den nächsten Stuhl. Endlich ist ihr klargeworden, woher er ihr so bekannt vorkommt, und der Gedanke jagt ihr eine Gänsehaut über den Rücken. »Ich habe ihn schon mal gesehen«, sagt sie und legt sich die Hand aufs Herz, weil es mit jedem Atemzug schneller schlägt.

»Ja, natürlich, im Fernsehen.« Er gestikuliert mit der Fernbedienung.

»Nein, Lou«, erwidert sie und wringt die Hände. »Der Mann, der mit der Baseballmütze, war hier, in unserem Garten. Er war hier.«

»Ach, Gladys, jetzt hör mal, ich glaube ...«

Aber sie blendet ihren Mann einfach aus. Der rote Schirm mit dem aufgestickten Logo in derselben Farbe hat sich ihr ins Gedächtnis eingebrannt. Das Stickmuster sieht man auf dem Foto nicht, aber sie weiß, dass es da ist. Dass es derselbe Mann ist. Seine Gesichtszüge sind im Fernsehen nicht zu erkennen, aber vor ihrem geistigen Auge werden sie immer schärfer. Sie hat ihn schon mal gesehen. Gerade so erkennt man auf der Darstellung den kleinen Bart am Kinn. An ihn erinnert sie sich genau. Hat sich bei seinem Anblick noch gedacht: *Wenn die jungen Männer von heute sich keinen ordentlichen Bart wachsen lassen können, dann sollten sie ihn lieber gleich abrasieren.* Ein flüchtiger Gedanke, als sie ihm gegenüberstand.

Wenn sie nicht ausgerechnet zu dem Zeitpunkt die Wäsche hätte aufhängen wollen, hätte sie den jungen Mann in ihrem Garten wahrscheinlich gar nicht bemerkt. Doch da war er, stand direkt vor dem Küchenfenster, als sie mit dem schweren Wäschekorb voll mit Lous Hemden herauskam. Dieser Tage scheint er sich ziemlich häufig zu bekleckern. Ständig muss sie den Fleckenentferner holen. »Was tun Sie da?«, rief sie, die Stimme vor Angst ganz hoch und quietschig. Er trug eine Jeans mit einem Loch am Knie, ein schwarzes T-Shirt und eine Baseballmütze. *Mit rotem Schirm. Und rotem Schriftzug drauf.*

»Oh, bitte entschuldigen Sie«, antwortete er höflich. »Ich kümmere mich bei Ihren Nachbarn um den Garten und hatte mich gefragt, ob ich vielleicht in Ihrem Garten eine Leiter aufstellen könnte, damit ich die Hecke auch von dieser Seite aus schneiden kann. Natürlich nur, wenn es Ihnen nichts ausmacht.« Er hatte ein nettes Lächeln und wusste sich auszudrücken. Gladys entspannte sich etwas.

»Gehören Sie zu Marks Leuten?«, fragte sie, weil die Petersons von nebenan sehr stolz auf ihren Garten waren und Mark und seine Mannschaft mindestens zweimal im Monat antreten ließen, damit er stets tadellos aussah. Meistens kam einer von ihnen rüber und fragte Gladys, ob er die Hecke auch von ihrer Seite aus schneiden dürfe, und sie sagte immer Ja.

»Genau«, meinte er und lächelte sie breit an.

»Natürlich, das erlaube ich ja immer«, erklärte sie. Dann fiel ihr auf, dass sie den Wäscheklammerbeutel vergessen hatte, und sie ging ihn schnell holen. Als sie wieder herauskam, war er verschwunden, aber sie dachte sich nichts weiter dabei. Bestimmt ging er nur gerade die Leiter holen. Zur Sicherheit lief sie kurz ums Haus herum, und tatsächlich: Marks Lieferwagen stand vor dem Haus der Petersons. Es hatte wohl alles seine Richtigkeit.

Als der junge Mann jedoch nicht wieder auftauchte, dafür aber eine halbe Stunde später Hamid, einer der Gärtner, die häufiger hier zugange waren, herüberkam und sie fragte, ob er die Hecke auf ihrer Seite schneiden dürfe, war sie schon etwas überrascht.

»Ich habe doch dem anderen Mann schon gesagt, dass das in Ordnung geht.«

»Ich bin heute alleine hier«, erklärte Hamid. Und Gladys nickte und lächelte und kam sich sehr dumm vor. Erst recht, als sie bemerkte, dass Hamid ein kakifarbenes Hemd mit der Aufschrift »Garden Gurus« vorne drauf trug. Der andere Mann hatte keine Uniform getragen. Natürlich eilte sie daraufhin einmal durchs ganze Haus, prüfte ihre Handtasche, Lous Portemonnaie und dass die Computer noch da waren. Nichts war gestohlen, nicht einmal etwas durchsucht worden. Der Gedanke, trotzdem die Polizei zu rufen, ging ihr durch den Kopf ... doch dann stellte sie sich vor, wie Constable Auerbach sie lächelnd fragen würde, was denn genau das Problem sei, und ließ es bleiben.

Was hat er hier gemacht? Nach Geld gesucht? Kommt er wieder?

Wie soll man denn ruhig schlafen, wenn ein gewalttätiger Mann in der Nachbarschaft herumschleicht? Noch so viele Schlösser an den Türen könnten nicht dafür sorgen, dass sie sich in so einer Situation wirklich sicher fühlt. Sie muss der Polizei davon berichten. Dann können sie endlich anfangen, nach ihm zu suchen.

»Ich sage dir, Lou, dieser Mann war gestern hier.« Sie wiederholt sich, wringt immer noch die Hände.

Lou berührt sie sanft am Bein, und in dieser Geste steckt all seine Sorge um sie. »Gladys, vielleicht solltest du dich etwas hinlegen, weißt du – nur zwanzig Minuten oder so. Es ist wirklich heiß.«

Sie schüttelt seine Hand ab und springt auf, beginnt wieder, auf- und abzugehen. »Du hast keine Ahnung, was da drüben alles vor sich gehen könnte, Lou.« Sie spürt, wie ihr bei dem Gedanken heiß wird; ihr Mund ist ganz trocken, ihre Gedanken überschlagen sich. »Vielleicht hat der junge Mann etwas mit John zu tun?«, sagt sie.

»Gladys, John ist ein Buchhalter, und er —«

»Wir haben keine Ahnung, was er eigentlich macht«, sagt

sie mit erhobener Stimme, damit er sie nicht ständig unterbricht. Ein paar Schritte geht sie noch auf und ab, dann bleibt sie vor ihrem Mann stehen. »Vielleicht ist John in etwas ganz Schlimmes verwickelt, und der Mann hält seine Familie als Geiseln«, sagt sie, als ihr die Handlung eines Films wieder einfällt, den sie mal zusammen gesehen haben.

Lou sieht nun aus, als hätte er wirklich Angst. Aber nicht um die Nachbarn – nein, er meint, irgendetwas stimme mit *ihr* nicht. Er macht sich Sorgen um ihren Geisteszustand. Aber sie ist sich absolut sicher, dass sie den Mann gesehen hat, und deshalb kann sie jetzt nicht länger tatenlos danebenstehen und zusehen, während in Katherines Haus etwas Schreckliches passiert. Vielleicht gibt es wirklich einen Zusammenhang zwischen beidem, vielleicht auch nicht. In jedem Fall braucht sie jetzt die Hilfe der Polizei.

»Ich bin gleich zurück«, sagt sie zu Lou. Sie wird jetzt endlich etwas unternehmen, ein für alle mal.

Ein letztes Mal wird sie bei Katherine vorbeischauen, und dann wird sie bei der Polizei anrufen. Ein kleiner Hoffnungsfunke besteht immerhin, dass sie und die Kinder draußen im Garten sind und mit dem Gartenschlauch spielen, wie letzten Sonntag.

»Vielleicht ist ja doch alles in Ordnung«, sagt sie zu sich selbst und tritt durch die Tür. »Vielleicht sind sie ja doch in Ordnung.«

DREIUNDZWANZIG

»Ich weiß, dass du das schon sehr lange mit dir herumträgst. Ich verstehe auch, wie sehr dir das wehgetan haben muss und wie schwer es war, mit deinem Vater zusammenzuleben, vor allem, als er dann ... aber all das ist Vergangenheit.«

Ich knabbere an einem Apfel. Es ist schon komisch: Wenn man frei entscheiden kann, was man essen will, fängt der Körper nach ein paar Monaten an, nach einer bestimmten Sache zu verlangen. Als ich bei meinem Vater lebte, bekam ich Heißhunger auf Obst, wie andere Kinder Heißhunger auf Junkfood kriegen.

Nachdem er gestorben war und sie mich zu ihr schickten, dachte sie offenbar, das Problem sei damit gelöst.

»Wir können von vorne anfangen«, sagte sie zu mir. »Ich habe einen guten psychologischen Betreuer gefunden. Wir können zusammen hingehen und noch mal ganz von vorne anfangen.«

Aber ich wollte keine Zeit mit ihr verbringen. Sie hatten mich beide im Stich gelassen. Das Einzige, was ich wollte, war, meine Vergangenheit hinter mir zu lassen und mein Leben zu leben. Mit fünfzehn wollte ich einfach nur nach vorne schauen.

Ich dachte, wenn ich erst erwachsen wäre und mein Leben selbst in der Hand hätte, würde sich alles ändern ... aber jetzt bin ich hier. Weil eine Frau eine Entscheidung getroffen und mir damit nicht nur das Herz gebrochen, sondern auch das bisschen Leben, das ich mir aufgebaut hatte, zerstört hat. Ich bin jetzt hier, weil mir genau dasselbe passiert ist wie meinem Vater.

Ich habe meinen Teil der Schuld an seinem Tod immer mit mir herumgetragen. Das hat mich heruntergezogen, mir jegliche Energie geraubt; dass ich weiter existierte, hatte für mich keine Bedeutung, ich war völlig teilnahmslos. Wenn ich ihm nur zugehört hätte, als er mir Vorträge hielt, einen Weg gefunden hätte, ihm Hilfe zu besorgen ... wenn ich ein besserer Sohn gewesen wäre, hätte er einen Grund gehabt, am Leben zu bleiben. Zu versuchen, den Alkohol aufzugeben und vom Sofa runterzukommen. Aber das war ich nicht, und deshalb bin ich mit schuld daran, dass er tot ist.

»Ich will nicht bei dir leben«, erklärte ich ihr. »Lieber würde ich bei Pflegeeltern wohnen.« Dass diese Worte sie verletzten, genoss ich – der Schock in ihrem Gesicht, und wie sie in ihrem Stuhl zusammensank.

»Hasst du mich so sehr?«, fragte sie.

»Wenn du ihn zurückgenommen hättest, dann wäre er jetzt nicht tot.« So eine einfache Aufgabe für eine Ehefrau: vergeben. Zuhören, verstehen und vergeben.

Ich starre die drei auf dem Sofa an. Die Kinder dösen in der Hitze, aber sie beobachtet mich weiter. Eine Wange stark geschwollen, das Handgelenk auch, so sitzt sie da und wartet auf eine Chance, mir zu entkommen.

»Noch vor ein paar Wochen war ich glücklich«, sage ich. »Ich dachte, ich hätte alles Wichtige verstanden.«

Sie schweigt, sucht Zuflucht in ihrem Schweigen ... aus Angst, was ich tun könnte, wenn sie etwas Falsches sagt. So gefällt sie mir.

Wenn man sich verliebt, diesen anfänglichen Rausch erlebt, kann man an nichts anderes mehr denken als an diese eine Person. Man wartet den ganzen Tag nur darauf, sie wiederzusehen. Die ersten paar Monate konnten wir die Hände nicht voneinander lassen. Als sie mich fragte, ob ich bei ihr einziehen wolle, kam ich mir vor wie ein Kind zu Weinachten – am Abend vor dem Umzug war ich so aufgeregt, dass ich nicht schlafen konnte. In der ersten Nacht in unserer gemeinsamen Wohnung blieben wir stundenlang wach, redeten, planten, gaben unseren zukünftigen Kindern Namen.

Zu dem Zeitpunkt hatte ich ihr schon vom Tod meines Vaters erzählt, und davon, dass ich meiner Mutter nicht nahestand. Eines Abends, ein paar Monate, nachdem wir uns kennengelernt hatten, saßen wir in einer kalten Nacht in einem Pub vor dem Feuer und ich erzählte ihr von meiner Kindheit. Draußen regnete es in Strömen, aber wir hatten uns trotzdem hinausgewagt, auf der Suche nach einem guten Burger, und uns in einem altmodischen Pub mit Dartscheibe an der Wand und einem großen Feuer im rußgeschwärzten Kamin wiedergefunden. Die Burger waren ziemlich gut, und wir waren in dieser Nacht die einzigen Gäste.

»Warum willst du nicht mit ihr reden?«, fragte sie mich.

»Ich kann nicht«, antwortete ich. Und dann erklärte ich ihr die Sache mit meinem Vater. Sie hörte schweigend zu, berührte ab und zu tröstend meine Hand, während ihr wegen meiner tragischen Kindheit Tränen in den Augen standen. Ich dachte, das wäre das erste und letzte Mal, dass dieses Thema zur Sprache kommen würde. Dass wir nie wieder darüber reden, ich nie wieder daran denken müsste.

Bei ihr fühlte ich mich absolut sicher. Wenn man mit jemandem die Dämonen seiner Kindheit teilt, dann entsteht dadurch ein unzerstörbares Band. In dieser Nacht in dem Pub wusste ich, dass ich eine Frau gefunden hatte, die mir nie das Herz brechen, mich immer verstehen und immer wissen würde, was ich brauchte. Heute kommt mir das reichlich dämlich vor.

Schließlich hatte mich mein Vater oft genug gewarnt. Aus irgendeinem Grund dachte ich, bei mir wäre es anders.

Je länger wir zusammen waren, desto öfter hielt sie mir Vorträge, widersprach mir, versuchte, mich zu kontrollieren. Das war's: Sie hat versucht, mich zu kontrollieren. Der Abschiedsbrief meines Vaters kam mir immer häufiger in den Sinn. Ich hätte nie zulassen dürfen, dass ich mich verliebe. In Zeitlupe konnte ich zusehen, worauf das Ganze hinauslaufen, wie mein Leben in Zukunft aussehen würde. Zunächst würde sie versuchen, mich zu ändern, und das würde mich nerven. Mein Vater hatte meine Mutter betrogen ... vielleicht hatte ich irgendwo tief in mir das gleiche Gen, den Drang dazu von ihm geerbt. Ich begann, mir Szenarien vorzustellen, in denen ich eine andere Frau kennenlernte, bei der ich ganz ich selbst sein konnte. Die nicht das Bedürfnis hatte, mich zu ändern, zu jemand anderem zu machen als demjenigen, in den sie sich ursprünglich verliebt hatte. Und dann stellte ich mir vor, wie sie mit mir Schluss machte und mich rauswarf. Wie es von da an weitergehen würde, musste ich mir nicht ausdenken: Die schreckliche Abwärtsspirale aus Depression und Abhängigkeit kannte ich gut genug. Ich hatte sie schon einmal gesehen, hatte sie erlebt. Der Gedanke, dass mir das passieren sollte, war unerträglich. Ich fühlte mich gefangen von meiner starken Liebe für sie – und dem gleichzeitigen Wissen, wie sehr sie mich unausweichlich verletzen würde. In dem Moment hätte ich gehen sollen ... aber ich konnte einfach nicht aufhören zu hoffen. In einem seltsamen Winkel meines Seins hoffe ich immer noch, dass wir das wieder hinkriegen, dass alles wieder so wird wie vorher. Alles, was sie brauchte, war etwas Drastisches, etwas, das zu ihr durchdringt. Sie musste verstehen, dass mich zu verlassen einfach keine Option ist. Dass wir nicht getrennt werden können.

Aber jetzt bin ich mir nicht mehr so sicher, wo es für mich von hier aus hingehen, was ich danach tun soll. Seltsamerweise würde ich das gerne meinen Vater fragen. Aber er ist nicht mehr da. Weil ihm alles zu viel wurde. Ich kann nicht zulassen, dass mit mir das Gleiche passiert. Ich muss das hier durchziehen.

Ich habe keine Wahl.

Die Überreste meines Apfels lasse ich auf den Boden fallen und beobachte, wie sich ihre Augen bei dem Anblick weiten. In Anbetracht unserer derzeitigen Lage ist es wirklich lachhaft, dass so etwas bei irgendeinem von ihnen noch eine Reaktion auslöst.

»Mein Leben sollte nicht so verlaufen, weißt du?«, erkläre ich ihr.

»Das ist nicht meine Schuld«, erwidert sie, und Frustration schwingt in ihrer Stimme mit.

»Wessen Schuld ist es dann?« Ich reibe den Griff der Pistole an meinem T-Shirt ab, um den Schweiß loszuwerden.

»Das ...« Ich schüttle den Kopf.

Ihre Antwort interessiert mich nicht.

VIERUNDZWANZIG

KATHERINE

Ihr Mund ist voller Muffinkrümel und ihr Hals ganz trocken, aber sie will ihn nicht um etwas Wasser bitten. Sie will ihn um überhaupt nichts bitten – außer, dass er einfach geht, sie und ihre Kinder endlich in Ruhe lässt. In ihrem Inneren spürt sie eine wachsende Wut, die sie nur noch mühsam unter Kontrolle hält. Er verhält sich nicht nur völlig unvorhersehbar und gewalttätig – sie hat das Gefühl, als stünde er kurz davor, etwas noch viel Schlimmeres zu tun. Etwas, von dem sie sich nicht mehr erholen wird. Der Raum wird mit jeder Stunde wärmer, aufgeheizt von vier gestressten Körpern. Sie sehnt sich nach draußen, nach Raum zum Atmen, zum Bewegen. Es muss doch irgendetwas geben, das sie tun kann. Mehr als nur herumzusitzen und darauf zu warten, dass er entscheidet, wann das hier vorbei ist.

»Es wird spät«, sagt sie. »Verstehst du? Das hier kann nicht ewig so weitergehen.« Sie spricht leise, sanft. Er sitzt wieder im Sessel, die Pistole auf den Knien, auf sie und ihre Kinder gerichtet. Sie kann förmlich zusehen, wie er immer müder wird. Es ist anstrengend, die brennende Wut aufrecht zu erhalten, mit der er die Waffe auf sie richtet.

»Ich weiß nicht ...«

»Ich verstehe: Du weißt nicht, was du tun sollst«, sagt sie. »Aber wenn du jetzt einfach aufstehst ... einfach aufstehst und gehst, dann erzähle ich der Polizei nichts davon. Gar nichts, versprochen. Nimm dir, was immer du willst, und geh einfach.« Alles tut ihr weh. Dennoch ignoriert sie beim Sprechen das Pochen und den scharfen Schmerz. Sie muss dem endlich ein Ende setzen. Ihren eigenen Bedürfnissen kann sie sich nicht ergeben, solange die Kinder nicht in Sicherheit sind.

Er schnaubt spöttisch. »Natürlich erzählst du es ihnen. Ich würde ihnen auch davon erzählen, wenn ich du wäre.«

»Niemand muss erfahren, was heute hier passiert ist. Ich kann behaupten, ich sei hingefallen und hätte mir dabei das Handgelenk verletzt. Die Kinder werden unser Geheimnis bewahren. Nicht wahr, George? Sophie?«

Die beiden rühren sich. Katherine ist sich sicher, dass sie zugehört haben. »Wir können das für uns behalten, nicht wahr?«, wiederholt sie. Beide nicken vorsichtig. Sie hat ihnen beigebracht, dass Lügen schlecht ist. Hoffentlich kriegt sie noch die Gelegenheit, ihnen all das hier zu erklären. Hoffentlich ist sie nach dem heutigen Tag noch da und hat sie bei sich, damit sie es ihnen erklären kann.

»Es wäre ganz einfach, jetzt zu verschwinden. Du kannst gehen, wo immer du hinwillst. Wo würdest du gerne hinge-hen?« Wenn man von jemandem bedroht wird, dann muss man ihn am Reden halten. Das ist es doch, was man immer hört und liest. Solange er redet, ist er abgelenkt, und irgendwann zeigt sich eine Lücke, ein Raum, ein Moment, um das Gleichgewicht der Kräfte zu verändern und das eigene Leben zu retten.

Sie spricht in bewusst unbeschwertem Ton. Zumindest ein wenig hat er darauf reagiert, und ein wenig ist alles, was sie braucht. Die Kinder beobachten sie verwirrt. Sie verstehen nicht, warum sie so ruhig bleibt, wenn sie eigentlich wütend sein müsste, oder wenigstens Angst haben.

Die Zikaden vor dem Fenster zirpen mit dem Rattern und

Schnaufen der Klimaanlage um die Wette. Es ist bereits Nachmittag, die Hitze liegt dick und schwer in der Luft, die Sonne verbrennt das Gras. Und er ist müde. Sie spürt seine Erschöpfung in der Luft, als wäre sie ein Teil von ihr. Wenn sie ihn aufmerksam genug beobachtet, dann wird sich irgendwann ein Moment ergeben, ein kleiner Moment, in dem sie etwas unternehmen kann. Ihr verletztes Handgelenk, ein beständiger scharfer Schmerz, balanciert sie auf ihrem Knie. Die andere Hand lässt sie verstohlen, ganz langsam und vorsichtig zwischen die Kissen gleiten. Ihre Fingerspitzen berühren den rauen Griff der Schere, und sie packt fest zu. Gleich.

Fünfzehn Minuten früher

»Debbie! Debbie!«, ruft er immer wieder, während er sich in halsbrecherischem Tempo durch den Verkehr schlängelt und die Autofahrer ihn verärgert anhupen. Aus dem Hörer dringt eine gedämpfte Unterhaltung, aber er versteht kein Wort. Es klingt, als hätte sie das Handy fallen lassen. Sein Fuß klebt am Gaspedal, der Lieferwagen wird immer schneller und schneller und er kann nichts dagegen tun. Er rauscht an einem Stopp-schild vorbei, entgeht nur knapp einem Zusammenstoß mit einem anderen Fahrzeug, das Vorfahrt hatte. Der Fahrer hupt protestierend, aber Logan fährt so schnell, viel zu schnell, dass das Geräusch einen Moment später bereits in der Ferne verschwunden ist.

Er muss endlich langsamer fahren; sonst wird er bestimmt gleich angehalten, und dann schafft er es nicht mehr rechtzeitig zu ihr. Dann kann er sie nicht mehr retten. Debbie ist klein und zierlich, und auch wenn sie mehr Kraft hat, als man ihr ansieht, hat sie gegen einen wütenden Mann keine Chance. Patricks Hände an seiner Schwester, Patricks Hände an Debbie – an den zwei Frauen, die er über alles liebt. Das darf einfach nicht sein. Das kann er nicht zulassen.

»Logan«, hört er, »Logan, warum rufst du ständig meinen Namen?!« Sie schreit in den Hörer, klingt halbwegs hysterisch.

»Debbie ...«, sagt er noch einmal, doch dieses Mal aus purer, grenzenloser Erleichterung, die ihm wie ein Drogenhigh durch die Adern rauscht. Er nimmt den Fuß vom Gas und der Lieferwagen wird langsamer. Schnell sucht er nach einer Stelle zum Anhalten. Sein ganzer Körper ist schweißbedeckt und sein Kiefer tut weh, weil er die Zähne so fest zusammengebissen hat. Die Hände am Lenkrad sind rutschig. »Wer ist da? Wer ist da?«, ruft er, während er den Wagen an den Randstein fährt.

»Hör auf zu schreien!«, schreit sie selbst. »Hör endlich auf zu schreien und hör mir zu. Es ist mein Dad, nur mein Dad.« Sie redet immer noch zu laut. »Er hat mir Suppe vorbeigebracht. Das Gefäß ist ihm runtergefallen und das ganze Zeug hat sich auf den Teppich ergossen. Wir machen die Schweinerei gerade weg. Du brüllst, als seist du verrückt geworden! Was zum Teufel ist denn los?« Ihre Stimme wird sanfter, und während er ihrer Erklärung lauscht, entspannt sich auch sein Körper langsam. Er holt tief Luft. Es ist ihr Dad, nur ihr Dad.

Am liebsten würde er die Hände durchs Telefon strecken und seine Frau in die Arme nehmen. Er hätte sie verlieren können. Sie hätte ihm genommen werden können. Er wird nicht zulassen, dass das jemals passiert.

Logan reibt sich die Augen. Die Dunkelheit, die dadurch kurz entsteht, hilft ihm dabei, herunterzukommen. Wenn er sich nicht schnell beruhigt, dann kann er nicht erklären, was los ist.

Ein weißer Kakadu landet auf der Motorhaube, legt den Kopf mit der gelben Krone schief und starrt ihn an. »Gib mir mal deinen Dad«, fordert er und ist dankbar, dass sie ihn nicht fragt, warum. Während er wartet, beobachtet er, wie der Vogel auf einen der Scheibenwischer klettert und sich dort hinhockt.

Ihm kurz direkt in die Augen schaut, dann die weißen Flügel ausbreitet und auf einen Baum in einem nahegelegenen Garten fliegt.

»Logan«, meldet sich Paul. Er klingt besorgt.

»Hör zu, Paul, ich glaube nicht, dass ich es ihr erklären kann, ohne auszuflippen, aber Patrick ist hier, in Sydney. Er ist hier, und ich hab eine Textnachricht gekriegt, dass ich der Nächste bin, und ich glaube, er ist hier, um mir wehzutun wegen ...«

»Wegen dem, was mit Maddy passiert ist? Debbie hat uns davon erzählt. Das würde er doch bestimmt nicht tun.«

»Ich denke doch. Bitte nimm Debbie einfach mit zu euch nach Hause. Ich komm so schnell wie möglich nach.« Logans Finger krallen sich am Lenkrad fest. Der Vogel stolziert auf seinem Ast auf und ab. Er wirft einen Blick in den Rückspiegel, dann lenkt er den Lieferwagen wieder in den fließenden Verkehr. Diesmal hält er sich an die Geschwindigkeitsbegrenzung, konzentriert sich auf das Hier und Jetzt.

»Also gut, mein Sohn. Beruhig dich erst mal, und fahr vorsichtig. Ich nehme sie mit zu uns und schreibe dir, wenn wir da sind. Du kommst einfach hinterher, und zusammen rufen wir dann die Polizei und erklären alles. Jetzt beruhige dich. Alles wird gut.«

»Danke, Paul«, sagt Logan und schämt sich, dass ihm ein paar Tränen über die Wangen laufen.

In dem ganzen Durcheinander hat er sich verfahren und weiß gerade gar nicht mehr genau, wo er sich befindet.

Sie ist bei ihrem Dad, sie ist bei ihrem Dad.

Jetzt kann er mit der Situation umgehen. Debbie ist in Sicherheit – das ist alles, was er wissen muss. Ein Straßenname, den er kennt, fällt ihm ins Auge. Er wendet den Lieferwagen. »Sie ist in Sicherheit«, wiederholt er laut. »Sie ist in Sicherheit.«

Ein paar Minuten später ruft Debbie an. »Wir sind auf dem Weg zum Haus meiner Eltern. Draußen war niemand, keiner auf der Straße oder so. Vielleicht hat er es doch nicht auf dich abgesehen.« Im Hintergrund erklingt klassische Musik. Paul hört immer welche, wenn er Auto fährt. Kurz nachdem Logan ihr einen Antrag gemacht hat – an einem Strand, ganz verlegen, weil ihm nichts weniger Klischeehaftes eingefallen ist, und gleichzeitig so aufgeregt, dass er den Ring mit dem kleinen Diamanten darin, auf den er monatelang gespart hat, prompt fallen ließ –, führte Paul die ganze Familie zur Feier des Tages zu einem Streichquartett-Konzert im Opernhaus aus. Am Anfang bezauberte ihn die Musik, doch bald schon begann er einzudösen. Mehr als einmal musste Debbie ihn mit einem gezielten Ellenbogenstoß wieder wecken. »Ich schätze, das ist nicht jedermanns Sache«, meinte Paul danach, und Debbie und ihre Mutter lachten fröhlich über ihn ... aber es war ein liebenswürdiges, offenes Lachen, das ihn mit einschloss. Zum ersten Mal in seinem Leben fühlte er sich nicht vorverurteilt. *So fühlt sich Familie an,* dachte er damals und konnte kaum glauben, dass er eine Frau wie Debbie gefunden hatte, deren Familie ihn einfach so akzeptierte. Dass er Debbie eigentlich nicht verdient hat, ist ihm absolut klar. Und sollte es jemals nötig sein, wird er bereitwillig sein Leben geben, wenn sie dafür in Sicherheit ist. Darüber muss er gar nicht erst nachdenken – es ist einfach so.

»Doch, ich denke schon, Debbie. Fahrt einfach zu deinen Eltern und sorgt dafür, dass alle Türen und Fenster fest verschlossen sind. Ich bin unterwegs.«

Er nimmt ein paar Abkürzungen, um schneller zum Haus seiner Schwiegereltern zu kommen. Als er sich unterwegs kurz umschaut, fällt ihm auf, dass er gerade wieder durch die Straße fährt, in der er heute Morgen schon war. In der der Tag angefangen hat, richtig, richtig scheiße zu werden. Noch vor ein paar Stunden hätte er sich nicht träumen lassen, wie schlimm es später noch werden würde.

Warum ist er jetzt wieder hier? Wie kann das sein? Er ist

keiner bestimmten Route nachgefahren, hat nur versucht, so schnell wie möglich zu Debbies Eltern zu kommen.

Warum denkt er überhaupt schon wieder an diese Frau? Sie geht ihn doch gar nichts an. Und die Polizei wird doch sicher bei Katherine West und ihrer Familie nach dem Rechten sehen.

Verdammt, aber da ist dieses ungute Gefühl wieder. Es will einfach nicht verschwinden.

Ohne zu wissen, warum, oder was genau er eigentlich vorhat, hält er vor Katherines Haus und steigt aus.

Ein großer Baum am Gehweg raschelt mit den Blättern; das einzige Geräusch an diesem stillen Nachmittag. Logan wirft einen Blick in die Baumkrone und sieht eine ganze Schar Kakadus darin sitzen. Einer schaut zu ihm herunter, dann spreizt er die Flügel, springt von seinem Ast und landet auf der Motorhaube des Lieferwagens.

»Okay, Universum«, grummelt Logan. »Ich hab's verstanden.«

SECHSUNDZWANZIG
GLADYS

Sie marschiert aus dem Haus und auf die Straße, wo gerade ein weißer Lieferwagen mit der Aufschrift »Pack & Go« anhält. Sie beobachtet, wie sich die Fahrertür öffnet und ein großer Mann aussteigt, der von Kopf bis Fuß mit Tattoos übersät ist. Gladys hat das Gefühl, gleich in Ohnmacht zu fallen. Sie öffnet den Mund, doch da erschreckt sie eine Schar Kakadus, die sich in dem Moment aus dem Baum vor Katherines Haus in die Lüfte erhebt und dabei sogar einen kleinen Windstoß erzeugt. Dann ist alles wieder still. Sie strafft die Schultern und holt tief Luft. »Entschuldigung«, sagt sie und hebt das Kinn. »Entschuldigung!«

Ich spüre, wie meine Augenlider schwer werden und mein Körper zur Seite rutscht, als würde ich fallen. Ich schrecke auf und richte die Waffe wieder auf sie. Nur für den Fall, dass sie auf den Gedanken kommen, irgendetwas zu versuchen.

Ich setze mich aufrechter hin, dann stehe ich auf und gehe ein bisschen hin und her. Beobachte sie, während ich versuche, wieder richtig wach zu werden. Ihr Handgelenk ist grotesk angeschwollen und knallrot. Erst jetzt fällt mir auf, wie blass sie ist und dass sie sich die ganze Zeit auf die Lippe beißt. Sie hat wohl ziemliche Schmerzen. Irgendwo in meinem Inneren dreht und windet sich etwas, wird bei dem Anblick unruhig – vielleicht fühle ich mich schuldig. Fühle ich mich schuldig? Meine Arme sind ganz schwer vom Halten der Pistole; am liebsten würde ich mich einfach auf den Boden legen. Das Herumlaufen hilft nicht, deshalb lasse ich mich wieder in den Sessel fallen. Ich könnte gehen. Einfach aufstehen und gehen. Irgendwo anders noch mal von vorne anfangen, vielleicht versuchen, eine Frau zu finden, die mich so liebt, wie ich es verdiene. Ich stelle mir vor, wie ich dieses Haus verlasse, raus in die drückende Hitze trete, den Weg zur Hauptstraße suche. Den Daumen raushalte, zum Meer mitgenommen werde, wo vom Wasser her eine leichte Brise weht, weil am Meer immer eine leichte Brise weht. Ich würde ins Wasser waten, wo es kühl und ruhig ist, und es wäre egal, dass ich niemanden habe, der mich liebt. Ich könnte einfach weitergehen, bis die Fluten über meinem Kopf zusammenschlagen, und dann würde ich alleine in diesem flüssigen Universum dahintreiben, und alles wäre besser.

Ich bin so müde ... so unglaublich müde. Ich reibe mir die Augen. Dabei drückt die Pistole schmerzhaft gegen meine Schläfe, also schiebe ich sie in den Hosenbund und reibe weiter, drücke so fest zu, dass ich schwarze Punkte sehe. Ich muss diese Benommenheit, diese Erschöpfung endlich loswerden, damit ich wieder klar denken kann.

Ich hole tief Luft und nehme die Hände vom Gesicht. Und da steht sie über mir, eine kleine Schere mit blauem Griff in der Hand. Sie hebt sie hoch über den Kopf. Ich sehe ihr an, dass sie mir wehtun will. Aber gleichzeitig will sie mir nicht wehtun. Noch nie hat sie irgendjemanden physisch verletzt. In mentaler Folter dagegen ist sie ziemlich gut. Ihr alberner Versuch, mich aufzuhalten, ist einfach lachhaft. Mich! Ich habe eine Pistole. Ich bin größer als sie. Und trotzdem meint sie, sie könnte irgendetwas gegen mich ausrichten. Plötzlich bin ich gar nicht mehr müde. Ich bin stinkwütend, weil sie so dumm ist, und weil sie diesen kleinen, dämlichen Moment gezögert hat.

»Das muss jetzt aufhören«, sagt sie und stößt mit der Schere zu. Sie zielt auf mein Gesicht, aber ich bin zu schnell für sie. Ich springe auf und packe ihre Hand, entreiße ihr die Schere und werfe sie einmal quer durch den Raum, und dann verpasse ich ihr eine Ohrfeige. So fest ich kann. Als meine Hand auf ihre Wange trifft, spüre ich die Kraft dahinter, könnte vor Wut brüllen. Gleichzeitig fühlt es sich unglaublich gut an.

Sophie schreit. Öffnet einfach den Mund und schreit, hört gar nicht mehr auf damit.

Dieser Schrei hat schon den ganzen Tag in ihr darauf

gewartet hervorzubrechen. Ich lege die Hände über die Ohren, weil er so laut ist. Das ist der Schrei eines völlig verängstigten Kindes. Er füllt den ganzen Raum und lässt mein Trommelfell vibrieren.

Sie liegt immer noch einfach da. Vielleicht hab ich sie umgebracht. Doch dann bewegt sie sich, rollt sich auf die Seite.

»Sophie, hör auf«, befiehlt sie, und die Kleine schließt gehorsam den Mund. Ich höre ihr deutlich an, dass sie Schmerzen hat, aber sie versucht immer noch, ruhig zu bleiben.

Stille legt sich über den Raum. George beobachtet mich mit geballten Fäusten. Sophie hat sich auf dem Sofa zusammengerollt, und sie liegt auf dem Boden, versucht aufzustehen, ohne ihr verletztes Handgelenk zu benutzen. Ich gehe zu ihr und reiche ihr die Hand. »Lass mich dir hochhelfen.« Gerne würde ich sie zärtlich berühren, noch ein letztes Mal. Ich will ihr helfen, wie sie da am Boden liegt und kämpft. Etwas in mir bereut es, ihr wehgetan zu haben.

»Bleib weg von mir«, spuckt sie mich an. »Lass uns einfach in Ruhe und verschwinde.«

Sie ist wütend auf mich, aber es war nicht meine Schuld. Ich beobachte sie, spüre den Wandel in ihrem Inneren, die Veränderung. Den ganzen Tag hat sie versucht, mich zu besänftigen, aber jetzt ist Schluss damit. Das war bei ihr schon immer so: Sie versucht es wieder und wieder, und irgendwann erreicht sie den Punkt, an dem sie nicht mehr kann. An diesem Punkt ist sie jetzt.

Sie hat mich angegriffen. Ich bin nicht schuld, dass wir hier sind. Das hat sie zu verantworten. Sie und ihre Entscheidungen. Und jetzt meint sie, auf mich wütend sein zu dürfen. »Vergiss es«, murmle ich.

Sie klettert langsam und qualvoll und schwer atmend zurück aufs Sofa, das Gesicht vor Schmerz verzerrt. Dann sinken alle drei in einem gemeinsamen Häufchen zusammen; purer Hass zeichnet sich auf ihren Gesichtern ab. Selbst auf ihrem. Die der Kinder sind verdreckt, klebrig von Schokolade und Essen und Schweiß. Ihr weißes T-Shirt ist blutbefleckt, unter den Armen hat sie große Schweißflecken. Ich kann mich selbst riechen – nicht gerade angenehm. Wir sind alle ein ziemlich unerfreulicher Anblick, vom Geruch ganz abgesehen ... aber es ist ja bald vorbei. Für sie ist es bald vorbei.

Ich hätte nie gedacht, dass ich in ihrem Gesicht einmal Hass sehen würde. Wut und Frustration, ja, aber echten Hass? Dass sie einmal solche Gefühle für mich hegen würde, wie ich sie für sie hege, hätte ich nicht erwartet. Und es gefällt mir nicht. Meine Beine sind schwer, werden von meiner Traurigkeit darüber niedergedrückt.

Dass sie mich hasst, wollte ich nie. Alles, was ich jemals von ihr wollte, war, dass sie mich so liebt, wie ich bin, nicht so, wie sie meinte, dass ich sein könnte.

Alle drei sehen ziemlich erschöpft aus. Aber sie haben immer noch den Willen zu kämpfen. Das ist okay – sie haben keine Ahnung, wie weit ich bereit bin zu gehen.

Ich bin selbst müde. Gerne würde ich mich ausruhen, schlafen ... aber vorher muss ich das hier zu Ende bringen. Aus dieser Situation gibt es nur einen Ausweg: den, den ich von Anfang an vor Augen hatte.

»Sei wie ein Hai, Sohn«, hat mein Vater immer gesagt, und das ist es, was ich vorhabe.

Ich nicke, als würde er mich in diesem Moment beobachten. Ich weiß jetzt, was ich zu tun habe. Also beginne ich zu zählen. Von hundert rückwärts, in meinem Kopf. Langsam, sorgfältig. Wenn ich bei eins angekommen bin, wird all das hier vorbei sein.

ACHTUNDZWANZIG

KATHERINE

Sie hat versagt. Am liebsten würde sie anfangen zu weinen. Wie zum Teufel sollen sie aus dem Ganzen nur je wieder herauskommen? Ihre Ohren klingeln, und noch nie hat ihr gesamter Körper so sehr wehgetan. Sinnlos zugefügter Schmerz geht einfach über ihr Fassungsvermögen. Ihre Kinder auf die Welt zu bringen war unbeschreiblich qualvoll, aber diesen Schmerz konnte sie als Futter für die Kraft verwenden, die sie in dem Moment brauchte. Etwas in ihr hat sich verändert. Etwas hat die Angst verdrängt, gegen die sie schon den ganzen Tag ankämpft. Sie starrt aus dem Fenster und staunt, dass es draußen immer noch hell, nicht längst Nacht geworden ist und der Wind, der für den Abend als Abkühlung versprochen war, nicht durch das halb offene Fenster hereinweht und sie alle frösteln lässt.

Seit einer Ewigkeit sitzen sie in diesem Zimmer ... aber das wird nicht so bleiben. Sie wird nicht länger zulassen, dass er ihr und den Kindern wehtut. Jetzt ist Schluss.

Letzte Woche waren sie im Einkaufszentrum. Als sie an der Zoohandlung vorbeikamen, hielten sie kurz an und schauten durch das Schaufenster den Welpen, kleinen weißen kläffenden Wollknäueln, beim Herumtollen zu. »Oh, bitte, Mum, bitte«, bettelte Sophie, wie jedes Mal, wenn sie einen Hund sah, »ich werd' mich auch immer um ihn kümmern!«

»Wenn du alt genug bist, versprochen.« Tatsächlich hat sie vor, ihnen einen zu Weihnachten zu schenken. Sie hat sogar schon mit einem Züchter gesprochen. Wie kann es sein, dass sie Weihnachten vielleicht nicht mehr erleben werden? Heute Morgen noch war dieser Gedanke völlig abwegig; jetzt erscheint ihr die Möglichkeit sehr viel realistischer. Wenn sie nicht bald etwas unternimmt. Sie muss dem jetzt ein Ende setzen. Ein für alle mal.

Wenn nicht sie, wer dann?

NEUNUNDZWANZIG

LOGAN

Jetzt

Er schiebt die Seitentür auf, nimmt das Paket mit dem Laptop heraus und dreht sich zu dem Haus um. Bevor er jedoch losgehen kann, hält ihn eine Frau auf.

»Entschuldigung«, sagt sie, und in diesem einen Wort schwingen Überheblichkeit und Vorurteile mit.

Logan mustert sie. Sie ist schon älter und trägt Dreiviertelhosen mit einem Durcheinander an Blumen und Farben darauf, dazu ein blaues ärmelloses Oberteil, aus dem muskulöse, sehnige Arme hervorschauen. Ihr kurzes braunes Haar hat sie mit einer Kinderspange zurückgesteckt.

»Ich wollte gerade das Paket hier ausliefern«, sagt Logan.

»Sie sehen nicht aus wie ein Paketbote«, erwidert die Frau und beäugt seine Tattoos. Was ihr dabei durch den Kopf geht, kann er sich nur zu gut vorstellen. Er hätte das lange Hemd nicht ausziehen sollen. Aber daran lässt sich jetzt auch nichts mehr ändern.

»Tja, bin ich aber«, erwidert er ausdruckslos.

»Ja, also«, schnaubt die Frau und spitzt die dünnen Lippen. »Ich wohne nebenan, und ich kann Ihnen sagen, dass Katherine zwar viele Pakete kriegt, aber Sie habe ich hier noch nie gesehen, und Ihren Lieferwagen auch nicht. Ich kümmere mich um meine Nachbarn, deshalb würde ich jetzt gerne Ihren Ausweis sehen.«

Logan seufzt, überlegt kurz, sich einfach wieder ins Auto zu setzen und weiterzufahren, zum Haus seiner Schwiegereltern, wo er seiner Frau gegenübersitzen und lächelnd ihr wunderschönes Gesicht betrachten kann. *Die Nachbarn haben Schreie gehört,* schießt ihm durch den Kopf. Bei dem Gedanken, dass seine Schwester umsonst um Hilfe gerufen hat, wird ihm schlecht.

»Hören Sie, ich —«, beginnt er.

»Ich möchte keine Widerrede von Ihnen hören, vielen Dank. Ich habe mein Handy bei mir, und ich rufe gerne die Polizei. Die ist in Nullkommanichts hier, das können Sie mir glauben.« Sie hält ihm ihr Telefon in seiner rotweiß gepunkteten Hülle unter die Nase, und Logan beißt die Zähne zusammen, damit er dieser lächerlichen Frau nicht einfach das Päckchen in die Hand drückt und verschwindet. Er hat alles getan, was in seiner Macht steht, wirklich alles, und obwohl er der Frau in dem Haus da, die er nicht mal kennt, einfach nur helfen will, rennt er schon den ganzen Tag gegen ein Hindernis nach dem anderen. Bis sich endlich herausstellt, ob da drin wirklich etwas vorgeht oder nicht, sitzt er wahrscheinlich längst wieder im Gefängnis, weil er es gewagt hat, nach seiner Entlassung weiter zu existieren. Er muss endlich zu Debbie fahren, sie ist seine oberste Priorität. Wenn Patrick wirklich auf der Suche nach ihm ist, dann muss er sich darauf vorbereiten. Muss seine eigene Familie beschützen. Und Katherine West gehört nicht dazu.

Die Dame stemmt die Hände in die Hüften. Logan wirft einen Blick auf das Haus, in dem sie angeblich wohnt. Es ist genauso groß wie das daneben, und sie kennt die Frau offensichtlich, um die er sich Gedanken macht.

»Tatsächlich«, beginnt er langsam, »wäre ich Ihnen dankbar, wenn Sie die Polizei rufen würden.«

»Was? Warum?« Der perplexe Gesichtsausdruck – inklusive sperrangelweit offen stehendem Mund – ist fast schon komisch.

»Okay, Lady, ich will ehrlich mit Ihnen sein. Ich weiß, wie ich aussehe. Das Ding ist: Ich habe heute Morgen schon versucht, das Paket auszuliefern, aber sie wollte die Tür nicht öffnen. Normalerweise ist das kein Problem, aber bei einem Laptop brauche ich ihre Unterschrift, und das habe ich ihr auch gesagt. Ich hab auch gesagt, ich warte gerne, bis sie sich was angezogen hat oder so. Aber sie wollte die Tür trotzdem nicht aufmachen, und sie klang irgendwie ... ich weiß nicht, wie ich es beschreiben soll.«

»Verängstigt«, sagt die Frau. »Klang sie verängstigt?«

Logan stutzt. Das ist eine seltsame Reaktion. Warum würde sie ausgerechnet darauf kommen? Außer natürlich ... außer, ihr ist auch etwas aufgefallen. Sie erinnert ihn ein wenig an Mrs McGuire, die in ihrem Haus im Erdgeschoss wohnt. Ihre Fenster gehen auf die Straße raus, und Debbie ist überzeugt davon, dass sie alles, wirklich alles mitkriegt, was im Haus vor sich geht. Wenn sie ihn auf dem Weg zur Arbeit erwischt, erzählt sie ihm haarklein, wie viele Päckchen die Woche hierher geliefert wurden, wie groß diejenigen sind, die an Nummer vierundzwanzig adressiert sind, wo sich drei junge Frauen ein Apartment teilen, und wann der Gärtner des Wohnkomplexes eintreffen wird. Debbie hält sie für zu neugierig, aber Logan stört es nicht, dass sie die Augen offen hält. Irgendjemand sollte es tun.

Wahrscheinlich ist die Dame vor ihm das örtliche Äquivalent zu Mrs McGuire, und deshalb ist es gut möglich, dass ihr etwas Ungewöhnliches aufgefallen ist. Etwas, das so nicht sein sollte.

»Ich schätze ... verängstigt, ja, oder zumindest besorgt. Ich könnte mich irren, aber ich würde mich wirklich wohler fühlen, wenn Sie bei ihr klingeln könnten. Wenn sie Sie reinlässt, kann ich ihr einfach den Laptop geben und aufhören, mir Sorgen zu machen.« Logan hält demonstrativ das Paket in seinen Armen hoch. Er will das Ganze hier einfach nur endlich hinter sich bringen. »Ich habe es vor ein paar Stunden noch mal versucht, und ein Kind hinter der Tür sagte etwas von einer Pistole, und, na ja ... Sie glauben wahrscheinlich, dass ich verrückt bin, aber wenn Sie die Polizei rufen ...«

»Wie heißen Sie?«

Mit einem Seufzen erwidert er: »Logan.«

»Logan, ich bin Gladys, und wie ich Ihnen schon sagte, wohne ich nebenan. Nun, normalerweise würde ich Ihnen kein Wort glauben. Ich würde eher annehmen, dass Sie so was wie ... Na ja, ist ja auch egal. Was ich eigentlich sagen will: Ich mache mir auch Sorgen um Katherine und die Kinder, George und Sophie.«

Logan spürt, wie ihm ein Schauer über den Rücken kriecht. Der schwere, fast schon faulige Duft des Geißblatts, das am Zaun gerade in der Hitze eingeht, steigt ihm in die Nase, und der Ruf der Zikaden erscheint ihm plötzlich viel zu laut. Er hat sich das Ganze nicht nur eingebildet.

»Okay, Gladys ... hören Sie, ich bin wirklich froh, dass ich Ihnen begegnet bin. Ich war nämlich heute Nachmittag schon bei der Polizei und hab versucht, sie dazu zu bringen, dass sie jemanden vorbeischicken, aber es schien sie nicht zu interessieren, was ich ihnen zu sagen hatte, weil, tja ...« Er hält ihr seine mit Tattoos übersäten Arme hin. Über seine Vergangenheit muss die Dame jetzt gerade nun wirklich nichts wissen.

»Also, ich beurteile ja nie jemanden nur nach dem Äußeren. Sie klingen wie jemand, der sich Sorgen macht, und ich mache mir auch Sorgen.«

Am liebsten würde er lachen. Normalerweise würde sie garantiert die Straßenseite wechseln, wenn sie jemandem wie ihm über den Weg laufen würde. Aber er verkneift es sich, verkneift sich jeden Ansatz eines Lächelns – schockiert, dass ihm an so einem Tag wie heute überhaupt nach Lächeln zumute ist – und beschließt, dass ihm egal ist, was diese Frau da von ihm hält, solange sie nur dafür sorgt, dass die Polizei herkommt.

»Prima. Vielleicht könnten Sie dann die Polizei rufen und sie bitten, mal nach dem Rechten zu sehen? Wenn Sie anrufen, kommen sie bestimmt.«

»Natürlich«, erwidert Gladys und strafft die Schultern, »das ist eine ausgezeichnete Idee. Das hatte ich sowieso vor, wissen Sie? Ich mache mir nämlich auch ernstlich Gedanken um Katherine. Ich habe die Polizei dieses Jahr schon ein paar Mal gerufen ... naja, vielleicht mehr als nur ein paar Mal. Rhonda die Straße runter verschwindet ab und an einfach und lässt ihre beiden Teenager im Haus alleine, und Sie können sich vorstellen, was die Jungs dann alles anstellen.«

»Sicher«, sagt Logan, während er gegen den Drang ankämpft, der Frau einfach das Handy aus der Hand zu reißen. Das dauert alles viel zu lange. Er muss los! Debbie ist bei ihren Eltern, liegt wahrscheinlich mit einer Tasse Zitronentee mit Honig in ihrem alten Kinderzimmer im Bett. Für den Moment ist sie da in Sicherheit – aber wie lange noch?

Gladys hört endlich auf zu reden und wählt stattdessen die Nummer der lokalen Polizeistation, die sie offensichtlich einge-speichert hat – wahrscheinlich ganz oben in ihrer Kontaktliste. Während sie ihnen die Situation haarklein erklärt – glückli-cherweise, ohne Logan zu erwähnen –, schließt er die Augen und dankt Gott für neugierige Nachbarn.

»Sie schicken in den nächsten zwanzig Minuten jemanden

vorbei«, erklärt sie. »Der nette junge Mann hat gesagt, ich solle nicht versuchen, ins Haus zu kommen, sondern einfach warten. Offensichtlich nehmen Sie meine Befürchtungen sehr ernst.«

»Toll, das ist toll. Dann lasse ich Sie wohl besser alleine. Das Päckchen bringe ich zur nächsten Poststelle, da kann sie es dann abholen. Ich bin froh, dass Sie sich darum kümmern, Gladys. Sie kann sich glücklich schätzen, so eine Nachbarin zu haben.«

»Ja, nun ja, das hat sie zwar nie direkt gesagt, aber ich denke, da haben Sie recht«, erwidert die ältere Dame.

Logan dreht sich um und legt das Paket wieder in den Lieferwagen. Er spürt förmlich, wie das Gewicht des Tages, das ihn bis eben niedergedrückt hat, sich von seinen Schultern hebt. Jetzt kann er beruhigt fahren. Gladys hat die Sache unter Kontrolle. Sie scheint der Typ Mensch zu sein, der, wenn die Polizei nicht innerhalb der nächsten Viertelstunde erscheint, noch mal anruft, und das so lange, bis jemand vorbeikommt.

Logan atmet tief ein, wobei ihm der Duft der Kokosnuss-Sonnencreme in die Nase steigt, die Debbie immer benutzt und die Frau hier wahrscheinlich auch, und mit einem erleichterten Seufzer wieder aus.

Der Tag ist noch nicht vorbei. Auch seine Sorgen sind noch nicht vorbei. Aber zumindest kann er sich, wenn er bei Debbie und ihren Eltern ist, eine kurze Auszeit gönnen, bevor er zum Flughafen weiterfährt. Paul hat bestimmt ein kühles Bier im Kühlschrank, das er sich genehmigen kann, während er sich überlegt, was er wegen Patrick unternehmen soll, und wegen Maddy.

Er schiebt die Seitentür des Lieferwagens zu und lehnt sich einen Moment mit dem Kopf an das warme Metall.

Da hört er jemanden schreien.

DREISSIG

GLADYS

Der Schrei ertönt lang und laut, verzweifelt und traurig zugleich. Gladys schaut entsetzt zu Katherines Haus hinüber, dann wieder zu dem Mann. Sie öffnet den Mund, aber kein Ton kommt heraus. Logan dagegen sprintet los. Sie beobachtet, wie er seitlich am Haus entlangläuft, gegen die kleine Gartentür drückt, sich dann mit der Schulter dagegenwirft. Das Holz gibt mit einem Knirschen nach und die Tür schwingt auf.

Wer hat da geschrien? War das George, oder Sophie oder Katherine? Gladys schlägt die Hand vor den Mund. *Wer hat da geschrien? Wer war das?*

»Oh, Lou«, sagt sie, als ihr einfällt, dass ihr Mann drinnen auf sie wartet.

Sie eilt zu ihrem eigenen Haus zurück, tritt durch die Haustür und ruft, kaum über die Schwelle: »Ist bei dir alles okay, Lou?«

»Mir geht's gut«, ruft er zurück. »Was war das für ein Schrei? Ich hab einen Schrei gehört.«

Gladys schaut zur Straße, ob das Polizeiauto schon in Sicht ist. *Kommt schon, kommt schon!* Am liebsten würde sie zu Katherine hinübergehen und nachschauen, was passiert ist.

Durch die Hecke zwischen ihrem Vorgarten und dem von Katherine kann sie kaum etwas erkennen. Aber zuerst muss sie Lou beruhigen, der immer noch im Wohnzimmer sitzt.

»Das war ... ich glaube, das war eins der Kinder«, ruft sie hinüber, lauter diesmal, damit er sie auch versteht. »Du bleibst jetzt genau da, wo du bist. Ich hab schon die Polizei gerufen, die wird sich darum kümmern. Bleib einfach, wo du bist, Lou.« Während sie auf seine Antwort wartet, behält sie die Straße im Blick.

»Sag mir nicht, was ich tun soll, Gladys. Wenn da drüben etwas vor sich geht, dann musst du hierbleiben, bis die Polizei da ist. Hier bist du in Sicherheit.«

Gladys marschiert ins Wohnzimmer, den Zeigefinger drohend erhoben. Lou schaut ihr besorgt entgegen. »Jetzt hör mir mal zu, Lou Aaron Philips. Mir geht's gut. Was ich brauche, ist, dass du selbst in Sicherheit bleibst, während ich herausfinde, was da vor sich geht.«

»Kein Grund, so streng zu sein, altes Mädchen, ich mach mir nur Sorgen um dich.« Er schrumpft ein wenig in seinem Sessel zusammen, und sofort tut es ihr leid. Die Sorge um Katherine und die Kinder macht sie schrecklich nervös.

»Mir wird schon nichts passieren, Liebling. Brauchst du irgendwas? Ich bin wahrscheinlich ein paar Minuten draußen.«

»Nein, nein, ich hab alles ... aber Glad, bitte sei vorsichtig.«

Sie küsst ihn schnell auf die Stirn, dann marschiert sie wieder nach draußen, durch den Vorgarten und auf die Straße, um auf die Polizei zu warten. Im Gehen ruft sie noch einmal bei der Polizeistation an. Sie könnten sich ruhig ein bisschen beeilen. Also wirklich.

»Ja, also hören Sie«, sagt sie, als jemand rangeht, und erklärt das Ganze noch mal, nur diesmal erwähnt sie zusätzlich den Schrei, den sie und der Paketbote gerade gehört haben. Das war kein normaler Schrei, wie ein Kind ihn beim Spielen ausstößt oder wenn es sich ein bisschen wehtut. In diesem Schrei schwangen Angst und Schmerz mit. Woher sie das weiß, ist ihr auch nicht so ganz klar, aber das ändert nichts an der Tatsache.

Ungeduldig geht sie auf der Straße auf und ab, wirft immer wieder einen Blick zu Katherines Vorgarten hinüber. Was, wenn der Mann, der eben ins Haus gerannt ist, die eigentliche Gefahr darstellt? *Sollte ich ihm hinterhergehen? Hierbleiben? Was wird mit Lou, wenn mir was passiert? Wer kümmert sich dann um ihn?*

Der Paketbote sieht so angsteinflößend aus, von oben bis unten mit Tattoos bedeckt ... aber er hat eine angenehm tiefe Stimme und freundliche blaue Augen, und er war ganz ruhig. Kann sie ihm wirklich vertrauen? Irgendwie hat sie das Gefühl, dass sie das kann, aber warum, kann sie wirklich nicht sagen. Normalerweise würde er nicht gerade zu der Sorte Leuten gehören, denen sie ihr Vertrauen schenkt. Eher zu denen, wegen denen sie die Polizei ruft. Das hätte sie ja auch fast getan ... wenn da nicht die Art gewesen wäre, wie er »ich will ehrlich mit Ihnen sein« gesagt hat. Die Welt braucht mehr Menschen wie Logan.

Die Stille, die sich nach den letzten Minuten der Unruhe über das Viertel gelegt hat, ist regelrecht nervenaufreibend. Gladys schaut sich um. Was wohl in den anderen Häusern in der Straße so alles passiert? Katherines sieht genauso aus wie gestern und an jedem anderen Tag, aber anscheinend hatte sie nie wirklich eine Ahnung, was sich darin abspielt. Normalerweise soll die wunderschöne solide Holztür die Bewohner vor der Außenwelt schützen, aber heute tut sie vielleicht gerade das Gegenteil: Sie hält sie gefangen.

»Ich bitte dich noch ein letztes Mal«, sagt sie und unterbricht mich damit beim Zählen. »Ich bitte dich zu gehen. Geh einfach.« Ihr Gesicht sieht wirklich schlimm aus, und ich verstehe sie kaum, weil ihre Wange und ihre Lippen inzwischen so sehr angeschwollen sind, dass sie nur noch sehr undeutlich sprechen kann. Das war ich. Wie kann das sein? Andererseits habe ich schon viel Schlimmeres getan. Andere Grenzen überschritten. Gerade jetzt lasse ich wieder eine hinter mir.

Während ich wortlos zähle, steht mir das graue Gesicht meines Vaters vor Augen. Stumm starrt er mich an. »Traue niemals einer Frau, Junge.« Wenn ich einfach gehe, wenn ich das hier nicht zu Ende bringe, dauert es nur ein paar Monate und ich habe denselben Blick drauf wie er. Aber ich werde nicht nur ein paar Tage in irgendeinem Bett in irgendeinem Apartment liegen. Ich habe keinen Sohn, der mich liebt und der irgendwann die Tür öffnen und den grauenhaften Gestank meines toten Körpers einatmen wird. Mich wird niemand finden. Er hatte wenigstens mich. Was für ein Versager von Sohn ich auch gewesen sein mag, wenigstens hatte er mich. Nach dem heutigen

Tag, wenn ich bei eins angekommen bin, werde ich niemanden mehr haben. Aber zumindest werde ich nicht alleine leiden.

»Nein«, sage ich, weil sie immer noch hofft, mich mit ihrem Flehen zu erreichen. »Nein, ich denke, das werde ich nicht tun.«

Bei fünfzig beginne ich wieder zu zählen. Die Hälfte ist geschafft. Bald ist alles vorbei.

ZWEIUNDDREISSIG

KATHERINE

Sie nickt. Noch einmal wird sie nicht fragen, oder bitten oder betteln. Er hat sich entschieden. Prima – sie auch. Ihre Kinder werden vielleicht ohne ihre Mutter aufwachsen, aber zumindest werden sie erwachsen werden. Wenn sie sich schnell genug bewegt, mit ihrem Körper sein Schussfeld blockiert und den Kindern zuruft, dass sie wegrennen sollen, kann sie ihnen vielleicht genug Zeit verschaffen, dass sie es nach draußen schaffen. Sie sieht keine andere Möglichkeit mehr. Er hat ihr jegliche Wahl abgenommen.

Sie wirft einen letzten Blick auf ihre erschöpften Babys; die kleinen Körper hocken ganz zusammengesunken auf dem Sofa. Sophies Locken hängen durch die Hitze und den Schweiß schlaff herab, ihre grünen Augen sind stumpf vor Erschöpfung. Die Stunden und Stunden voller Angst in Gefangenschaft fordern ihren Preis. Auch Georges Haare kleben ihm an der Stirn, aber sein Blick hat eine Intensität angenommen, die ihr Sorgen macht. Er starrt ihn an, als wolle er ihn allein mit seinem Willen auslöschen. Dem Mann wehtun, der ihnen wehgetan hat. Sie spürt, wie ihr kleiner Junge, der Mensch, der er bis heute war, ihr entgleitet. Deshalb bleibt ihr gar keine Wahl. Sie hat sich entschieden. Für sie.

DREIUNDDREISSIG

LOGAN

Logan steht an der Hintertür. Einer von der ganz normalen Sorte, deren Schloss man problemlos knacken kann. Das selbst einem schwungvollen Stoß schon nachgeben würde. Ähnlich wie das kleine Gartentor, das sich mit einem leichten Anheben und nachdrücklichen Schieben bereits öffnen ließ. Das alte Holz ist einfach weggesplittert. Dennoch zögert Logan jetzt. Wenn er sich das Ganze nur einbildet, wenn im Haus eigentlich gar nichts vor sich geht ... wenn er sich dann trotzdem gewaltsam Zutritt verschafft, effektiv einbricht, dann wandert er für lange Zeit ins Gefängnis.

Aber der Schrei stammte ziemlich sicher von einem kleinen Mädchen. Seitdem sind ein paar Augenblicke vergangen, und drinnen bleibt alles still. Vielleicht hat die Kleine nur eine Spinne gesehen? Debbie schreit immer wie am Spieß, wenn sie eine der großen Riesenkrabbenspinnen sieht, die im australischen Sommer überall auftauchen. Eigentlich sind sie harmlos – wenn man bei ihrem Anblick nicht gerade einen Herzinfarkt kriegt. Vielleicht war es nur das. Rechts und links von ihnen wohnen Familien mit Kindern, und manchmal klingt es wirklich, als würde dort jemand gefoltert. Debbie ist ein paar

Mal rübergegangen, um nach dem Rechten zu sehen, nur um sich von einem erschöpften Elternteil sagen zu lassen: »Ach, er wollte einfach seine Karotten nicht essen.« Bei solchen Gelegenheiten wurde mehr als deutlich, dass ihre Einmischung nicht willkommen ist.

Er presst das Ohr an die Tür in der Hoffnung, irgendetwas zu hören, das ihm verrät, was da drinnen gerade passiert, aber alles bleibt still. Gladys ist vor dem Haus geblieben, um auf die Polizei zu warten, und in diesem Moment hofft Logan, betet sogar, dass sie bald auftauchen wird, damit er nicht tun muss, was er vorhat zu tun.

Er drückt sich noch näher an die Tür und hält sich das andere Ohr zu. Die Sonne brennt unbarmherzig auf ihn herunter. Er spürt förmlich, wie die Haut auf seinen Armen und im Gesicht rot wird. Eine große Schmeißfliege landet auf seinem Unterarm. Ungeduldig wedelt er sie weg, versucht dabei, möglichst kein Geräusch zu verursachen.

Hinter der Tür liegt die Küche, und darin hält sich gerade mit Sicherheit niemand auf. Naja, vermutlich die Küche; könnte auch die Waschküche sein. Das wäre sogar besser, denn dann wäre die Chance größer, dass dort gerade niemand ist. Er holt tief Luft und dreht den Türknauf – eigentlich, um ihn anzuheben und dann gegen die Tür zu drücken wie bei dem Gartentor, nur möglichst lautlos ... aber da geht sie einfach auf.

Sie war gar nicht abgeschlossen.

Die Häuser in diesem Viertel sind alle nicht gerade billig. Die Leute hier haben wohl keinen Grund, ihre Türen abzuschließen. Manchmal jedoch befindet sich die eigentliche Gefahr bereits im Haus.

Atemlos betritt er den Raum dahinter – und erstarrt, als die Tür ein leises »Klick« von sich gibt. Er lauscht angespannt, strengt all seine Sinne an, auch wenn er plötzlich nicht mehr so sicher ist, dass er wirklich etwas hören will. Wer weiß, was er dann finden wird.

VIERUNDDREISSIG

GLADYS

Gladys hat keine Ahnung, was sie jetzt tun soll. Sie kommt sich vor wie bei einem Tennismatch: Ihr Blick pendelt unaufhörlich zwischen ihrem und Katherines Haus hin und her, während sie angestrengt lauscht. Ihr Oberteil ist längst völlig verschwitzt. Die Hitze legt sich schwer und zäh auf ihre Lunge, aber von der Polizei immer noch keine Spur. »Bitte, lieber Gott«, betet sie laut. Was da drinnen wohl gerade passiert? Ob Logan schon im Haus ist? Vielleicht sollte sie mal zur Hintertür gehen und nachsehen … Was soll sie nur tun? Am liebsten würde sie selbst schreien, so frustrierend ist das Ganze. Und von der Polizei immer noch keine Spur.

FÜNFUNDDREISSIG

Mühsam atme ich die brütend heiße Luft ein. Ich bin von oben bis unten schweißbedeckt, aber es ist fast geschafft. Zehn, neun, acht ... ich werde etwas langsamer, aber das Ziel ist klar. Wer werde ich wohl sein, wenn all das hier vorbei ist? Wo werde ich hingehen? Erst einmal natürlich weg von hier. Andere sollen sie finden, sollen durch die Flure dieses Hauses gehen und drei Menschen finden, die einst waren und jetzt nicht mehr sind. Drei Menschen, die ich genug hätte lieben müssen, um das hier nicht zu tun. Ich stelle mir vor, dass ich ganz weit weg bin, mein Leben lebe und mich an die Erinnerung an diesen Tag voller Hitze und Hass klammere. Kann man so leben? Kann man morgens aufwachen, seinen Kaffee trinken und sich dabei jeden Augenblick seines wachen Daseins bewusst sein, dass man der Grund ist, aus dem andere nicht mehr da sind? Als ich meinen Plan geschmiedet habe, habe ich daran geglaubt, dass das möglich ist. Ich wollte, dass jeder Einzelne, der mich jemals verletzt hat, dafür bezahlt, und dann wollte ich ein neues Leben beginnen, all diesen Ballast endlich abwerfen. Inzwischen weiß ich, dass das nicht geht. Er drückt mich immer noch nieder, so unglaublich schwer ...

Sieben, sechs … Ich spüre, wie mir Tränen in die Augen treten und mir ein Kloß im Hals steckt. Endlich habe ich verstanden, was ich tief im Inneren von Anfang an wusste: Wer auch immer nachher dieses Haus betritt und aufdeckt, was hier passiert ist, wird vier Leichen finden. Nicht drei, sondern vier.

Ich will, dass das alles endlich ein Ende hat. Dass es endlich vorbei ist.

SECHSUNDDREISSIG

KATHERINE

Er bewegt beim Zählen lautlos die Lippen. Bevor er bei null ankommt, muss sie etwas unternehmen – aber erst ganz kurz davor.

Sie wirft einen Blick auf ihre Kinder. Versucht, sich die kleinen Gesichter einzuprägen, ihren verschwitzten, süßen Duft. Sie wollte ihnen noch so viel erzählen, noch so viel beibringen, ihnen so viel mehr Liebe geben. Sie wünschte, sie hätte all das aufgeschrieben, damit sie es finden könnten, wenn sie nicht mehr da ist. Sie versucht sich George als erwachsenen Mann vorzustellen, die Frau, die aus Sophie einmal werden wird. Alles, was ihr jetzt noch übrig bleibt, ist, dafür zu sorgen, dass sie wissen, wie sehr sie sie geliebt hat. Dass sie verstehen, wofür sie sich opfert. *Mein Leben für ihres*, schickt sie als stummes Gebet gen Himmel. Das scheint ihr ein fairer Tausch zu sein. *Mein Leben für ihres.*

George wird sich selbst die Schuld geben. Ihr kleiner Mann, der tiefgründige Denker. Er wird sich Vorwürfe machen. Eigentlich dürfen sie die Haustür nicht aufmachen, wenn kein Erwachsener dabei ist. Selbst in dieser ruhigen Gegend haben sie das als eiserne Regel aufgestellt.

»Öffnet die Tür nicht ohne mich!«, ruft sie jedes Mal, wenn es klingelt. Aber Kinder sind impulsiv; George hält sich zwar meist zurück, aber er ist auch sehr neugierig. Wer mag das sein? Vielleicht der Postbote, mit einem Päckchen, dessen Inhalt man erraten könnte? Oder vielleicht Gladys, die einen Kuchen vorbeibringt?

Heute Morgen hat die Neugier gesiegt. Katherine war gerade in der Waschküche, die Waschmaschine lief und das Geräusch übertönte die Türklingel.

Also hat George die Tür geöffnet.

Aber selbst wenn ihr Kleiner ihn nicht hereingelassen hätte, hätte sie es getan. Hätte ihn in ihrem Zuhause willkommen geheißen.

Bitte mach dir keine Vorwürfe, George. Ich hätte genau dasselbe getan.

Sie schließt die Augen und spürt dem Schmerz in ihrem Körper nach; in ihrer Wange, ihrem Mund, ihrem Handgelenk. Irgendwie muss sie die Kinder aus dem Haus bringen. Tränen treten ihr in die Augen, und sie atmet tief durch. Vor ihren zwei viel zu stillen, viel zu verängstigten Kindern will sie nicht weinen. Irgendwie muss sie sie nach draußen bringen.

Beim Ausatmen hört sie ein leises »Klick«, nur ganz kurz, aus der Küche. Das Geräusch der Hintertür, wenn man sie öffnet. Unten an der Tür steht ein kleines Stück Holz ab. John wollte sich irgendwann mal darum kümmern, ist aber noch nicht dazu gekommen. Deshalb macht es jedes Mal, wenn sie geöffnet wird, und sei es noch so vorsichtig, dieses leise Klickgeräusch, wenn das Stück Holz kurz hängen bleibt. Normalerweise bemerkt sie es gar nicht mehr. Es gehört einfach zu ihrem Alltag. Aber jetzt hat sie es gehört. In diesem Moment, in dem sie die Augen geschlossen hat und ihr Herz mit Verzweiflung erfüllt ist. Sie hat es gehört. Sie öffnet die Augen und begegnet Georges Blick. Er starrt sie mit seinen großen grünen Augen an, die Hand zur Faust geballt, und sie weiß mit absoluter, unerschütterlicher Sicherheit, dass ihr Sohn es auch gehört hat. Er ist immer aufmerksam. Das liegt einfach in seiner Natur. Und in diesem Moment, in dem die Hitze ihnen die Luft abdrückt, hat er dasselbe gehört wie sie.

Jemand ist in der Küche. Jemand ist durch die Hintertür hereingekommen.

George macht Anstalten, vom Sofa zu springen. Am liebsten würde er losrennen, nachschauen, wer das ist, aber sie müssen auf den richtigen Moment warten.

Wer könnte das sein? Ein Einbrecher vielleicht. Es gab in letzter Zeit mehrere Einbrüche in der Gegend, aber meist nachts, wenn die Bewohner nicht zu Hause waren. Gerade jetzt wäre ihr sogar ein Einbrecher willkommen.

George öffnet den Mund und sie schüttelt sachte den Kopf. »Warte«, formt sie lautlos mit den Lippen. Drei Mal. Erst dann nickt er, dass er verstanden hat.

Sie müssen auf den richtigen Moment warten.

SIEBENUNDDREISSIG
LOGAN

In der Küche ist niemand; die Arbeitsfläche aus weißem Marmor schimmert in der Nachmittagssonne, darunter Schränke mit schwarzen Fronten; die auf Kopfhöhe sind weiß. Zusammen mit dem schwarz-weißen Schachbrettmuster des Fliesenbodens soll sich wohl ein Bild wie aus einem Möbelmagazin ergeben ... aber dafür fallen zu viele Details aus der Reihe. In der Spüle steht dreckiges Geschirr. Eine Ameisenstraße schlängelt sich über die Arbeitsfläche, die mit Crackerpackungen und angeknabbertem Obst übersät ist, über das bereits eine Schar Obstfliegen herfällt. Daneben liegt eine ungeöffnete Packung mit Desinfektionstüchern. Die gesamte Front des großen Kühlschranks ist mit Fotos und Kinderzeichnungen bedeckt, die von Magneten in Tierform festgehalten werden.

Logan macht einen Schritt vorwärts ... und etwas knirscht unter seinem Schuh. Sein Blick fällt auf eine aufgerissene Chipstüte, und er flucht lautlos. Mit Sicherheit sieht diese Küche normalerweise nicht so aus. Er holt tief Luft und macht einen vorsichtigen Bogen um die überall verstreuten Chipskrümel, die Augen auf den Boden gerichtet, während er auf Geräusche aus dem Rest des Hauses lauscht.

ACHTUNDDREISSIG

GLADYS

Gladys wartet. Mit jeder Minute, die vergeht, hasst sie die Hitze und die Sonne und diesen ganzen Tag noch etwas mehr. »Wo bleiben die nur?«, murmelt sie und wirft einen ungeduldigen Blick die Straße hinunter. »Wo bleiben die denn nur?« Ihre Uhr behauptet, Logan sei erst vor einer knappen Minute im Haus verschwunden. Die Hitze ist erdrückend und das Zirpen der Zikaden macht sie langsam wirklich verrückt. Sie schaut erneut aufs Handy, wartet, hofft – auf was, weiß sie selbst nicht so genau.

NEUNUNDDREISSIG

Ich komme bei fünf an und zähle noch langsamer. Lasse zwischen jeder Zahl einen ganzen Atemzug vergehen. Weil ein Leben in einem einzigen Atemzug völlig verändert werden kann. Weil ich einen Atemzug nehmen und ihr Leben verändern werde.

Ich bin nicht sicher, dass ich hierfür wirklich bereit bin. Eine Waffe habe ich allerdings schon mal abgefeuert. Mein Vater hat mich mal mit auf einen Schießstand genommen. Als Geschenk zu meinem vierzehnten Geburtstag. Damals hat er mir nicht verraten, wo wir hinfahren würden. Es sollte eine Überraschung sein. Dort gab es nur Gewehre, und die fand ich ziemlich unhandlich. Deshalb war ich auch nicht sonderlich gut. Mein Vater dagegen hat jedes Ziel getroffen. »Ich hatte schon immer einen scharfen Blick«, erklärte er mir. Ich glaube, das war einer seiner letzten guten Tage. Ob man danebenschießen kann, wenn man eine Pistole in einem kleinen Raum abfeuert? Wie sich wohl der Rückstoß anfühlt? Ob es dann nach Schießpulver riecht?

Es gibt jetzt kein Zurück mehr. Mir bleibt nichts anderes mehr übrig, das fühle ich; mein gebrochenes Herz weiß, dass es so ist. Wenn ich mit ihr fertig bin, mit allen dreien, dann sorge ich dafür, dass ich nie wieder irgendetwas fühlen muss. Das war wahrscheinlich von Anfang an mein Plan. Ich hatte nie wirklich vor, das hier zu überleben. Es ist leichter, den Schmerz hinter mir zu lassen, leichter, einfach gar nichts mehr fühlen zu müssen. Ich hab es auf ihre Art versucht, hab es wirklich versucht, aber ich bin daran genauso gescheitert wie mein Vater vor mir. Ich bin der Sohn meines Vaters. Aber eine Sache werde ich anders machen als er: Ich werde dafür sorgen, dass die, die mir wehgetan haben, mit mir untergehen.

VIERZIG

KATHERINE

In ihrem Kopf herrscht ein einziges Chaos; trotzdem muss sie sich einen Plan zurechtlegen, und zwar schnell. Sie spürt die Anwesenheit eines anderen Menschen im Haus. Die Angst hat ihre Sinne geschärft, alles um sie herum ist ihr überdeutlich bewusst. Vielleicht ist es Gladys. Vielleicht ist der älteren Frau etwas aufgefallen, vielleicht weiß sie etwas. Vielleicht ist der Unbekannte in der Küche noch gefährlicher als der Mann, mit dem sie die letzten Stunden verbracht haben – aber das bezweifelt sie. Nichts macht einen Menschen so gefährlich wie Hass.

Sie muss George vermitteln, was er tun soll, und sie muss sich überlegen, was genau sie tun wird. *Denk nach, Katherine,* mahnt sie sich im Stillen. Am liebsten würde sie den Qualen nachgeben, die ihr Körper ihr bereitet, ihrem erschöpften Verstand endlich Ruhe gönnen. Sich einfach auf dem Sofa zusammenrollen und ganz still daliegen. Aber diese Option haben Mütter nicht.

Die Kinder müssen irgendwie entkommen. Und das geht nur, wenn er abgelenkt ist. Die einzige Ablenkung, die ihr zur Verfügung steht, ist sie selbst. Was immer danach mit ihr geschehen wird, sie muss jetzt die Ablenkung sein, die ihre

Kinder brauchen. In einer Geste der Niederlage legt sie den Kopf auf die Knie; betet, dass ihre Tochter und ihr Sohn so reagieren, wie sie es von ihnen erwartet. Atmet langsam ein und aus, ein … und aus. Wie viele Atemzüge bis zu ihrem letzten?

Sophie legt die Arme um ihre Mutter und kuschelt sich an sie, und George lehnt sich vor und flüstert: »Nicht weinen, Mum.«

»Wie rührend«, spottet er.

Katherine legt ihrem Sohn den Arm mit dem gebrochenen Handgelenk um die Schulter und zieht ihn nah zu sich heran, ignoriert den brennenden Schmerz, der ihr bis in den Nacken hinaufschießt, ignoriert auch seine Überraschung, und flüstert so unauffällig wie möglich: »Wenn ich ›jetzt‹ sage, müsst ihr in die Küche rennen.« Wird er das tun? Sie spürt, wie sein Körper sich entspannt, und atmet erleichtert aus. Ein Atemzug noch? Zwei? Wie weit ist er mit Zählen?

Sie setzt sich aufrechter hin und schaut ihrem Sohn ins Gesicht. »Du liebst Captain America, nicht wahr, George?« Das ist seine Lieblingsfigur, mit seinem Vater zusammen hat er alle Filme gesehen. Er hat sogar ein passendes Kostüm, mit Schild und Maske, das er bei jeder Gelegenheit anzieht. Er ist immer ganz stolz, wenn er es trägt, und traut sich dann weit mehr zu als sonst. Captain America ist mutig und stark, und das muss er jetzt auch sein. Sein kleiner Rücken streckt sich durch, er setzt die Füße fest auf den Boden und lehnt sich leicht nach vorne. Bereitet sich darauf vor loszurennen – gut so.

Sie kann nicht länger warten.

»Ich weiß, was du da tust«, sagt sie. »Ich sehe dir an, dass du zählst. Du glaubst, das, was du vorhast, sei die Lösung für dein gebrochenes Herz, dass es dadurch aufhört wehzutun. Aber das wird nicht passieren. Weil ich es nicht zulasse. Ich lasse nicht zu, dass du den Kindern weiter wehtust.«

»Jetzt hab ich mich verzählt«, erwidert er langsam, »und

muss von vorne anfangen.« In seiner Stimme liegt etwas ... ist das Dankbarkeit? Er ist froh, dass er sich verzählt hat.

»Vielleicht willst du das hier gar nicht wirklich tun.«

»Vielleicht ist es das Einzige, was ich noch tun will. Nur dafür bin ich hergekommen. Du kannst mich nicht aufhalten. Dazu hast du nicht die Macht.«

Sie erhebt sich langsam vom Sofa.

»Hey ...« Er hebt die Pistole, folgt ihrer Bewegung.

»Jetzt, George! Jetzt!« Und damit wirft sie sich ihm entgegen, mit dem ganzen Körper. Schlägt mit den Armen um sich und tritt mit den Beinen aus, ein wütender Derwisch, der seine Aufmerksamkeit fesselt, ihn zwingt, die Arme zu heben, um sie abzuwehren. Während die Kinder hinter ihm durch die Tür verschwinden.

Er hört jemanden rennen. »Kommt sofort wieder her!«, brüllt eine barsche Stimme, dann schreit eine Frau auf und ein Schuss ertönt. Ganz sicher ein Schuss. Er hört nicht zum ersten Mal, wie eine Pistole abgefeuert wird. Die meisten Leute meinen, es sei ein einziger, in sich geschlossener Laut, aber tatsächlich folgt auf den eigentlichen, schockierend lauten Knall noch ein Nachhall.

Durch die Küchentür platzen zwei Kinder herein. Als sie ihn sehen, erstarren sie mitten in der Bewegung; nur die schmalen Brustkörbe heben und senken sich hektisch. Das kleine Mädchen umklammert einen Stoffaffen, dessen halb abgerissener Kopf nach hinten fällt, während ihm die Füllung aus dem Hals quillt. Sie halten sich so fest an den Händen, dass ihre Finger ganz weiß sind. Der kleine Junge mustert ihn von oben bis unten; er wird sichtlich blass und schluckt; einmal, zweimal. Eine Träne rinnt ihm über die Wange, und Logan bricht bei dem Anblick das Herz.

Vorsichtig hockt er sich hin. In dem Moment wünschte er, er würde noch das Hemd mit den langen Ärmeln tragen. Der Blick des Jungen huscht über seine Haut, über all die Tattoos, und in seinem Gesicht steht nicht nur Angst geschrieben – er hat aufgegeben. Eben noch dachte er, sie würden entkommen. Jetzt nicht mehr.

Auch die Augen des Mädchens kleben an den Tattoos auf seinen Armen, an der Schlange mit aufgerissenem Maul an seinem Hals.

Logan senkt die Schultern, macht sich noch kleiner. Legt den Finger an die Lippen. »Psst«, macht er, und der Junge nickt. Dass sie Angst vor ihm haben, macht ihm wirklich zu schaffen. Aber er muss sie hier rausbringen. Wie lange noch, bis der Mann, der eben gebrüllt hat, ihnen hinterherkommt? In der heißen Küche rinnen ihm die Sekunden durch die Finger.

»Ich heiße Logan«, sagt er leise, »und ich will euch helfen, okay?« Dabei versucht er, seine Stimme ruhig und entspannt klingen zu lassen.

Die Kinder betrachten ihn argwöhnisch. Die Kleine schaut kurz zu ihrem Bruder, und in ihrem Blick liegt so viel Liebe und Vertrauen, dass Logan klar wird, wen von den beiden er überzeugen muss.

»Ist dein Name George?«, fragt er.

Der Junge nickt. Seine großen grünen Augen füllen sich mit Tränen, die er nicht wegwischen kann, weil er die Hand seiner Schwester festhalten muss. Die andere ist zur Faust geballt. Er wird sie verteidigen, komme, was da wolle. Sie ist seine Schwester, und das ist es, was Brüder tun.

»George, ich bin hier, um euch und deiner Mum zu helfen. Die Polizei ist auf dem Weg. Gladys hat mir von euch erzählt. Ich möchte, dass Sophie und du jetzt durch die Tür da geht und zu Gladys rennt. Meinst du, das kriegt ihr hin?«

»Das kriegen wir hin, nicht wahr, George?«, flüstert das Mädchen laut hörbar. Sie schaut ihren Bruder hoffnungsvoll an. Die Entscheidung liegt bei ihm. Am liebsten würde Logan sie anbrüllen, endlich loszulaufen. Wie lange noch, bis der Mann mit der Pistole kommt? Die Zeit ist in diesem Moment förmlich greifbar. Sein Herzschlag rennt mit dem Zeiger der Wanduhr um die Wette.

Deshalb richtet er sich jetzt wieder auf, steht auf und tritt zur Seite. Macht ihnen den Weg frei. Der kleine Junge starrt ihn immer noch an, unsicher und misstrauisch.

Was könnte er sagen, damit sie sich endlich bewegen? Mack hat einen Sohn, Chris, mit sieben Jahren nicht viel älter als die beiden. Auf der Suche nach einem Geburtstagsgeschenk sind Debbie und er im Kmart die Gänge auf und ab gewandert.

»Irgendwas mit Captain America funktioniert immer, hat Mack gesagt«, meinte Debbie, und dann fanden sie das Kostüm, sogar mit Schild. Chris war begeistert.

Ob der Kleine Captain America kennt? Sie müssen endlich verschwinden, und wenn er sie sich unter den Arm klemmen und selbst raustragen muss; aber das würde viel zu lange dauern.

»Ich wette, Captain America kann nicht so schnell rennen wie du.« Hoffentlich hören sie ihm die Verzweiflung nicht an.

Georges Mund öffnet sich vor Staunen. Logan hat wohl genau das Richtige gesagt. Er nickt bekräftigend. Die beiden schauen sich an, dann verschwinden sie nebeneinander durch die offene Hintertür. Das Geräusch ihrer sich entfernenden Schritte ist das Schönste, was er heute den ganzen Tag gehört hat. Erleichtert lässt er die Schultern sinken. Die Kinder sind in Sicherheit.

»Los, weiter«, treibt er sich an und rennt auf das Zimmer zu, in dem der Schuss abgefeuert wurde.

Mit wenigen Schritten durchquert er das Esszimmer und platzt in den Raum dahinter.

Sieht, was passiert ist. Wer da steht und die Waffe in der Hand hält. Und erkennt mit einem Schlag, dass man tun kann, was man will – dem eigenen Karma kann man nicht entkommen. Am Ende holt es einen immer ein.

ZWEIUNDVIERZIG

GLADYS

Ein Knall zerreißt die Stille. Das Geräusch kam aus dem Haus. Aber das kann nicht sein. Es klang, als hätte jemand eine Waffe abgefeuert, eine echte Waffe. Gladys schlägt sich erschrocken die Hand vor den Mund und starrt die Haustür an. Da hat jemand eine Waffe abgefeuert, ganz bestimmt. »O Gott«, stöhnt sie, »o Gott, o Gott.«

Sie hätte früher die Polizei rufen sollen. Sie atmet so hektisch, dass sie bestimmt gleich hyperventiliert. Jemand ist verletzt, und sie hätte das verhindern können.

Und dann hört sie Schritte, und George kommt ums Haus gerannt, Sophie hinter sich herziehend. Sie rennen den kleinen Pfad an der Hauswand entlang und durch das offene Gartentor und immer weiter, und dann wirft sich George ihr entgegen, das Gesicht tränenüberströmt. Dabei rennt er sie fast um, aber Gladys schließt die zwei zitternden Kinder einfach ganz fest in die Arme und sagt das Einzige, was ihr einfallen will: »Ist schon okay, alles wird gut.« Sie sind nassgeschwitzt, die Haare ganz schlaff in der Hitze, die Wangen knallrot. Beide tragen ihre Schuluniformen, weil sie heute Morgen eigentlich zur Schule hätten gehen sollen. Das ist das Einzige, was heute hätte passieren sollen.

»Alles wird gut«, wiederholt sie und hofft inständig, dass das auch stimmt.

Sie vergraben weinend die Gesichter in ihrem Bauch und versuchen gleichzeitig zu sprechen. »Er« hört sie, und »Pistole«, und Sophie erzählt irgendetwas von ihrem Stoffaffen. Die kleinen Körper erschauern, und in der Art, wie sie sich an sie klammern, steckt ein ganzer Tag voller Angst und Entsetzen. Was immer im Haus passiert ist, sie muss die Kleinen hier wegbringen, irgendwohin, wo sie sicher sind.

Wo ist Katherine? Hat da wirklich gerade jemand geschossen? Wer wurde getroffen?

»Psst«, macht sie, hält die Kinder fest an sich gedrückt und geht langsam rückwärts, auf ihr eigenes Haus zu. »Psst.«

DREIUNDVIERZIG

»Mum, Mum ...«, entschlüpft mir, bevor es mir überhaupt bewusst wird. So habe ich sie schon sehr lange nicht mehr genannt. Seit Jahren war sie für mich »meine Mutter«, »eure Mutter«, »sie« und dergleichen. Mein Vater hatte hässlichere Ausdrücke für sie parat. Ich auch.

Ich schaue auf das hinunter, was ich getan habe, auf ihren Körper, der zusammengesunken daliegt. Sie sieht zu mir auf, die braunen Augen aufgerissen, der Blick verständnislos. Vielleicht dachte sie, ich würde es nicht wirklich tun. Aber sie hat sich auf mich gestürzt. Hat sich mir entgegengeworfen, um sie zu retten. Um sie hat sie sich Sorgen gemacht, sie waren ihr wichtig. »Mum«, flüstere ich, kann dieses eine Wort nicht aufhalten.

Ich habe sie kaputtgemacht. Genau so, wie ich die Liebe meines Lebens kaputtgemacht habe. Wie ich Maddy kaputtgemacht habe. Maddy mit ihren schwarzen Haaren und den blauen Augen und der kleinen Lücke zwischen den Schneidezähnen. Maddy, die morgens beim Zähneputzen immer vor sich hin summt und gerne Sendungen guckt, in denen andere Leute ihr Zuhause renovieren. Ich hab meine Mum kaputtgemacht, wie ich Maddy kaputtgemacht hab. Während ich auf sie herunterschaue, verschmelzen die beiden Gesichter zu einem. Sie sind ein und dieselbe.

Die Wut, die seit Jahren in mir gebrannt hat, löst sich einfach in Luft auf, ist von einem Augenblick auf den anderen verschwunden. Übrig bleibt nur Verwirrung.

Ich starre die Waffe an, wie ich vorher meine Hände angestarrt habe. Die Kratzspuren von Maddys Fingernägeln sind immer noch deutlich darauf sichtbar, genauso wie der blaue Fleck an der Stelle, an der meine Faust ihren Wangenknochen getroffen hat. Sie tun weh. Meine Hände tun weh, aber der körperliche ist nichts im Vergleich zum emotionalen Schmerz, der jetzt in mir aufsteigt.

Wie konnte ich das tun? Wie hab ich das nur tun können?

Ich erinnere mich, wie ich aus dem Apartment gerannt bin, während Maddy da auf dem Boden lag. Versucht habe, das Bild ihres Körpers, zerbrochen wie ein weggeworfenes Spielzeug, auszulöschen. Rannte und weinte, weil ich das Schlimmste überhaupt getan hatte. Aber sie hat mich geliebt, und dann plötzlich nicht mehr. Hat das Gefühl eines Tages einfach ausgeschaltet, und das ist doch falsch! Das hätte mir nicht passieren dürfen. Nicht schon wieder.

Irgendwann versteckte ich mich in einem Park hinter ein paar Bäumen. Die kühle Brise trocknete mir den Schweiß auf der Haut, während ich versuchte zu verstehen, warum ich die Frau, die ich liebte, verletzt hatte.

Den Gedanken, dass sie mich nicht mehr liebte, konnte ich nicht ertragen, und sie wollte mir einfach nicht zuhören. Ich versprach ihr, mich zu ändern, der zu werden, den sie haben wollte, auch wenn mein Vater mich immer genau davor gewarnt hat. Aber für sie hätte ich es getan.

»Du kannst dich nicht ändern, Patrick«, hat Maddy gesagt. »Du bist, wer du bist.«

»Du solltest jetzt gehen«, hat sie gesagt.

»Ich hab mein Bestes gegeben, aber wir passen einfach nicht zusammen.«

Dabei habe ich selbst mein Bestes gegeben. Hab versucht, der zu sein, den sie haben wollte ... aber sie hat einfach zu viel verlangt. So viel konnte ich ihr nicht geben.

Maddy hat gesagt: »Rede mit deiner Mutter, sie liebt dich.«

Hat gesagt: »Du solltest deiner Mutter vergeben; sie hat nie aufgehört, Kontakt zu dir zu suchen. Ich hab die E-Mails gelesen.«

Maddy hat gesagt: »Mein Bruder glaubt, dass wir einander nicht guttun.«

Hat gesagt: »Du musst aufhören, mich so zu behandeln.«

Hat gesagt: »Wenn du mich noch mal schlägst, dann sitzt mein Bruder im nächsten Flugzeug nach Sydney und bricht dir die Arme.«

Hat gesagt: »Warum bist du nur so?«

Hat gesagt: »Ich kann das nicht mehr.«

Hat gesagt: »Ich verlasse dich – besser gesagt, du verlässt jetzt meine Wohnung. Pack deine Sachen und geh.«

Hat gesagt: »Ich will nicht mehr hören, dass es dir leidtut. Verschwinde einfach.«

Und in dem Moment, als sich ihr Blick verdüsterte und sich dieser abweisende Ausdruck auf ihr Gesicht legte, erkannte ich, dass ich zu meinem Vater geworden war. Mich betrinken und Pillen schlucken würde, um zu vergessen. Bis ich den Schmerz, jemanden zu verlieren, der mich hätte lieben sollen, eines Tages nicht mehr aushalten würde. Dass ich genauso jämmerlich enden würde wie er.

Da stieg eine Wut in mir auf, wie ich sie noch nie zuvor erlebt hatte. Ich schlug zu, wieder und wieder, selbst als sie längst auf dem Boden kauerte, die Arme schützend um den Kopf gelegt.

Danach wusch ich mir die Hände. Sah zu, wie ihr Blut mir von den Fingern tropfte, in die Kanalisation gespült wurde.

Bevor ich die Wohnung verließ, nahm ich alles Bargeld und eine ihrer Kreditkarten aus ihrem Portemonnaie mit. Erst als die Wut irgendwann abebbte, kamen die Tränen.

Im Park beruhigte sich mein Herzschlag langsam. Dafür wuchs der Groll in mir. Ich verließ mein Versteck, ging einfach los, ohne Ziel, und lief stundenlang. Sie hätte mich nicht so weit treiben sollen, hätte mir nicht wehtun dürfen. Sie hat nur gekriegt, was sie verdient hat. Mein Vater war nach der Trennung der Einzige, der darunter litt – mir würde es nicht so ergehen. Eine Zeit lang wartete ich darauf, mich schuldig zu fühlen, aber das tat ich nicht. Der einzige Gedanke, der mir im Kopf herumging, war: Wenigstens bin ich nicht so armselig wie er.

Aber letztendlich reichte mir das nicht. Weil ich wusste: Wenn ich ein anderer Mensch gewesen wäre, dann würde Maddy mich noch lieben. Wenn sich meine Eltern nicht hätten scheiden lassen, meine Mutter meinen Vater nicht so herzlos und gleichgültig behandelt hätte, hätte mein Leben sich ganz anders entwickelt.

Der Drang, den einen Menschen, der für all das Schreckliche, das mir widerfuhr, verantwortlich ist, bezahlen zu lassen, nagte an mir.

Ich winkte ein Taxi heran und ließ mich zum Flughafen fahren. Von dort flog ich nach Sydney.

Weil ich einfach hier rauf kommen musste – und dafür sorgen, dass sie wirklich versteht, was sie angerichtet hat. Dass ich bin, wie ich bin, ist ihre Schuld, sie hat mich dazu gemacht. Ich wollte, dass sie das begreift – und dafür bezahlt.

Aber jetzt, wo sie vor mir liegt, hilflos blinzelnd zu mir aufschaut, bin ich mir nicht mehr sicher. Sie ist meine Mum. Sie hat mich nie aufgegeben – selbst als sie es hätte tun sollen.

Über die Jahre hat sie mir immer wieder Mails geschrieben, hat versucht, in Kontakt mit mir zu treten, die Verbindung nicht abreißen zu lassen. Ich habe ihre Nachrichten aufgehoben, sie ab und zu noch einmal gelesen. Als sie erzählte, dass sie wieder *heiraten würde, war das ein Schlag ins Gesicht. »Du würdest ihn mögen«, hat sie geschrieben. Da konnte ich nur lachen. Wie kann sie das von mir erwarten? Sie hat meinen Vater einfach ersetzt, mit den Fingern geschnippt und damit ihre gesamte gemeinsame Geschichte ausgelöscht.*

Hat sich jemand Neuem zugewandt. Ihren Bitten, ich solle doch zu ihr ziehen und bei ihnen leben, damit wir wieder eine Familie sein können, habe ich nie getraut. Ich war mir sicher, dass sie mich nicht wirklich dahaben wollte. Wie auch?

Und dann erzählte sie mir von ihren neuen Kindern, nicht nur einem, sondern gleich zwei, eine perfekte Familie. Nicht nur mein Vater war ersetzbar – ich war es auch. Der Hass auf sie brannte wie eine heiße Flamme in meinem Inneren, und nie hätte ich gedacht, dass irgendetwas ihm gleichkommen könnte. Dann lernte ich Maddy kennen, und ihre Liebe für mich besänftigte ihn. Warum musste Maddy nur genau wie sie sein, genau wie alle Frauen?

Deshalb bin ich hergekommen: um es ihr heimzuzahlen.

Ich wollte ... ich weiß nicht mehr, was ich eigentlich wollte. Bin mir nicht mehr sicher. Aber das hier nicht. Es ist alles schiefgegangen. In meinem Kopf dreht sich alles, das Licht hier drinnen ist komisch und der Geruch von Schießpulver liegt in der Luft.

Ich lasse den Kopf in die Hände fallen. Das harte Metall der Pistole kratzt auf der Wange. Der Lauf ist heiß, verbrennt mir die Haut. Da höre ich ein Geräusch – und sehe auf.

VIERUNDVIERZIG

KATHERINE

Schockierend ist vor allem der Einschlag in ihren Körper, weniger der Schmerz. Der ist ihr im ersten Moment gar nicht bewusst. Sie stolpert zwei Schritte zurück, dann geben ihre Knie nach. Eigentlich erwartet sie, auf dem Boden aufzuschlagen; stattdessen landet sie auf dem Sofa. Auf ihrem T-Shirt breitet sich ein roter Fleck aus, wird größer und größer, während sie zuschaut. Das Rot ihres Blutes färbt das weiße T-Shirt Dunkelrosa. In der Luft liegt der Geruch von Feuerwerkskörpern. »O Patrick«, murmelt sie, »o Schatz, was hast du getan?«

»Mum«, sagt er – ein Wort, das sie aus seinem Mund schon seit Jahren nicht mehr gehört hat. »Mum, Mum ...« Und während sie Mühe hat zu atmen, Luft in ihre Lunge zu zwingen, überkommt sie trotz allem, was heute passiert ist, das überwältigende Bedürfnis, ihn zu trösten, ihren Sohn zu trösten. Sie versucht, sich zu erheben, aber ihr Körper will ihr nicht gehorchen.

Sie hat ihn immer geliebt. Hat sich nicht vorstellen können, es nicht zu tun. *Wo ist all die Liebe hin verschwunden?* Als Baby hat sie ihn an ihre Brust gehalten, ihm einen Kuss aufs

Knie gedrückt, wenn er hinfiel, ihm das Alphabetlied beigebracht. Hat ihm sein Lieblingsspielzeug gekauft, sein Lieblingsessen gekocht. Hat ihm bei den Hausaufgaben geholfen und ihn ganz fest in den Arm genommen, wenn er traurig war – aber all das war nicht genug. Es kam nicht gegen das an, was sein Vater tat, was er zu ihm sagte. »Was für ein Mensch bringt seinem Sohn bei, seine Mutter zu hassen?«, hatte sie die Therapeuten gefragt, die Lehrer und ihre Freunde. Als sie ihn damals heiratete, freudestrahlend und mit einem silbernen Ring am Finger, hätte sie sich nie träumen lassen, dass er sie eines Tages so sehr hassen würde, dass er ihr eigenes Kind gegen sie aufhetzte. Das hätte sie nie für möglich gehalten.

Johns Gesicht erscheint vor ihrem geistigen Auge. Erst einfach irgendein Mann im Fahrstuhl, doch schon bald ein Freund, dann ein Geliebter und schließlich ihr Ehemann. Auch damit hatte sie nicht gerechnet – nicht oft erhält man eine zweite Chance. Aber dank John bekam sie sie. Er nahm sie so an, wie sie war, inklusive ihrer Vergangenheit. Duldete es sogar, dass sie mit ihrem Ex-Mann sprach, und mit ihrem verlorenen Sohn.

Das perfekte Bild, das sie sich für ihre zweite Chance erhofft hatte, gibt es nicht – weil Perfektion im echten Leben nicht existiert. Ob er heute irgendwann versucht hat, sie anzurufen? Oder ist er immer noch wütend? Der Streit letzte Nacht lag ihm bestimmt den ganzen Tag im Magen; ihr ging es ja nicht anders, bis ihr Sohn plötzlich vor der Tür stand und ihr Leben auf den Kopf stellte. Auch wenn sie leise gesprochen haben, war die Diskussion nur die letzte einer ganzen Reihe angespannter Situationen. Diesmal hätte sie wirklich das Aus für ihre Ehe bedeuten können. Sie drohte ihm und er versuchte, sie zu überreden, es sich noch einmal zu überlegen ... aber sie hat keine Kraft mehr zu kämpfen. Nicht mit ihm, und auch nicht um ihn.

»Wer ist sie, John?« Die Hände in die Hüften gestemmt. Sie

war sich sicher, die Antwort bereits zu kennen. Schließlich hat sie das alles schon mal durchgemacht.

»Nur jemand von der Arbeit.« Er schaute dabei auf seine Füße, konnte ihr nicht in die Augen sehen.

»Warum schreibt sie dir Nachrichten mit Herzchensmileys wie ein verknallter Teenager? Warum lässt du es zu, dass sie dir solche Nachrichten schreibt?« Sie hielt sein Handy in der Hand, der Beweis starrte sie vom Bildschirm aus an. Die Nachrichten hatte sie wieder und wieder gelesen in dem Versuch herauszufinden, was sie wirklich zu bedeuten hatten.

»Sie ist einfach ... so ist sie eben. Sie ist nett. Und sie weiß, dass ich verheiratet bin. Ich erzähle ständig von dir und den Kindern. So ist sie eben einfach.« Er hob frustriert die Hände, dann griff er nach seinem Handy, aber sie entzog es ihm.

»Sie ist so, weil du nicht deutlich genug gemacht hast, dass du deine Frau auch liebst. Dass du verheiratet bist, scheint für sie offensichtlich nicht allzu viel zu bedeuten.«

Er seufzte traurig, schüttelte den Kopf. »Kate, du kannst ja schon gar nicht mehr klar denken. In letzter Zeit machst du aus jeder Kleinigkeit ein Riesenproblem. Du siehst doch, dass ich nicht so antworte, wie sie schreibt. Meine Nachrichten sind kurz und knapp.«

»Vielleicht hast du einfach damit gerechnet, dass ich sie irgendwann lesen würde.«

»Warum hast du sie eigentlich gelesen?« Die Frage war ehrlich gemeint. Er kannte die Angst nicht, die in ihr wütete – die Angst, dass ihr dasselbe noch einmal passieren würde.

»Das hab ich dir doch gesagt: Ich hab mein Handy irgendwohin verlegt und wollte es deshalb von deinem aus anrufen.«

»Kate, wenn ich etwas vor dir verbergen wollte, warum kennst du dann mein Passwort?« Er lächelte, als hätte er mit diesem Argument einen Sieg errungen, bewiesen, dass sie falsch lag.

»Worum ich mir Sorgen mache, John, ist, dass du Dinge

sagst und tust, wenn ihr zusammen im Büro seid, und anstatt dass du mich dahingehend beruhigst, reagierst du so, dass ich mir nur noch mehr Sorgen mache. Hast du eine Affäre mit ihr oder nicht?« Ein Teil von ihr wollte die Sache auf sich beruhen lassen, wollte ihm glauben … ein anderer drängte ihn immer weiter in die Ecke, stellte Fragen, schien fast zu hoffen, dass er gestand, damit sie wusste, dass sie von Anfang an recht gehabt hatte.

»O Kate, das macht mich einfach nur traurig.«

In dieser Nacht gingen sie getrennt schlafen, in verschiedenen Räumen des Hauses. Sie rollte sich alleine im gemeinsamen Bett zusammen, und die Angst, was die Zukunft bringen würde, löste schon bald die Wut ab, die sie bis dahin verspürt hatte. Erschöpft schlief sie schließlich ein. Irgendwann mitten in der Nacht wachte sie auf, weil sich die Matratze bewegte; er legte ihr sanft die Hand auf den Rücken. Sie reagierte nicht, lag weiter still da, und schließlich legte er sich zu ihr ins Bett, kroch unter die Bettdecke und drückte sich an sie. Er wusste, dass sie wach war, deshalb flüsterte er ihr ins Ohr: »Warum würde ich fremdgehen, wenn ich doch dich habe? Du und die Kinder sind alles, was ich jemals wollte. Ich betrüge dich nicht, Kate, versprochen.«

Sie antwortete nicht, bewegte sich aber auch nicht von ihm weg. Lag still da, bis er schließlich aufstand und auf die Couch zurückkehrte.

Als sie heute Morgen aufwachte, saß er bereits beim Frühstück. »Wir müssen reden«, erklärte sie, als sie die Küche betrat. Vielleicht war ihre Ehe am Ende, vielleicht auch nicht, aber so konnte es jedenfalls nicht weitergehen. Er wollte nicht, dass sie ihn verließ, aber ändern wollte er sich auch nicht. Wollte ihr nicht die Sicherheit geben, die sie brauchte, auch wenn er wusste, dass ihr Ex-Mann sie betrogen hatte. Und das würde sie nicht noch einmal mitmachen. Jahrelang hatte sie in der Gewissheit gelebt, dass ihr Mann fremdging – einmal war genug. Ihre Ehe mit John war eine zweite Chance, aber das Glück ihrer Kinder würde sie nicht aufs Spiel setzen, indem sie eine unglückliche Ehe führte. Einen Sohn hatte sie dadurch bereits verloren – er weigerte sich, mit ihr zu sprechen, war ihr seit Jahren entfremdet –, das konnte sie kein zweites Mal zulassen. Lieber ließ sie sich scheiden, solange sie noch zivilisiert miteinander umgingen, als dass ihre Beziehung in Feindschaft und Vorwürfe umschlug.

»Ich kann so nicht mehr weitermachen, John. Ich meine es ernst. Entweder klären wir die Sache ein für alle Mal oder wir trennen uns.«

»Sehe ich genauso.« Er nahm einen Bissen von seinem Toast und kaute. Dabei blieb ein kleiner Klecks Butter an seiner Lippe hängen. Es gab eine Zeit, da hätte sie ihn weggeküsst, oder ihn zumindest mit dem Finger weggewischt. Aber die Zwillinge nahmen schon sehr lange ihre ganze Aufmerksamkeit in Anspruch. Sex hatten sie nur noch selten, lachten kaum noch miteinander. Zwischen ihnen hatte sich eine Kluft aufgetan, die sie dringend überwinden mussten – denn sie wurde jeden Tag größer. Und dann schaute er auf die Uhr. »O scheiße, scheiße, die Werkstatt, ich hab den Termin in der Werkstatt ganz vergessen! Ich dachte, ich hätte noch mehr Zeit ... wir reden auf jeden Fall, ich ruf dich von der Arbeit aus an. Nein, warte, ich hab heute die Konferenz.« Er rieb sich über den Kopf, dass sich seine Haare in alle Richtungen aufstellten, und strich sie dann ungeduldig wieder glatt. Seufzte. »Mit etwas Glück ist sie früher zu Ende ... Wir können später spazieren gehen, oder uns einen Babysitter holen ...« Er warf noch einen Blick auf die Uhr. »Scheiße, ich bin so spät dran!«

»Man darf nicht fluchen, Dad«, sagte George, der gerade in die Küche kam, das gelbe Hemd ordentlich in die kakifarbenen Shorts gesteckt, das lockige Haar mit Wasser zurückgekämmt. Er sah gerne schick aus, wenn er in die Schule ging. Beim

Anblick ihres kleinen Mannes schmolz Katherine das Herz in der Brust.

»Da hast du recht, George«, sagte sie, »Daddy sollte nicht fluchen.« Ihre Worte entlockten ihm ein Lächeln.

John stürzte derweil zur Tür hinaus. Sie brachte seinen Teller zur Spüle und holte eine Schüssel für George. Als sie das Müsli für ihn vorbereitete, hörte sie Johns Auto mit quietschenden Reifen aus der Einfahrt brausen. Dann fiel ihr Blick auf den Küchentisch und sie spürte Gelächter in sich aufsteigen.

»Was ist so lustig?«, fragte George.

»Er hat seinen Aktenkoffer vergessen, und sein Handy«, erklärte sie. »Er wird bestimmt gleich zurück sein.«

Und so war es auch. Ein paar Minuten später kam er wieder durch die Tür. »Ich ...«

»Da hast du sie«, lachte sie und reichte ihm Handy und Koffer. Aber sie küsste ihn nicht zum Abschied, trat stattdessen einen Schritt zurück, gerade weit genug, dass er sie auch nicht küssen konnte. Sah, wie sich seine grünen Augen bei der Geste vor Schmerz verdunkelten. Auch ihr Ex-Mann hatte grüne Augen gehabt, aber in einer anderen Schattierung: Anthonys Augen waren hellgrün gewesen, mit einem Anflug von Braun, Johns dagegen schimmern in einem tiefen, intensiven Grün, das sie an Smaragde erinnert. Eine Farbe, die die Kinder geerbt haben.

Sie verbannte den verletzten Gesichtsausdruck aus ihren Gedanken und wandte sich dem Haushalt zu. Der machte sich schließlich nicht von alleine. Also ging sie in die Waschküche hinüber, um die Waschmaschine zu beladen.

»Mum ... Mum ... Mum, komm mal her«, rief George.

»Was ist denn, Liebling?«, rief sie zurück, bereits auf dem Weg, weil sein zögerlicher Tonfall sie neugierig machte. Er stand vor der offenen Haustür.

Im ersten Moment erkannte sie ihn gar nicht. Er trug die

Haare länger als früher und war dünner, als sie ihn in Erinnerung hatte. Aber dann nahm er die rote Baseballmütze ab und lächelte. Einen Moment lang erfüllte sie ein Gefühl wahnsinniger Freude, weil sie glaubte, er sei zurückgekommen, wolle wieder Teil ihres Lebens sein, ihrer Familie. Dann sah sie die Pistole, und ihr wurde trotz der morgendlichen Hitze mit einem Mal eiskalt. Die Angst verschlug ihr die Sprache.

Sie hatte nie aufgehört, ihn zu kontaktieren. Mit zwanzig war sie mit ihm schwanger geworden, die Ehe mit Anthony wurde hastig arrangiert. Trotzdem hatte sie daran geglaubt, dass sie halten würde. Beide liebten sie ihr einziges Kind abgöttisch, und einander auch. Bis die Ehe und die Verantwortung für ein kleines Kind Anthony zu erdrücken begann. Er wurde zunehmend geheimnistuerisch. Obwohl ihr Instinkt ihr sagte, dass er andere Frauen neben ihr hatte, glaubte sie zunächst nicht daran. Bis Geld von ihrem Konto verschwand und er nicht länger vor ihr verbergen konnte, was er heimlich tat, wenn er nicht zu Hause war.

Damals galt ihre einzige Sorge Patrick. Für die Beziehung zu ihrem Sohn war sie bereit, alles andere zu opfern. Aber sie hatte nicht begriffen, wie weit ihr Ex-Mann gehen würde, um ihn zu manipulieren; dass er fleißig daran arbeitete, dass sie ihren Sohn ganz verlor.

Patrick hat seine erste E-Mail-Adresse bis heute behalten. All die Jahre hat sie ihm ab und zu, nicht zu oft, damit er sich nicht bedrängt fühlt, eine Nachricht geschrieben.

Lieber Patrick, ich vermisse dich jeden Tag.

Jede Mail beginnt sie mit denselben Worten, seit nunmehr sieben Jahren. Und jedes Mal, wenn sie sie tippt, weiß sie in ihrem Herzen, dass sie wahr sind. Er hat sie abgelehnt. Ist zu seinem Vater gezogen und hat sie dann dafür verflucht, was der für ein Mensch war. Nachdem Anthony starb, sich mit zwei

Packungen Schlaftabletten und einer Flasche Whisky umbrachte, flehte sie ihn an, nach Hause zu kommen. Aber er weigerte sich. Er gab ihr die Schuld, wollte nicht mal in ihrer Nähe sein.

Das Internat, auf das sie ihn schickte, befand sich auf einem großen Stück Land, das von den Schülern bewirtschaftet wurde. Sie dachte, das würde ihm bestimmt gefallen. Sie entbehrte viel, um dafür zu bezahlen. Nahm neben ihrer Anstellung als Verkäuferin im Kaufhaus einen zweiten Job an den Wochenenden an, bei dem sie Leuten am Telefon etwas verkaufen musste, nur damit er dort bleiben konnte. Hoffte, dass er dort Freunde finden würde, eine Aufgabe ... doch er wurde nur mit jedem Jahr wütender.

Komm bitte nicht zu meiner Abschlussfeier. Ich will dich da nicht sehen.

Die E-Mail traf ein, als sie gerade losfahren wollte, sich bereits ausmalte, wie sie sich wiedersehen würden, endlich einmal richtig über alles reden. Sie fuhr trotzdem hin. Und er weigerte sich, auf die Bühne zu kommen. Weigerte sich, sie zu sehen.

»Ich an Ihrer Stelle würde ihm einfach etwas Zeit geben«, tröstete der Direktor sie, als sie weinend in seinem Büro saß. »Er hat ein Problem mit Disziplin und braucht etwas Abstand von allem. Er ist jetzt erwachsen. Manchmal ist es am besten, Kinder ziehen zu lassen, damit sie von alleine zurückkommen, wenn sie so weit sind.«

Aber was, wenn sie niemals zurückkommen?, wollte sie den Mann am liebsten fragen, dem die Brille halb von der Nase rutschte, während er versuchte, im Umgang mit einer weinenden Mutter kompetent zu wirken.

Trotzdem befolgte sie seinen Rat, so weit es ihr möglich war. Sie zog sich zurück, ließ ihn los und versuchte, sich auf ihr eigenes Leben zu konzentrieren. Aber Mails schrieb sie ihm weiterhin, und manchmal, ganz selten, mitunter nach monatelangem Schweigen, antwortete er. Kurz angebundene Nachrichten, die ihr das Herz brachen.

Ich kümmere mich um mein Leben – kümmer du dich um deins.

Als sie wieder heiratete, schrieb sie ihm. Sie wollte auf keinen Fall, dass er das von jemand anderem erfuhr. Wollte es ihm selbst sagen. Auch als sie schwanger wurde, schrieb sie ihm, schickte Fotos, als die Zwillinge da waren. In all der Zeit hoffte sie, dass irgendetwas davon durch die Mauer aus Wut zu ihm durchdringen würde. Zu jedem Geburtstag schrieb sie ihm, und als er älter wurde, dachte sie, dass sich seine Gefühle ihr gegenüber vielleicht ändern würden – dass die Reife, die mit den Jahren kommt, ihm die Fähigkeit verleihen würde, sie als Mensch wahrzunehmen.

Sie hat sich geirrt. Das hat er heute mehr als deutlich gemacht.

Seine Wut auf sie ist, statt zu verschwinden, nur noch stärker geworden, er geht förmlich darin auf. Hat sie all die Jahre weiter genährt, genau, wie sein Vater es sich gewünscht hat. Anthony hat sich nie Gedanken darüber gemacht, wie grausam es ist, ein Kind gegen seine eigene Mutter aufzuhetzen. Ihm war nur wichtig, einen Weg zu finden, sie zu verletzen. Mit seinem Geschick in der Kunst der Manipulation hat sie es nie aufnehmen können.

Trotzdem hat ihn irgendetwas gerade heute hierhergeführt. Etwas ist passiert, das ihn dazu gebracht hat, das hier zu tun. Sie hat ihn den ganzen Tag beobachtet. Dem Blick, mit dem er sie und George und Sophie ansieht, fehlt etwas: Er enthält keine Spur von Mitgefühl, wie es eigentlich alle Menschen für einander empfinden sollten. Deshalb weiß sie, dass sie und die

Kinder in Gefahr sind. Der Mann, zu dem Patrick geworden ist, hat mit dem Jungen Patrick nichts mehr gemeinsam.

Dieser Mann ist ein wütender, hasserfüllter Fremder – und damit zu allem fähig.

Sie hätte ihm nie ihre Adresse geben sollen, ihn nie über ihr Leben auf dem Laufen halten ... andererseits – woher hätte sie wissen sollen, dass er eines Tages das hier tun würde?

Sie blinzelt in Zeitlupe, während sie ihn beobachtet. Er reibt sich verzweifelt den Kopf. Das hat er schon als kleines Kind immer gemacht. *Ich kann das nicht, Mum, hilf mir, hilf mir.*

Und dann setzt er die Pistole an die Schläfe, und sie will schreien, dass er das nicht tun soll, schreien und ihm die Waffe entreißen ... aber sie kann sich nicht bewegen.

Ihr Körper ist so unglaublich schwer. Die Hitze, die sie den ganzen Tag gequält hat, ist verschwunden – inzwischen ist ihr kalt.

Ein Geräusch ertönt. Katherine will den Kopf drehen, um zu sehen, was es ist, schafft aber nur eine winzige Bewegung. Alles ist unheimlich anstrengend, erscheint ihr mit jedem Moment unmöglicher.

Da ist noch jemand im Raum. Ein Riese von einem Mann, von oben bis unten mit Tattoos bedeckt.

Das muss eine Halluzination sein.

»Was machst du hier?«, fragt Patrick ihn, und einen Moment lang überkommt sie Dankbarkeit, dass der Mann real ist. Vielleicht ist er hier, um zu helfen. Aber inzwischen ist ihr das egal. Die Kinder sind nicht mehr hier. Sie hört sie nirgendwo mehr. Hoffentlich sind sie inzwischen bei Gladys oder einem der anderen Nachbarn. George sagt ihnen bestimmt, dass sie die Polizei rufen sollen.

Und dann ... Katherine schließt die Augen, öffnet sie nur langsam wieder. Sie ist so müde. Am liebsten würde sie einfach einschlafen. Ihr Handgelenk tut nicht mehr weh. Zum Glück müssen die Kinder das hier nicht mit ansehen. Nur ein Kind ist noch da, ihr Erstgeborener. So hätte es von Anfang an sein sollen. Als er noch bei seinem Vater lebte, und später, als er im Internat war, als er erwachsen wurde und wegzog, hat sie sich so oft Sorgen um ihn gemacht. *Was soll nur aus ihm werden? Was für ein Mensch kann aus jemandem werden, der all das durchgemacht hat?* John wollte er nicht kennenlernen, auch seine Halbgeschwister nicht. George und Sophie waren ihre zweite Chance als Mutter, und sie ist dankbar, dass es sie gibt. Sie werden sie vermissen, aber sie werden am Leben sein, und das ist das Wichtigste.

Deshalb kann ich jetzt loslassen. Ich kann die Augen zumachen und mich ausruhen. Patrick und der Mann reden miteinander. Streiten sie? Worüber genau, kann sie nicht sagen, aber es scheint kein Ende zu nehmen. Langsam öffnet sie die Augen, schließt sie ... öffnet sie wieder. Sie will sich endlich ausruhen dürfen. Aber als sich ihre Augen erneut schließen, hört sie einen Schrei, hört jemanden hereinkommen. Ihr zweiter Sohn, ihr kleiner Junge, platzt mit rudernden Armen ins Zimmer und wirft sich blindwütig auf Patrick.

»Lass meine Mum in Ruhe!« So viel Kraft, solche Entschlossenheit.

Nein!, will sie ihm sagen, will ihm zurufen, aufzuhören. Er sollte nicht hier sein. Aber sie findet nicht die Kraft zu sprechen.

»Nicht!«, ruft der Fremde und wirft sich ins Handgemenge, gerade als ihr Körper den Kampf gegen die Bewusstlosigkeit aufgibt.

Die nächsten Schüsse hört sie nicht mehr. Sie hört überhaupt nichts mehr.

FÜNFUNDVIERZIG

LOGAN

Er ist es. Er hat sich Sorgen gemacht, dass der Mann, der seine Schwester geschlagen hat, dass Patrick ihn jagen würde, dabei war er den ganzen Tag hier. Hat diese Frau und ihre Kinder terrorisiert. Warum? Was zur Hölle hat er mit ihnen zu schaffen?

Logan starrt den Mann mit der Waffe in der Hand an, dann die Frau, die auf dem Sofa liegt. Das blaue Material saugt sich bereits mit ihrem Blut voll.

»Patrick«, sagt er. Er versteht gar nichts mehr. Weiß nicht mal, wo er anfangen soll. Patrick hält die Waffe so, dass er problemlos noch einmal auf die Frau schießen könnte, aber genauso gut auch auf Logan. Er schwitzt, seine Hände zittern und er kann nicht aufhören, zu der Frau zu sehen und schnell wieder weg, als könne er nicht glauben, was er getan hat.

»Wie hast du mich gefunden?«, fragt er. »Wie konntest du mich finden, bevor ich dich gefunden habe?« Er ist offensichtlich genauso verwirrt wie Logan. »Hast du meine Nachricht gekriegt? Hast du mich so ...« Er bricht ab, sein Blick irrt durch den Raum.

Patrick hatte es wirklich auf ihn abgesehen. Wieso ist er dann hier?

»Ich hab nicht nach dir gesucht.«

»Ich hab Maddy wehgetan«, wimmert Patrick. Hebt die Arme über den Kopf, die Pistole immer noch fest umklammert, den Finger am Abzug. Holt qualvoll Luft. »Ich hab Maddy wehgetan«, wiederholt er.

»Ich weiß«, antwortet Logan. Am liebsten würde er sich blindwütig auf ihn werfen, ihm die Waffe aus der Hand reißen und ihn damit erschießen – aber er bewegt sich nicht. Noch besteht die Chance, dass keiner sonst verletzt wird. Die Reue steht Patrick deutlich ins Gesicht geschrieben. Wenn er es richtig anstellt, kann das Ganze hier und jetzt zu Ende sein.

»Es ist an der Zeit, das Ding wegzulegen«, sagt er.

»Nein, ich ... ich wollte ihr nicht wehtun ... ich wollte doch nur ...« Sein Blick wandert wieder zu der Frau.

Logan hebt die Hände in der Hoffnung, Patrick damit zu beruhigen, denn der ist kreidebleich und unruhig. »Leg einfach die Waffe weg, dann können wir darüber reden. Dann kriegen wir das alles geregelt. Sie braucht einen Krankenwagen. Sie braucht Hilfe. Kann ich ihr einen Krankenwagen rufen?« Während er spricht, geht er leicht in die Knie, bereitet sich darauf vor, sich auf Patrick zu stürzen, ihn aus dem Gleichgewicht zu bringen und zu Boden zu werfen.

»Zu spät«, sagt der kopfschüttelnd. Er lässt die Arme sinken, hält die Pistole von sich, zielt damit abwechselnd auf Logan und die Frau auf dem Sofa, als könne er sich nicht entscheiden, wen er zuerst erschießen soll.

»Nein, ist es nicht«, widerspricht Logan. »Es ist nie zu spät. Sie atmet noch. Wenn du die Pistole weglegst, kann ich ihr Hilfe rufen. Ich hole jetzt mein Handy aus der Hosentasche, okay?« Er spricht langsam, mit ruhiger, gleichmäßiger Stimme. Wie man sie verwendet, um jemanden, der am Abgrund steht, vom Springen abzuhalten.

»Nein, das ist nicht okay, mach das nicht«, sagt Patrick warnend.

»Wenn wir ihr keine Hilfe holen, dann stirbt sie. Willst du, dass sie stirbt? Das willst du doch nicht, oder?«

»Ist Maddy gestorben?«

»Nein. Nein, ist sie nicht, und wenn du mir die Pistole gibst, dann können wir darüber reden.«

Patrick schüttelt den Kopf. »Sie sieht gar nicht aus, als wäre sie alt genug, um einen dreiundzwanzigjährigen Sohn zu haben, nicht wahr?« Als würden sie sich gerade gemütlich bei einem Bierchen im Pub unterhalten.

Logan schaut zwischen Patrick und der Frau hin und her, und erst da begreift er.

»Sie ist deine Mutter?«

Patrick nickt. »Maddy ... Maddy wollte, dass ich sie treffe. Sie meinte, ich solle ihr vergeben. Sie hat die ganzen Mails von ihr auf meinem Computer gelesen und mich dann immer und immer wieder damit genervt, und dann hat sie mich einfach fallen lassen, hat Schluss gemacht und mich aus ihrem Leben gelöscht, wie meine Mutter mich aus ihrem Leben gelöscht hat, nachdem sie sich von meinem Vater hat scheiden lassen. Warum tun Frauen das, Logan?« Die Frage ist ernst gemeint. Er erwartet wirklich eine Antwort.

»Keine Ahnung, Kumpel«, sagt Logan vorsichtig. In der Mauer um Patrick hat sich eine Lücke aufgetan. Vielleicht kann er ihn von der Kante des Abgrunds zurückholen. Die Sekunden rinnen ihm durch die Finger. Die Frau auf dem Sofa ist nur noch halb bei Bewusstsein. Ihr Brustkorb hebt und senkt sich, aber langsam, mühsam, und immer wieder flattern ihre Augenlider.

»Leg die Pistole weg, Patrick«, sagt er mit leicht erhobener Stimme. Er macht einen Schritt auf ihn zu, den Blick weiter auf die Frau auf dem Sofa gerichtet.

»Ich war so glücklich mit Maddy«, murmelt Patrick wie zu

sich selbst, »so glücklich ... und dann kommt sie einfach daher und ...« Er hebt den Kopf, schaut Logan mit zusammengekniffenen Augen an. »Du wolltest nicht, dass wir zusammen sind. Das hat sie mir gesagt. Wegen dir hat sie sich von mir getrennt. Du bist schuld!« Und damit richtet er die Waffe direkt auf Logans Brust. Immerhin zielt er jetzt nicht mehr auf die Frau, und das ist schon mal etwas. Eine Kugel überlebt er mit ein bisschen Glück – sie aber keine weitere.

»Maddy liegt im Krankenhaus«, sagt er bewusst laut, damit Patrick sich weiter auf ihn konzentriert, »und deine Mutter ist verletzt. Die Polizei ist schon auf dem Weg. Du kannst nirgendwo mehr hin, Kumpel. Es gibt keinen Ausweg mehr für dich. Deshalb musst du mir jetzt die Pistole geben.«

Der Lauf der Waffe schwingt zurück, zielt einen Moment auf die Frau, dann fängt Patrick an zu lachen. »Zwei Fliegen mit einer Klappe schlagen«, kichert er. »Das werd' ich machen, Logan – zwei Fliegen mit einer Klappe schlagen. Hab ich nicht ein Glück? Die Frau, die mir den ersten Teil meines Lebens versaut hat, und der Mann, der mir das Ende versaut, beide im selben Raum. Ihr werdet beide sterben. Sie lebt noch, nicht wahr? Aber nicht mehr lange.« Er zielt auf ihre Brust. »Mach's gut, Mum.«

Logan macht einen Schritt auf ihn zu, doch bevor er etwas unternehmen kann, schießt der kleine Junge an ihm vorbei und wirft sich auf Patrick. »Lass meine Mum in Ruhe!«

»Nicht!«, brüllt Logan. »Halt, nein!«

Patrick wird von der Wucht des Aufpralls in den Sessel hinter sich geworfen. Er wehrt sich, versucht, den kleinen Angreifer loszuwerden, stößt das Kind schließlich von sich – und zielt mit der Waffe direkt auf sein Gesicht.

»Nein!«, brüllt Logan. Er greift nach der Hand, die die Waffe hält, reißt sie weg von dem Jungen, der zu Boden gefallen ist und jetzt zum Sofa hinüberkriecht. Patrick wehrt sich gegen

Logans Griff, doch der hält eisern fest, während sich der Lauf der Waffe stattdessen auf seine Brust richtet.

Dann drückt Patrick ab. Zwei Mal. Logan sieht in Zeitlupe zu, wie es passiert, sieht die Angst und die Verwirrung auf Patricks Gesicht. Es kommt ihm vor, als hätte die Waffe sich von selbst abgefeuert.

Er spürt, wie die Kugeln in seine Brust einschlagen. Stolpert ein wenig, macht einen unsicheren Schritt zurück. Lässt Patricks Hand los, hält sich aber immer noch auf den Beinen. Er muss auf den Beinen bleiben, muss an die Pistole rankommen. Muss Patrick davon abhalten, noch mal zu schießen. Die Pistole hat sechs Schuss, und er hat erst drei verbraucht.

»O Gott, o Gott«, stöhnt Patrick.

»Gib mir ... die Pistole«, keucht Logan.

Patrick wirft die Arme in die Luft, sein Blick irrt panisch durch den Raum. »O Gott.«

»Gib mir ... die Pistole«, wiederholt Logan. Er kriegt keine Luft mehr. Seine Beine geben nach, können sein Gewicht nicht länger tragen, nicht mit der heißen Luft, die ihn von allen Seiten erdrückt. Er fällt auf die Knie.

»Tut mir leid, Logan«, sagt Patrick und legt den Lauf der Waffe an die eigene Schläfe.

Plötzlich ertönen schnelle Schritte.

»Polizei!«, hört Logan, als sein Körper auf dem Boden aufschlägt. Er liegt neben einem hübschen blauen Teppich, der von gelben Kamelen eingerahmt ist.

Und kriegt keine Luft.

Aus seinem verdrehten Winkel schaut er zu Patrick auf, der mit verzerrtem Gesicht dasteht und sich die Waffe an den Kopf hält. Seine Hand zittert. »Kommt nicht näher.« Seiner Stimme ist anzuhören, dass er weint. Er klingt plötzlich viel jünger, als er eigentlich ist. Wie ein kleiner Junge.

»Lassen Sie sofort die Waffe fallen!«, fordert eine Frauenstimme, laut und befehlsgewohnt.

»Lassen Sie die Waffe fallen«, wiederholt eine andere. »Auf den Boden.«

»Ihr versteht nicht«, jammert Patrick, und Logan schließt die Augen.

Ein einzelner Schuss zerreißt die Stille.

Logans Körper fühlt sich ganz leicht an, als würde er schweben.

Hoffentlich geht es Debbie inzwischen besser.

Hoffentlich kommt die versprochene Abkühlung bald.

Hoffentlich überlebt er das hier.

SECHSUNDVIERZIG

GLADYS

Sie hat die Kinder mit zu sich ins Haus genommen. Sie sitzen jetzt vor dem Fernseher, aber Gladys selbst konnte nicht bleiben. Sie musste nachsehen, was draußen passiert.

»Pass auf sie auf, Lou«, befahl sie. Er nickte, ganz blass vom Schock. Der Schuss hat die Stille des Nachmittags zerrissen, auf erschreckende Weise bestätigt, dass schon den ganzen Tag etwas tatsächlich nicht in Ordnung war.

»Meine Mum«, heulte George, »er wird meiner Mum wehtun!«

Lou streckte die Hand nach dem Jungen aus, aber der schmiegte sich nur noch enger an seine Schwester, hielt sie fest im Arm.

»Bleib hier, George, ich geh nachsehn, ich geh raus und schaue, was passiert. Bleibt ihr nur hier.« Damit stürzte sie aus dem Zimmer, zur Haustür hinaus, das Herz laut hämmernd in der Brust.

Und jetzt steht sie hier. Wartet auf die Polizei. Im ganzen Viertel wurden Türen geöffnet, sind Leute aus ihren klimatisierten Häusern auf die Straße getreten, angelockt von dem

Knall. Die Neugier treibt sie aus der Sicherheit ihrer vier Wände.

Verschwindet, würde Gladys denen am liebsten zurufen, die sie sehen kann – aber würden sie auf sie hören? Würden sie ihr glauben?

Endlich kommt ein Polizeiauto angefahren. Parkt in aller Ruhe. Ein weiblicher Constable steigt aus, ein Lächeln auf dem Gesicht, bei dessen Anblick Gladys richtig wütend wird. Auf der anderen Seite steigt ein Mann aus, die Uniformmütze in der Hand. Schon nach wenigen Sekunden bildet sich ein Schweißfilm auf seiner Stirn. Beide sehen viel zu entspannt aus. Dabei hat sie doch am Telefon erklärt, was los ist. Eigentlich hätte sie Blaulicht und Sirenen erwartet, und Polizisten, die es angemessen eilig haben.

»Schnell, schnell!«, treibt sie sie an. »Er hat eine Pistole. Ich habe einen Schuss gehört.«

»Warum erklären Sie uns nicht ...«, beginnt die Polizistin, die Hände in der uniformellen Geste erhoben, mit der man hysterische Frauen beruhigt. Am liebsten würde Gladys sie packen und kräftig durchschütteln. *Versteht ihr denn nicht? Wieso versteht ihr denn nicht?*

»Gladys, Gladys«, ruft Lou verzweifelt, Panik in der Stimme, »der Junge ist weggelaufen! Er ist weggelaufen!«

Sie dreht sich hastig zu ihm um, läuft zu ihrem eigenen Haus hinüber, um zu sehen, was Lou da treibt.

»Was?«, fragt sie verständnislos.

»Er ist weggelaufen, der Junge, er ist weg!« Lou hat es irgendwie in den Rollstuhl geschafft und ist zur Haustür gerollt. Gerade versucht er, sich auf die Beine zu kämpfen.

»Du solltest doch auf ihn aufpassen! O Lou«, jammert sie. Natürlich hat er alles getan, was ihm möglich war, und das weiß sie auch.

Sie macht kehrt, rennt zur Straße zurück. Ihre Lunge brennt von der ungewohnten Aktivität. Die Polizistin steht immer noch einfach wartend da. »Da ist ein Kind ... ein Kind«, stottert Gladys. Sie kriegt einfach nicht genug Luft. Sie hat George nicht gesehen, aber er muss an ihr vorbeigekommen sein. Bestimmt ist er zurück in Katherines Haus gerannt. Bestimmt.

»Okay, warten Sie einen Moment, ja, warten ...«, hebt die Polizistin an.

Und dann ertönen zwei weitere Schüsse.

Zwei weitere Schüsse.

Die beiden Constables rennen durch den Vorgarten, an der Hauswand entlang nach hinten und verschwinden um die Ecke. Dieses Geräusch kennen sie nur zu gut.

»O nein«, stöhnt Gladys, als sie nicht mehr zu sehen sind. Ihre Knie werden ganz weich.

»Was ist los, Gladys?«, hört sie jemanden fragen. Sie dreht sich um, und da steht Margo auf der anderen Straßenseite, Joseph im Arm. Gleich auf der anderen Straßenseite, in der offenen Haustür, nur die Straße und ein niedriger weißer Zaun zwischen ihr und Katherines Vorgarten. Das Baby lächelt breit.

»O Margo.« Sie strafft die Schultern. Ihr Blick klebt an dem Baby, dem kostbaren Baby in Margos Armen. »Geh wieder rein, geh zurück. Er hat eine Waffe. Geh rein.«

»Was?«, fragt Margo verwirrt, ungläubig. Wie kann sie ihr die Situation nur verständlich machen? Aufgeregt wedelt Gladys mit den Armen.

»Geh wieder rein, Margo! Es ist Katherine, es war ... Hast du sie denn nicht gehört? Schüsse ... Bitte geh wieder rein, schaff das Baby weg.«

Immer mehr Leute treten neugierig auf die Straße. »Geht zurück in eure Häuser!«, ruft sie so laut, dass ihr der Hals wehtut.

Margo öffnet den Mund, um etwas zu sagen, doch in dem Moment macht Joseph »Gaah«, und sie nickt nur und hastet wieder ins Haus, zurück in die Sicherheit ihrer vier Wände.

Passiert das alles gerade wirklich? Hat sie das eben wirklich gehört? Wie kann so etwas in dieser ruhigen Straße passieren, an einem brütend heißen Nachmittag, an dem selbst die Hunde zu erschöpft sind zum Bellen?

Drei Schüsse. Das hat sie gehört. Ganz bestimmt. Sie hat die ganze Zeit recht gehabt. Den ganzen Tag schon ist in Katherines Haus etwas vor sich gegangen, und anstatt dass sie die Polizei schon viel früher gerufen hat, hat sie zugelassen, dass Lou sie davon abhält. Dass ihre eigene Angst, als die aufdringliche Nachbarin verschrien zu werden, sie davon abhält. Zum Glück ist die Polizei jetzt endlich da. Selbst von der Straße aus kann sie sie drinnen brüllen hören. Das Bild von John mit seinem breiten Lächeln – John, der so gerne lacht –, mit einer Pistole in der Hand, auf seine Frau und die Kinder gerichtet, ist einfach nur entsetzlich. Wo ist George? Und Sophie? Erneut eilt sie durch ihren Vorgarten, jeder Atemzug brennt ihr in der Kehle. »Sophie?«, fragt sie Lou, der immer noch versucht, aus seinem Rollstuhl zu kommen.

»Sie ist drinnen. George hat ihr gesagt, sie soll dableiben. Sie guckt fern. Keine Sorge, ich komme, Glad, ich komme.«

»Nein, nein«, jammert sie, während sie aufgeregt auf und ab geht. *Was passiert da drinnen nur? Was hat John getan?*

Sie hat ihn eigentlich immer gemocht ... aber gleichzeitig auch nicht. Er ist nett. Ein bisschen zu nett. Nein, das ist nicht fair. Sie versucht nur sich einzureden, dass sie eine Ahnung davon hatte, dass so etwas in ihm steckt, aber das stimmt nicht – ganz und gar nicht. Sie schüttelt den Kopf. Ihre Gedanken drehen sich im Kreis.

Manchmal, wenn man die Wahrheit über jemanden erfährt, fällt einem im Nachhinein etwas auf, ein kleines Detail, das einem von Anfang an komisch vorkam. Aber diesmal nicht. Das wäre einfach nicht die Wahrheit. John ist ein reizender Mensch. Letztes Jahr fegte der große Sturm durch den Vorort und riss Dachziegel von den Häusern, sodass es überall reinregnete. Sie rief beim State Emergency Service an, aber der war so überlastet, dass es Stunden dauern würde, bis er käme. Also holte sie selbst die Leiter aus der Garage, klemmte sich ein großes Stück Plastikfolie unter den Arm, in der anderen Hand einen Eimer mit Ziegeln zum Beschweren, damit sie nicht gleich wieder davonwehte, und war gerade dabei, aufs Dach zu steigen.

Aber bevor sie auch nur eine Sprosse weit kam, stand John neben ihr. »Gladys, was machst du denn da? Lass mich das machen. Warum hast du nicht einfach angerufen?«

Er kletterte mit seinem Werkzeuggürtel um die Hüften aufs Dach und befestigte die Folie. Obwohl er klatschnass war, als er wieder herunterkam, grinste er über beide Ohren. Natürlich bot sie ihm als Dank eine Tasse heißen Tee an.

Nachdem er gegangen war, kamen ihr fast die Tränen. Er ist ein guter Mensch, ein netter Mensch, und er liebt seine Kinder, das hat sie oft genug mit eigenen Augen gesehen. Er fährt mit ihnen zum Strand, in den Park, hat ihnen sogar ein Baumhaus in dem großen Feigenbaum im Garten gebaut. Wie kann es sein, dass er ihnen jetzt wehtun will?

Am liebsten würde sie George hinterherlaufen ... aber die Polizei ist ja jetzt da.

Hinter ihr ertönt ein Krachen – Lou ist hingefallen. Erschrocken fährt sie herum. In dem Moment erklingt hinter ihr das Geräusch von Reifen auf Schotter: Ein Auto fährt vor. Eine blaue Limousine, die sie hier im Viertel noch nie gesehen hat.

John steigt aus, in zerknittertem Anzug mit schief sitzender Krawatte. Auch wenn er im Gegensatz zu George blonde Haare hat, sind sie genauso widerspenstig und lockig. Die tiefgrünen Augen leuchten im Kontrast zu seinem braun gebrannten Gesicht.

»Oh«, macht Gladys. Sein Anblick verschlägt ihr schlicht die Sprache, und sie bleibt mitten in der Bewegung stehen.

»Gladys, was ist hier los? Warum ist die Polizei da? Geht's Lou gut?«

»Nein, er ist gestürzt … o Lou, ich komme!«, ruft sie und rennt nun doch zu ihm, dicht gefolgt von John, der in der Eile seine Brieftasche fallen lässt. Gemeinsam schaffen sie es, Lou wieder in seinen Rollstuhl zu hieven. »Du bist früh zu Hause … und du warst nicht … also, du warst nicht auf Arbeit«, stottert Gladys, während sie Lou hilft, sich bequem hinzusetzen.

»Ich war … ja, ich war auf einer Konferenz, und dann meinte der Mechaniker, er müsse das Auto über Nacht dabehalten … woher weißt du, dass ich nicht auf Arbeit war? Was ist hier eigentlich los, Gladys?« John richtet sich auf, das Gesicht verschwitzt von der Anstrengung.

Da ertönt ein weiterer Schuss.

John starrt entsetzt sein Haus an, bewegt lautlos die Lippen, weil er nicht fassen kann, was er gerade gehört hat.

»Ich dachte, du wärst da drinnen«, erklärt Gladys. »Ich dachte, du wärst zu Hause.« Sie läuft knallrot an. All die Vermutungen, die sie über ihn angestellt hat. All die Dinge, die sie heute missverstanden, falsch gemacht hat. Sie will ihm erklären, was passiert ist, aber ihr fehlen einfach die Worte. Wo soll sie da nur anfangen?

»Aber?«, fragt John. Da hören sie aus der Ferne Sirenengeheul. Wie von der Tarantel gestochen rennt er auf sein Haus zu. »O Gott, o Gott, Katherine, Katherine, Sophie, George!«, schreit er, noch bevor er die Haustür erreicht.

»Nicht, John!«, ruft Gladys, während sie ihm hinterhereilt, aber er ist viel zu schnell für sie. Gerade, als er die Tür erreicht, öffnet sie sich und die Polizistin steht mit abwehrend erhobenen Händen darin.

Er schiebt sich achtlos an ihr vorbei, brüllt: »Katherine, George, Sophie!«

Gladys sinkt am Gartentor auf die Knie. Sophie ist bei ihr

zu Hause – aber George nicht. Der kleine Junge ist zurück zu seiner Mutter gerannt. Oder nicht? Wo ist George?

Sie hat das Gefühl, gleich in Ohnmacht zu fallen. Das kann doch alles nicht wahr sein.

»Gladys, altes Mädchen, geht's dir gut? Geht's dir gut, altes Mädchen?«, fragt Lou mit vor Angst zitternder Stimme.

Gladys schlägt die Hände vors Gesicht. »O Lou«, sagt sie, und dann bricht sie in Tränen aus.

Physischer Schmerz ist ein seltsames Gefühl. Der Geist ist auf einmal viel konzentrierter, die Sinne schärfer. Ich kann das Geißblatt draußen vor dem Fenster riechen, die Früchte überreif in der Hitze. Spüre die dicke, heiße Luft im Zimmer auf meiner Haut. In der Ferne ertönen Sirenen. Die Pistole fällt mir aus der Hand. Mir fehlt einfach die Kraft, sie noch länger festzuhalten. Mit einem dumpfen Geräusch prallt sie auf den Boden. Und mein Körper tut es ihr nach, bricht im Zeitlupentempo zusammen und sinkt auf den Teppich.

Ich wollte mir in den Kopf schießen, direkt in mein gemartertes Hirn. Das hätte sie genauso gut tun können. Warum sie stattdessen auf meinen Bauch gezielt hat, ist mir nicht klar.

»Auf den Boden!«, befiehlt die Polizistin. Da bin ich doch schon. Ihre Stimme zittert etwas. Ob sie das erste Mal auf jemanden geschossen hat?

Ich bin hergekommen, um sie zu bestrafen. Danach wollte ich ihn bestrafen. Sie ist schuld, dass Maddy den Mann, der ich heute bin, nicht liebt. Und Logan ist schuld, dass sie mit mir Schluss gemacht hat. Aber wollte ich wirklich jemanden ... töten?

Ich drehe den Kopf zur Seite. Gelbe Kamele. Warum sind da gelbe Kamele? In unserem Haus damals, und später in der Wohnung, in die meine Mutter zog, in der ich mit ihr lebte, lag ein Teppich, der gelbe Kamele drauf hatte. Manchmal habe ich mich hingesetzt und sie gezählt, hab mir vorgestellt, wie sie in einer holprigen Reihe durch die Wüste schaukeln. Mein Blick wandert zur Decke. Ich blinzle langsam, während ich eine kleine Fliege beobachte, die über den weißen Untergrund krabbelt. Ich drehe den Kopf ein wenig weiter und sehe die Beine meiner Mutter, über das Sofa drapiert.

Wenn sie mich morgens weckte, sang sie mir immer ein Lied vor. Jetzt geht es mir durch den Kopf, eine Melodie in Endlos-schleife. »Guten Morgen, guten Morgen, die Sonne ist gerade aufgegangen, deshalb wünsche ich dir einen guten Morgen!« Als ich noch klein war, hat sie mir gerne Zettelchen in die Früh-stücksdose gelegt: »Hoffentlich hast du einen schönen Tag. Ich liebe dich«, und darunter ein Smiley. Sie hat mir Makkaroni mit Käse gemacht, wann immer ich darum gebeten habe, selbst wenn sie dafür extra einkaufen gehen musste. Hat mir abends im Bett Geschichten vorgelesen, über Orte, die es gar nicht gab und wo die Tiere sprechen konnten. Wenn ich nachts aus einem Albtraum aufwachte, hat sie mich im Arm gehalten und mir zugeflüstert, dass die Monster gegen sie keine Chance haben. Sie wollte immer, dass ich zu einem guten Menschen heranwachse, zu einem netten Mann ... aber gegen all das, was er mir erzählt, mir eingeflüstert hat, kam sie nicht an. Ich konnte anstellen, was ich wollte, sie hat mir immer verziehen. Während ich Mühe habe zu atmen, gestehe ich mir endlich die Wahrheit ein: Sie hätte mir alles verziehen und mich trotzdem wieder in ihrem Leben will-kommen geheißen. Eigentlich wollte ich durch die Hintertür einbrechen, aber dann habe ich mich kurzfristig umentschieden und stattdessen vorne geklingelt. Hab einfach dagestanden und gewartet. In den Zügen des kleinen Jungen erkannte ich meine eigenen wieder, aber das machte mich nur noch wütender.

Ihr Gesichtsausdruck, als sie mich erst vor ein paar Stunden da hat stehen sehen, hat sich mir ins Gedächtnis eingebrannt. Sie hat sich unheimlich gefreut, hat sogar die Arme ausgebreitet, bereit, mich darin einzuschließen, hat darauf gewartet, dass ich sie umarme. Sie breitet die Arme aus und ich halte ihr die Pistole entgegen. In dem Moment hätte ich mich anders entscheiden können. Ich hätte mich von ihr in den Arm nehmen lassen können – und damit mein Leben ändern.

Es riecht nach verbranntem Metall. Ein schwerer, düsterer Geruch nach Blut und Feuer. Darunter eine Spur Schweiß und Geißblatt. Meine Augenlider werden schwer, und ich kriege immer noch kaum Luft. Ich versuche einzuatmen und höre ein Gurgeln in meiner Kehle, schmecke etwas Heißes, Salziges. Sterbe ich jetzt?

Ich glaube, sie war eine gute Mutter. Vielleicht war ich einfach ein schlechter Sohn, mit einem schlechten Vater. Ich hasse sie nicht. Ich liebe sie, und jetzt ist sie tot.

Warum war ich eigentlich so wütend?

Warum bin ich heute hergekommen?

Ich weiß überhaupt nichts mehr.

LOGAN

»Musst du nicht wieder an die Arbeit?«, fragt Logan.

»Nein. Maya meinte, ich solle mir eine extralange Mittagspause gönnen. Keine der Patientinnen auf der Station liegt derzeit in den Wehen. Das wird sich bestimmt bald ändern, deshalb bleibe ich jetzt einfach mal eine Weile bei dir. Sofern du nichts Besseres vorhast.« Sie huscht leichtfüßig durch den Raum, zieht das Bettlaken glatt, füllt die Karaffe wieder auf, arrangiert die Blumen in der Vase neben dem Bett neu, und das alles in einer einzigen flüssigen Bewegung. Die Haare hat sie sich mit Haarklammern zu einem festen Dutt hochgesteckt, schön sauber und ordentlich – bis auf ein paar freche Löckchen, die ihr entkommen sind. Unter ihren Augen liegen dunkle Schatten. Am liebsten würde er darüberstreicheln, bis sie verschwinden, weiß es aber besser und erwähnt sie lieber gar nicht erst.

»Du willst doch nicht schon gehen, oder?«, neckt sie ihn.

»Haha, sehr witzig«, schmunzelt er und presst im nächsten

Moment die Hand an die Brust, weil ihm der Schmerz durch den ganzen Körper fährt. »Bring mich nicht zum Lachen.«

»Sorry, Babes.« Sie verzieht das Gesicht, als würde sie seine Schmerzen mit ihm spüren.

»Du solltest dich lieber hinsetzen, statt hier rumzufuhrwerken«, mahnt er, weil sie keine Sekunde stillstehen kann. Gerade verstellt sie die Jalousien so, dass die Sonne ihn nicht blendet. Wenn sie sich kurz hinsetzen würde, könnte er sie berühren. Die Uniform steht ihr wirklich gut. Wenn sie sie anzieht, verwandelt sie sich von der Zu-Hause-Debbie in die Arbeits-Debbie, steckt sich die Haare hoch und wird zu jemandem, der alle Fäden fest in der Hand hat, der sich kompetent und effizient um alles kümmert.

»Ich bin schwanger, Babes, nicht krank.« Einen Moment hält sie vor dem Fenster inne, während ein geheimnisvolles Lächeln ihre Lippen umspielt.

Bei diesen Worten erscheint auch auf Logans Gesicht ein Lächeln. Als er nach der OP aus der Narkose aufwachte, erzählte sie ihm die Neuigkeit, noch bevor er ein Wort sagen konnte, bevor er sich überhaupt daran erinnern konnte, was passiert war, oder fragen, wie es Katherine und den Kindern geht. Er öffnete die Augen, verblüfft, über sich eine verschwommene weiße Decke zu sehen. Blinzelte ein paar Mal, um klarer zu sehen, und dann tauchte Debbies Gesicht über ihm auf. Sie war blass, die braunen Augen ganz rot vom Weinen und mit einer neuen Falte auf der Stirn, direkt über der Nase. In seinem ganzen Leben hat er noch nie etwas so Schönes gesehen.

»Sieh zu, dass du das hier überlebst, Großer. Ich werde unser Kind nicht alleine aufziehen«, flüsterte sie.

»Was für ein Kind?«, brachte er heraus. Sein Hals war trocken und rau. Sie betätigte den Knopf, der das Kopfteil anhob, damit er etwas aufrechter sitzen konnte. Schmerzen spürte er dabei keine. Sie hatten ihn anscheinend mit Medikamenten vollgepumpt.

Debbie nahm die Tasse vom Beistelltisch neben dem Bett und hielt sie so, dass er ein paar Schlucke trinken konnte. »Nicht zu viel«, warnte sie in strengem Schwesterntonfall.

»Was für ein Kind?«, fragte er noch einmal. Er hatte nach wie vor Mühe, ihr zu folgen.

»Unser Kind. Offensichtlich kriege ich zusätzlich zu dem ganzen anderen Kram auch noch Schnupfen, wenn ich schwanger bin.«

»Du bist schwanger?«

»Bin ich. Und ...« Sie ergriff seine Hand und drückte sie fest. Ihre Augen füllten sich mit Tränen, die ihr über die Wangen liefen. »Ich hatte solche Angst, Logan. Sie haben angerufen, dass ich sofort in die Notaufnahme kommen soll, und ich hab ihnen erklärt, dass ich krank sei, und dann haben sie mir erzählt ... dass du hier bist, und ich hab die ganze Zeit darauf gewartet, dass du anrufst ...«

»Aber ich werde wieder gesund?«

»Du wirst wieder gesund. Die Kugeln haben alle wichtigen Teile verfehlt.« Durch ihren unbeschwerten Ton klang es fast wie ein Witz, aber ihrem Gesicht war deutlich anzusehen, wie viel Angst sie um ihn gehabt hatte.

»Ein Dad braucht seine wichtigen Teile«, brummte er.

»Das stimmt«, lachte sie und wischte sich ein paar Tränen weg.

Seitdem hat es einige Nächte gegeben, in denen er zu kämpfen hatte. Mit der brennenden Wut auf Patrick, weil er Maddy das angetan hat. Auf sich selbst, weil er zugelassen hat, dass dieser Mann Teil ihres Lebens war – auch wenn er genau weiß, dass er gar nichts hätte ausrichten können, solange sie auf Patricks Seite war.

»Als ob ich auf dich gehört hätte, wenn du mir gesagt hättest, ich solle ihn nicht mehr sehen«, hat seine Schwester ihm erklärt. »Du hast getan, was du konntest – und ich bin erwachsen. Ich werde Fehler machen, und du kannst nicht immer da sein, um mich davor zu bewahren.«

»Erwachsen zu werden und seine eigenen Fehler zu machen heißt normalerweise, sich eine Schrottkarre zu kaufen, Maddy, nicht, mit einem Psychopathen zusammen zu sein.«

»Tja, naja, war halt eine etwas größere Lektion diesmal.«

Vor ein paar Tagen wurde sie aus dem Krankenhaus in Melbourne entlassen. Logan ist unendlich erleichtert, dass sie dort bei einem Freund wohnen kann, bis sie wieder gesund ist. Sie hat ihn wohl an der Uni kennengelernt. »Er will auch Grundschullehrer werden. Er hat mich hier jeden Tag besucht und gemeint, ich könne erst mal bei ihm unterkommen, wenn ich entlassen werde. Allerdings wohnt er bei seiner Oma, deshalb weiß ich nicht, wie lange das gut geht ... aber sie strickt mir anscheinend gerade einen Schal für den Winter, deshalb denke ich, wir werden schon miteinander klarkommen.«

Jeden Tag telefonieren sie über FaceTime. Inzwischen hat er sich einigermaßen an den Anblick ihres Gesichts mit all den Blutergüssen gewöhnt. Sie haben ihre tiefdunkle Farbe verloren, sind zu einem ungesunden Gelb verblasst. Einige Besuche beim Zahnarzt stehen noch aus, und ein Arm steckt immer noch im Gipsverband, weil der Knochen mit mehreren Nägeln gerichtet werden musste. Wie sie das Ganze überhaupt überlebt hat, ist ihm nicht ganz klar.

»Er hat immer wieder gesagt: ›Ich werd’ nicht so wie er; ich lass nicht zu, dass du mich zu ihm machst‹«, erzählte sie. »Er hat seine Mutter so sehr gehasst. Als er mitgekriegt hat, dass ich die E-Mails von ihr gelesen habe, und anfing, Fragen zu stellen, wurde er unheimlich wütend. Er hat sich seine eigene Version der Realität zurechtgelegt, und das war die einzige, die er zulassen wollte.«

»Da wäre er nicht der Erste.«

»Er tat mir leid.«

»Ich mache mir ernsthaft Sorgen, dass dein großes Herz dich für Männer wie ihn zu leichter Beute macht, Maddy.«

»Okay, genug Vorträge für heute. Heb dir den Rest für morgen auf, und sag Debbie liebe Grüße. Hoffentlich sehen wir uns bald.«

»Ich schick dir ein Flugticket.«

»Ich verlass mich auf dich. Ich werde die beste Tante sein, die das Kleine je gesehen hat!«

Als die Detectives ihn besuchen kamen, fürchtete Logan zuerst, sie hätten irgendwie doch noch von dieser einen verzweifelten Nacht erfahren. Der, in der er das letzte Mal eingebrochen war. Klar, er hat nichts mitgehen lassen. Das führt er sich immer wieder vor Augen: Er hat nichts mitgehen lassen. Das kaputte Schloss war sicherlich schnell ersetzt. Manche Geheimnisse darf man für sich behalten.

Er erzählte ihnen alles, woran er sich erinnern konnte von dem Tag, an dem er mit einem Paket unter dem Arm an Katherine Wests Tür klingelte.

»Was kam Ihnen dabei verdächtig vor?«, fragte der Detective auf mindestens zehn verschiedene Weisen.

Logan beschrieb Katherines Stimme, wie merkwürdig ihm die ganze Situation vorgekommen war. Schließlich gab er auf. »Ganz ehrlich? Es war reiner Instinkt. Ich war oft genug in schwierigen Situationen, um zu merken, wenn etwas nicht stimmt.«

Der Detective nickte, um zu zeigen, dass er verstand, was Logan meinte. »Sie sind so eine Art Held, Kumpel. Sie haben bestimmt die Nachrichten gesehen – genießen Sie den Rummel«, sagte er noch, dann verabschiedete er sich.

Aber Logan kommt sich gar nicht wie ein Held vor, egal, was sie im Fernsehen sagen. Eine Frau und ihre Kinder brauchten Hilfe, ganz einfach. George ist erst fünf und hätte an dem Tag beinahe sein Leben verloren. Wenn er hätte sterben müssen, um das Kind zu retten, dann wäre das in Ordnung gewesen. Es erschien ihm wie ein fairer Handel: sein verkorkstes Leben für das eines Kindes, das noch nicht einmal die Chance gehabt hat, Fehler zu machen.

Dass das Universum ausgerechnet ihn ausgewählt hat, um an diesem Morgen an genau dieser Haustür zu klingeln, erscheint ihm immer noch unglaublich. Es hätte genauso gut jemand anders die Route zugeteilt bekommen können. Jemand anders hätte vielleicht einfach mit den Schultern gezuckt und mit seiner Arbeit weitergemacht, ohne einen weiteren Gedanken daran zu verschwenden. Jemand, der nicht im Gefängnis gewesen ist. Nicht gelernt hat, Menschen zu lesen, die Art, wie jemand etwas sagt, und die Atmosphäre, die in einer Situation entsteht. Warum er beim letzten Mal angehalten hat, weiß er immer noch nicht. Er hatte einfach das Gefühl, als würde ihn irgendetwas zu dem Haus hinziehen – irgendetwas wollte, dass er da ist.

Vielleicht war es einfach Karma. Ob seine Rechnung damit nun endgültig beglichen ist?

»Woran denkst du, Babes?«, fragt Debbie ihn jetzt.

»Dass ich hoffe, dass das Kind später dir ähnlich sieht. Ich bin ja nicht sonderlich ansehnlich.«

»Tja, naja«, meint sie und drückt ihm einen sanften Kuss auf die Stirn, »ich hoffe, er oder sie hat ein genauso großes Herz wie du. Das ist nämlich ziemlich außergewöhnlich.«

Logan lächelt und schließt die Augen, als sie ihn küsst und ihn dabei in den Duft von Seife und Blumen einhüllt, den er so liebt.

Es klopft an der Tür. Sie steht auf, um sie zu öffnen, und als sie sieht, wer es ist, schleicht sich ein Lächeln auf ihre Züge.

»Oh, ich störe doch nicht gerade, oder?«, fragt Gladys. Sie späht ins Zimmer, die große gestreifte Handtasche unter dem Arm, die sie immer dabeihat. Heute trägt sie eine schwarze Hose und ein Oberteil mit einem Kakadu aus Pailletten darauf. Logan lächelt und beißt sich auf die Lippen.

»Ich muss sowieso weiterarbeiten. Leiste ihm ruhig ein wenig Gesellschaft.«

»Wie geht es dir, Debbie?«, fragt Gladys besorgt.

»Wunderbar. Und Lou?«

»Er ... naja, du weißt ja, wie es ist.« Sie zuckt mit den Schultern.

»Ja, ich weiß. Ich schau am Wochenende bei euch vorbei.« Debbie fragt gar nicht erst, ob das okay ist. So ist sie eben. Mit ihrer Familie ist es das Gleiche. Sie fragt nie: »Kann ich dir irgendwie helfen?« – sie tut es einfach. Sie weiß, dass Lou sich über ihre Besuche freut – und sei es nur, weil sie eine gute Schachspielerin ist. »An manchen Tagen ist er schwächer als sonst, und Gladys beobachtet ihn die ganze Zeit, immer auf dem Sprung, ob sie irgendwas für ihn tun kann. Es ist herzzerreißend, wie sehr sie ihn liebt«, hat sie Logan erklärt.

»Das wäre schön«, antwortet Gladys, lächelt und tätschelt Debbie den Arm.

Die schlüpft durch die Tür nach draußen, während Gladys sich setzt. »Ich dachte, wir könnten vielleicht eine Partie Rommé spielen«, sagt sie und fischt die Karten aus ihrer Handtasche. Logan nickt. Gladys hat sich schon mal vorsorglich als Babysitterin angeboten, obwohl das Kleine noch gar nicht auf der Welt ist. Und sie lässt den neuen Freund ihrer Nichte, der in der Immobilienbranche arbeitet, gerade nach einem günstigen Haus für sie Ausschau halten. Vor ein paar Tagen hat sie ihnen ein Foto von einem Haus mit Schindelfassade gezeigt, in dessen Vorgarten ein paar struppige Rosenbüsche stehen. Es liegt ziemlich weit draußen, hat aber einen großen Garten – groß genug für ein Kind und einen Hund. Wenn Logan sich halb zu Tode schuftet, können sie es sich vielleicht sogar leisten.

»Mein Dad hat gemeint, er würde uns helfen«, erklärte Debbie, als sie sich über das Angebot unterhielten, während sie sich im Internet Fotos von großen, hellen Räumen und einer braunen Küche ansahen, die sie als »retro« bezeichnet, während ihm eher »hässlich« auf der Zunge liegt. Logan gefällt vor allem der Balkon mit schmiedeeisernem Geländer, der sich einmal ums ganze Haus zieht; vom Vorbesitzer stehen noch zwei Schaukelstühle darauf. In seiner Vorstellung sitzen Debbie und er nach Feierabend darin und genießen den Sonnenuntergang, während unten im Garten ein kleiner Junge oder ein kleines Mädchen einem Labrador hinterherrennt, der Betty verdächtig ähnlich sieht.

Ihm ist eigentlich nicht wohl dabei, sich Geld von Paul zu leihen ... gleichzeitig weiß er aber, dass er den Rest seines Lebens hart dafür arbeiten wird, ihm alles zurückzuzahlen.

Nicht wenige alte Bekannte von Lou aus seiner Zeit als Autoverkäufer sind Mechaniker. »Ich besorg dir schon einen richtigen Job, keine Sorge«, versicherte er ihm, als er neulich anrief.

»Das musst du wirklich nicht.«

»Ich muss überhaupt nichts. Ich möchte es aber. Wenn du nicht gewesen wärst, dann wäre mein altes Mädchen vielleicht selbst ins Haus gegangen, und diesem Kerl wäre sie auf keinen Fall gewachsen gewesen, absolut nicht.«

Er mag Lou. Er ist die Art Mensch, die geborene Väter sind. Dass ihm das zeit seines Lebens verwehrt geblieben ist, mag ein Grund dafür sein, dass er sich jetzt auf fast väterliche Art um Logan kümmert.

»Ich bin dir wirklich dankbar, Lou. Aber wenn du niemanden findest, der es mit mir probieren will, ist das auch okay. Ich versteh das, wirklich.«

»Wart's nur ab«, meinte Lou. »Ich kann zwar nicht persönlich vorbeifahren, aber ich kann immer noch anrufen, wenn Peter mir hilft. Ich habe oft genug erlebt, wie jemand von vorne angefangen hat und zu dem Menschen geworden ist, der er wirklich sein wollte, das kannst du mir glauben.«

Wenn er wieder arbeitsfähig ist, warten bereits drei Vorstellungsgespräche auf ihn. »Ich war im Gefängnis«, sagt er jedes

Mal als Erstes, wenn er einen Anruf von einer Werkstatt bekommt. Aber bisher hat das niemanden gestört. »Wir haben alle eine Vergangenheit«, meinte einer. »Du solltest dich mal über Fortbildungskurse informieren, damit du deine Fähigkeiten auffrischen kannst. Wir sind hier alle nicht gerade Buchhalter – mit einem mit zweifelhafter Vergangenheit kommen wir klar.« Logan dankte dem Mann, Bill hieß er, mit fester Stimme, damit der nicht hörte, wie viel ihm seine Worte bedeuteten.

Gladys strickt und näht gerne. Auch sie hat ihn irgendwie adoptiert, aber das stört ihn nicht. Außer Maddy hatte er nie wirklich eine Familie. Ihre Mutter hat bisher weder sie unten in Melbourne noch ihn hier besucht. Dafür hat sie aber angerufen, um sie wissen zu lassen, dass sie an sie denke. Mehr können sie von ihr wohl nicht erwarten.

Jetzt, da er Menschen um sich hat, die sich wie eine Art Familie anfühlen, macht er sich weniger Sorgen darum, dass er bald Vater wird. Dank Gladys und den Wests kann er seinem Kind mehr bieten als nur sich selbst und seine düstere Vergangenheit. Und das Kleine wird natürlich eine ausgesprochen aufmerksame Tante Maddy haben.

Eigentlich hasst er Kartenspiele aller Art. Im Gefängnis waren sie oft stundenlang der einzige Zeitvertreib. Trotzdem setzt er sich jetzt etwas aufrechter hin und macht sich bereit. Gladys redet und redet, über Lou und die Wests und darüber, wie John mit all dem zurechtkommt. Sie holt kaum jemals Luft zwischendurch, und ab und an erwischt Logan sich bei dem Gedanken, lieber alleine zu sein. Doch den vertreibt er jedes Mal schnell wieder. Früher war er immer auf sich gestellt, trug ganz allein die Verantwortung für seine kleine Schwester, obwohl er ständig das Gefühl hatte, ihr nicht gerecht werden zu können ... Also lächelt er und nickt und hört zu – denn so macht man das in einer Familie.

GLADYS

Gladys packt die Karten ein und verlässt leise Logans Zimmer. Er ist mitten im Spiel eingeschlafen. Der arme Mann braucht wirklich noch etwas Ruhe. Patrick hat zwei Mal auf ihn geschossen; auf Katherine nur einmal. Dass jemand, den sie persönlich kennt, angeschossen wurde, ist immer noch so schockierend für sie, dass sie es gar nicht recht begreifen kann. Dass Patrick Katherines Sohn war, ist fast genauso schockierend. Sie kommt sich vor, als wäre sie plötzlich mitten in einer Krimiserie gelandet ... dabei hat sich dieses Drama in ihrer eigenen Nachbarschaft abgespielt.

Die ganze Geschichte dahinter ist ziemlich lang und sehr traurig. Hoffentlich können alle Beteiligten trotzdem irgendwann nach vorne sehen. In letzter Zeit hat sie viel auf die Zwillinge aufgepasst, weil gerade Sommerferien sind und der arme John jede Hilfe brauchen kann. Sie hat die beiden unheimlich gern um sich ... auch wenn ihr manchmal zum Weinen zumute ist, wenn sie sie ansieht. Lou bringt George gerade bei, wie man Schach spielt. Sophie ist nach wie vor eine echte Quasselstrippe, aber ihr Zwillingsbruder ist ruhiger, zurückhaltender als früher. Innerhalb eines einzigen Tages wurde sein ganzes

Leben auf den Kopf gestellt. Nichts wird jemals wieder so sein, wie es vorher war, und beide Kinder tragen nach den Ereignissen eine tiefe Traurigkeit in sich. Es hätte so leicht noch viel schlimmer kommen können. George hätte sterben können, Sophie genauso.

Der Gedanke, dass Patrick in ihrem Garten war und am nächsten Tag Katherine und ihren Kindern all das angetan hat, verfolgt sie immer noch. Natürlich hätte sie nicht wissen können, was passieren würde ... aber manchmal fühlt sie sich trotzdem schuldig, weil sie nichts gesagt hat.

»Das hätte doch nichts geändert«, versichert ihr John immer wieder. »Er ist hergekommen, um Katherine zu verletzen, und darin hätte er sich von nichts und niemandem aufhalten lassen.«

Patrick scheint ein schwer gestörter junger Mann gewesen zu sein. Sie versteht schon, warum – jeder, der seinen Vater auf diese Art verliert, würde es schwer haben. Aber irgendwann kommt einfach der Punkt, an dem man erwachsen werden und sich entscheiden muss, bestimmte Teile seiner Vergangenheit hinter sich zu lassen. So, wie Logan es getan hat.

Dieser junge Mann hat dafür gesorgt, dass sie einiges, was sie lange für richtig und wichtig hielt, zu hinterfragen beginnt. Jeder verdient eine zweite Chance. Gladys hat das Gefühl, selbst auch eine erhalten zu haben – einen neuen Anfang in der Nachbarschaft, in der sie seit Jahrzehnten lebt. In der jeder jeden kennt. Und in der ihre Sorge um andere tatsächlich geschätzt wird. Die Leute unterhalten sich jetzt öfter auf der Straße miteinander, und die Patels haben sie gebeten, sich um Charlie zu kümmern, solange sie im Urlaub sind. Er ist zwar wirklich ganz schön groß, was sie ein bisschen nervös macht, aber nachdem er sich einmal an sie gewöhnt hat, begrüßt er sie jetzt jedes Mal schwanzwedelnd, wenn sie nach ihm sieht.

Auch Margo schaut jetzt öfter vorbei. Den ganzen Tag alleine mit dem Baby daheim ist mitunter etwas einsam, deshalb kommt sie gerne rüber und schaut Gladys beim Backen zu. Sie behauptet, das sei entspannend für sie. Egal aus welchem Grund – Gladys ist einfach nur entzückt, dass sie sich um das Baby kümmern darf. Wenn das Kleine von Debbie und Logan endlich da ist, sogar um gleich zwei. Da kommt sie sich fast wie eine richtige Großmutter vor, auch wenn keins der Kinder tatsächlich mit ihr verwandt ist. Komisch, wie so ein Ereignis die Nachbarn näher zusammenbringt. Inzwischen sind ihre Tage jedenfalls reichlich gefüllt.

Logan wird nächste Woche entlassen, deshalb will sie vorher noch ein paar Mahlzeiten kochen, die Debbie in der Gefriertruhe aufbewahren kann. Peter kümmert sich heute noch ein paar Stunden um Lou, deshalb kann sie in Ruhe einkaufen gehen.

»Du warst eine echte Heldin«, erklärt Lou immer wieder gerne, während er ihre Hand hält und sie sanft streichelt. Die Geste ist zärtlich, aber sie spürt auch die Angst dahinter, sie zu verlieren. Die ist bei ihm mindestens genauso groß wie ihre eigene, ihn zu verlieren. In nachdenklichen Momenten ist sie dankbar dafür, dass sie die Chance gehabt hat, jemanden so zu lieben und von ihm zurückgeliebt zu werden.

»Wenn du nicht darauf bestanden hättest, dass die Polizei kommt«, wiederholt er ein ums andere Mal kopfschüttelnd, »wären sie vielleicht allesamt gestorben. Wenn du nicht diese Ahnung gehabt hättest, dass etwas nicht stimmt ... wer weiß, wie die Sache dann ausgegangen wäre.«

»Ich habe nicht mehr getan als sonst auch«, antwortet sie gerne, wenn er so redet.

»Und was wäre das, altes Mädchen?«

»Ich hab mich eingemischt«, erklärt Gladys, stolz darauf, eine Besserwisserin zu sein. »Ich hab mich eingemischt.«

KATHERINE

»Mum, Mum, Mum«, ruft Sophie und reißt die Schlafzimmertür auf, »wir haben dir vom Spaziergang ganz, ganz viele Blumen mitgebracht! Ich hab rote und rosane und weiße gepflückt, und George hat sogar ein paar lilane gefunden!«

»Sophie, warte«, hört sie John von unten rufen, »ich hab dir doch gesagt, dass Mum vielleicht noch schläft.«

»Tut sie aber nicht«, erwidert die Kleine.

»Du hast recht, tue ich nicht«, stimmt Katherine zu, auch wenn sie bis eben tatsächlich noch geschlafen hat. Nun versucht sie umständlich, sich im Bett etwas aufrechter hinzusetzen.

»Warte«, sagt George, der gerade ins Zimmer kommt. »Du sollst doch warten, bis Dad da ist, damit er dir helfen kann.«

»Mir geht's gut, ich kann mich alleine hinsetzen.« Als Beweis schenkt sie ihm ein Lächeln.

Er beobachtet sie genau und beißt sich auf die Unterlippe, während sie sich bequemer hinsetzt. Seit sie zu Hause ist, überwacht er jede ihrer Bewegungen. Wenn sie auf Toilette gehen will, besteht er darauf, sie auf dem Weg vom Schlaf- zum Badezimmer zu begleiten und dabei ihre Hand zu halten. Er wartet darauf, dass es ihr endlich besser geht; dass sie wieder zu der Mutter wird, die sie vor drei Wochen war. Ihre körperliche Heilung ist für ihn untrennbar damit verknüpft, dass ihr Leben wieder zu dem sicheren Alltag zurückkehrt, den er gewohnt ist.

Beide Geschwister hatten inzwischen ihren ersten Termin bei einem Kinderpsychologen, der auf Traumata spezialisiert ist. »Zurzeit verdrängt George die meisten seiner Gefühle«, erklärte der ihr am Telefon. »Er versucht immer noch, für Sie und Sophie stark zu sein, auch wenn die Gefahr selbst nicht mehr länger existiert. Es wird etwas dauern, bis er sich anderen gegenüber öffnen kann.«

Deshalb macht Katherine sich um ihn mehr Sorgen als um Sophie. Ihre Tochter hat seit dem Tag Albträume, aus denen sie schreiend aufwacht und von einer Waffe und ihrem Stoffaffen erzählt, aber sie redet mit jedem, der bereit ist zuzuhören, über das, was passiert ist, und beschreibt ihren großen Bruder als »gemein«. Zu ihm spürt sie keinerlei Verbindung – er ist für sie einfach nur ein böser Mann, nicht anders als eine Figur in einer Fernsehserie. George dagegen ... einmal hat er sie flüsternd gefragt, weil er sich nicht traute, die Frage laut zu stellen: »Wenn er mein Bruder ist, werd' ich dann auch versuchen, Leuten wehzutun, wenn ich groß bin?«

»Nein, mein Schatz, das würdest du nie tun«, hat sie ihm versichert. Trotzdem taten ihr die Worte in der Seele weh. Dass ihr älterer Sohn jemand war, von dem George fürchtet, dass er genauso werden könnte, ist schrecklich.

»Okay, Kinder, bringt doch die Blumen mal runter in die Küche, damit ich sie für Mum in eine Vase stellen kann«, sagt John, und die beiden folgen ihm brav aus dem Schlafzimmer. Katherine nutzt die Gelegenheit und rutscht noch ein wenig herum, um es bequemer zu haben.

Heute ist John den letzten Tag zu Hause – morgen muss er wieder auf Arbeit. Ab morgen früh nimmt Gladys die Kinder jeweils ein paar Stunden mit zu sich herüber, und am Nachmittag holt das neue Kindermädchen, Abigail, sie dort ab, bringt sie zu ihren Freunden zum Spielen und unternimmt spannende Ausflüge mit ihnen. Katherine will endlich aufstehen, herumlaufen, aber sie hatte schon Mühe, die Ärzte davon zu überzeugen, sie so früh nach Hause zu entlassen.

»Meine Kinder brauchen mich zu Hause«, wiederholte sie wieder und wieder. John hat sichtlich Mühe mit zwei schlaflosen Kindern, die nachts zu ihm ins Bett gekrabbelt kommen. Sophie will nicht alleine sein, wenn sie aus einem ihrer Albträume aufwacht, und George sitzt stundenlang wach im Bett und lauscht auf Geräusche im Haus. Jeden Abend, bevor er ins Bett geht, besteht er darauf zu prüfen, ob auch wirklich alle Türen fest verriegelt sind. Wenn es klingelt, erstarrt er, steht stocksteif da und wartet angespannt, wer es ist. Katherine blutet das Herz, dass ihr Kleiner so zu kämpfen hat. Jede Nacht betet sie darum, dass er einen Weg findet, das Erlebte hinter sich zu lassen und nach vorne zu schauen. Dass er irgendwann wieder daran glauben kann, dass sein Zuhause ein sicherer Ort ist.

Seit sie hier ist, hat sich langsam wieder eine Art Normalität eingestellt. Gladys ist wirklich ein Gottesgeschenk, und in der Schule kümmern sich alle rührend um die Kinder. Auch wenn nichts mehr so sein kann wie früher und die Zwillinge die Erinnerung an diesen einen brütend heißen Tag im Sommer für immer in sich tragen werden, hofft Katherine, dass sie eines Tages das Gefühl haben werden, damit zurechtzukommen. Es darf nicht sein, dass ihre beiden jüngeren Kinder für immer von ihrem älteren heimgesucht werden – und von ihrer Unfähigkeit zu erkennen, wie gestört er wirklich war.

»Du hast alles für ihn getan, was du konntest«, versichert John ihr regelmäßig; trotzdem wünschte sie, es wäre mehr gewesen. Nachdem sein Vater gestorben war, hätte sie darauf bestehen können, dass er bei ihr wohnt. Hätte darum kämpfen sollen, dass er die richtige Therapie bekommt. Niemals hätte sie sich von ihm zurückziehen dürfen, auch wenn er sie darum gebeten hat. Nachts, wenn sie aus Träumen von ihrem Sohn, als er noch klein war, erwacht, Träumen, die sich unausweichlich in Albträume verwandeln, in denen sein Gesicht zu dem seines Vaters wird und er eine Pistole in der Hand hält, weiß sie, dass sie nie hätte zustimmen dürfen, dass er bei Anthony wohnt. In unaufmerksamen Momenten überkommen sie Schuldgefühle, weil sie ihn nicht retten konnte, als er noch jung war. Dann ist er für sie wieder der kleine Junge, der sich gerne vorsingen lässt und Abenteuergeschichten liebt. Wenn sie an ihn denkt, ist er in ihrer Erinnerung zwei Jahre alt, fünf oder zehn, das Gesicht von einem fröhlichen Lachen erhellt. Früher saß er immer neben ihr, wenn sie ihm vorlas, und streichelte ihr Haar. Den Schmerz, ihr Kind für immer verloren zu haben, spürt sie geradezu körperlich; er nimmt ihr den Atem und tut ihr in der Seele weh.

Wenn sie nicht noch einmal geheiratet und weitere Kinder bekommen hätte, wäre Patrick vielleicht eher zu ihr zurückgekommen ... aber das kann niemand mit Sicherheit sagen. Anthony hat unglaublich viel Schaden angerichtet. Dank ihm wurde aus einem mürrischen Teenager ein junger Mann, der dazu fähig war, andere Menschen zu verletzen. Der denen wehtun wollte, von denen er meinte, sie hätten ihm wehgetan.

Bisher hat sie noch nicht mit Maddy, Logans Schwester, gesprochen. Seit Tagen schreibt sie an einer E-Mail für sie herum, doch ihr wollen einfach nicht die richtigen Worte einfallen, um sich für den Mann zu entschuldigen, der aus ihrem kleinen Jungen geworden ist. Eigentlich hat sie sich vorgenommen, sie bald abzuschicken ... aber sie kann nicht aufhören, sie wieder und wieder zu lesen und umzuschreiben, aus Sorge, dass das, was sie sagen will, falsch herüberkommt.

Auch sie selbst ist inzwischen in Therapie. Doch was immer der Psychiater zu ihr sagen wird, eine Wahrheit bleibt unumstößlich: Ihr Sohn ist tot, und wenn sie sich mehr angestrengt hätte, hätte sie ihn retten können.

Wenn es nachts ganz schlimm wird, wenn sie stundenlang nicht schlafen kann, dann holt sie ein kleines Notizbuch hervor und schreibt all die Fragen hinein, die sie ihrem Sohn nicht mehr stellen kann.

Wolltest du mir wirklich wehtun? Hast du mich wirklich nicht mehr geliebt? Was hätte ich besser machen können? Wie hätte ich dir helfen können? Was hast du gebraucht, das ich dir nicht gegeben habe? Warst du überhaupt jemals glücklich? Wer wolltest du sein? Was wolltest du mit deinem Leben anfangen?

Das Notizbuch ist inzwischen fast voll ... aber all die Fragen, die sie Patrick so gerne stellen würde, kann sie ihm nun nicht mehr stellen.

Wenn sie um ihren verlorenen Sohn weint, dann tut sie das im Geheimen, sodass John und die Kinder es nicht mitbekommen. Für sie ist es schwer zu verstehen, dass sie ihn trotz all dem, was er getan hat, immer noch liebt.

Patrick konnte nicht gerettet werden. Als er während der OP starb, wurde sie selbst gerade operiert. Wann immer sie daran denkt, schlägt sie die Hände vors Gesicht und hofft, dass dieses Bild von ihm, ganz alleine zwischen all den Ärzten und Schwestern, irgendwann verschwinden wird. Sie konnte sich nicht von ihm verabschieden, konnte ihm nicht sagen, dass sie ihn trotz allem liebt. Wenn sie die Wahl gehabt hätte, dann hätte sie sich genauso entschieden wie bei den Zwillingen: *Mein Leben für ihres. Mein Leben für seins.*

John hat sich um die Beerdigung gekümmert. Außer ihnen hatte Patrick ja niemanden mehr. Trotzdem war es eine nette, großzügige Geste von ihm. Das hätte er nicht tun müssen ... dass er es trotzdem tat, hat ihre Meinung über ihn verändert.

All das, was passiert ist, die schreckliche Wahrheit, dass Katherine und die Kinder hätten sterben können, hat ihnen dabei geholfen, Schritt für Schritt wieder zueinander zu finden.

»Ich dachte, du wärst tot«, wiederholt John immer wieder. »Ich hab dich da auf dem Sofa liegen sehen und dachte wirklich, du wärst tot. In dem Moment habe ich verstanden, dass ich mich von so viel belanglosem Kram davon abhalten ließ, der Ehemann und Vater zu sein, der ich sein wollte. Während sie dich operierten, habe ich gebetet, um eine zweite Chance gefleht.«

»Bevor ich ohnmächtig wurde, galt mein letzter Gedanke dir«, gab sie zu, »und ich denke, in dem Moment hatte ich meinen Frieden gefunden, weil ich wusste, dass du unsere Kinder so lieben würdest, wie sie es verdienen. Dass du mich liebst. Das war alles, was für mich zählte.«

In ihren Augen haben sie beide eine zweite Chance erhalten. Nicht jeder hat so viel Glück.

»So, da sind sie«, sagt John, als er ins Schlafzimmer zurückkommt, dicht gefolgt von den Kindern, in der Hand ein windschiefes Arrangement aus Blumen, die sie auf ihrem Spaziergang für sie gesammelt haben: lila und gelb, rosa und orange.

»Hübsch«, sagt sie.

»Jetzt ist Vorlesezeit«, erklärt George.

Jeden Nachmittag liest sie ihnen so lange vor, wie ihre Kraft es zulässt. Derzeit lesen sie *Harry Potter* und die Kinder sind begeistert. Hoffentlich erinnern sie sich später an diese tröstlichen Nachmittage im großen Doppelbett, in dem sie liegt, um wieder zu Kräften zu kommen – und nicht daran, was sie hierhergebracht hat.

»Ich hab mit Logan gesprochen – mit seiner Genesung geht es gut voran, er wird wahrscheinlich bald entlassen«, berichtet John.

Wann immer sie an Logan denkt, spürt Katherine ein

Stechen in der Brust. Sie ist ihm unendlich dankbar dafür, dass er auf seinen Instinkt vertraut hat. Dass er trotz der Sorge um seine Schwester Raum in seinem Herzen fand, sich Gedanken um jemand völlig Fremden zu machen. George schreibt ihm Briefe, auf die er Superhelden malt, vor allem Captain America. George und John haben ihn im Krankenhaus besucht, und John hat später erzählt, ihr Sohn habe beschlossen, dass Logans Baby sein Cousin oder seine Cousine sein wird, selbst wenn sie eigentlich nicht verwandt sind. Sie hat das Gefühl, dass Logan und Debbie ein dauerhafter Teil ihres Lebens sein werden ... und auch wenn sie sich darüber freut, fragt sie sich doch jedes Mal, wenn sie ihn ansieht, warum er nach allem, was er durchgemacht hat, nicht wie Patrick geworden ist. Sie haben miteinander telefoniert. Haben über Patrick gesprochen und darüber, was ihn zu dem gemacht hat, der er war. Logan hat ihr von seiner eigenen Kindheit erzählt. Der Mensch, der er als jüngerer Mann war, existiert nicht mehr. Dass Patrick nie die Chance erhalten hat, sich zu ändern, einen ähnlichen Weg zu beschreiten wie Logan, lässt sie nicht los. Aus ihm hätte ein Mann mit einer schlimmen Vergangenheit werden können – doch einer, der sie hinter sich lassen und nach vorne schauen kann.

Aber Patrick wird für immer dreiundzwanzig bleiben ... und für immer wütend auf die Welt. Deshalb weint sie um das Kind, das er einst war, genauso wie um den Mann, der er nun niemals mehr werden kann. Für das, was passiert ist, kann sie ihn nicht hassen. Das kann sie einfach nicht. Er war ihr Sohn, und jetzt ist er tot. Sie wünschte, sie hätte ihn wenigstens am Schluss trösten können, ihn halten, wie sie ihn als Baby gehalten hat, ihn in die Arme nehmen und vor der Welt beschützen.

»Los doch, Mum«, fordert George, »Seite zweiunddreißig.«

Katherine wischt sich verstohlen über die Augen und beginnt.

MEHR VON BOOKOUTURE DEUTSCHLAND

Für mehr Infos rund um Bookouture Deutschland und unsere Bücher melde dich für unseren Newsletter an:

deutschland.bookouture.com/subscribe/

Oder folge uns auf Social Media:

 facebook.com/bookouturedeutschland

 twitter.com/bookouturede

 instagram.com/bookouturedeutschland

EIN BRIEF VON NICOLE

Vielen Dank, dass ihr euch die Zeit genommen habt, *Die Familie gegenüber* zu lesen. Wenn es euch gefallen hat und ihr gerne über meine nächsten Bücher auf dem Laufenden bleiben wollt, tragt euch einfach unter folgendem Link für meinen Newsletter ein. Eure E-Mail-Adresse wird nicht weitergegeben und ihr könnt ihn jederzeit wieder abbestellen.

deutschland.bookouture.com/subscribe/

Mich hat schon immer fasziniert, was hinter verschlossenen Türen so alles vor sich geht. Das ist einer der Gründe, weshalb ich Schriftstellerin geworden bin. Es ist einfach menschlich, die Seiten von uns zu verstecken, die andere Leute schwierig oder fragwürdig finden würden. Zwar zeigen die meisten im Internet sehr viel mehr von sich selbst als im realen Leben … trotzdem sind anonyme Foren deutlich beliebter als solche, in denen für alle ersichtlich ist, wer was geschrieben hat. Nicht selten sehe ich meine Nachbar:innen an und frage mich, ob das, was ich von ihnen sehe, ihrem wirklichen Wesen entspricht. Ich habe Leute kennengelernt, deren Leben mir perfekt erschien; umso geschockter war ich, als ich die Wahrheit erfuhr.

Auch Menschen wie Gladys sind mir schon ein paar Mal untergekommen. Menschen, die sich nach der Zeit zurücksehnen, in der man seine Nachbar:innen wirklich kannte, sich mit ihnen verbunden fühlte. In unserer heutigen Zeit, in der das

Internet unser Leben bestimmt, erscheint es mir viel schwieriger, diese Verbundenheit zu erreichen.

Die Idee zu der Figur »Logan« wurde geboren, als ich ein Video auf Facebook anschaute. Es handelte von einem Fotografen, der Bilder von Ex-Gangmitgliedern mittels Photoshop so bearbeitete, dass ihre Gesichter frei von Tattoos waren. Damit sie sehen konnten, wie sie heute aussehen würden, wenn sie ihr Gesicht nicht mit Tinte verdeckt hätten. Einer dieser Männer blieb mir besonders im Gedächtnis. Unter Tränen erklärte er, dass er ohne seine Tattoos ein ganz normales Leben haben könnte. Das bewies mir einmal mehr, dass es immer ein Fehler ist, jemanden nur nach dem Aussehen zu beurteilen. Ich habe mich wirklich gefreut, Logan und allen anderen in dieser ruhigen Nebenstraße eine zweite Chance geben zu können. Er wird ein wundervoller Vater sein, ebenso wie Gladys eine ausgezeichnete Ersatzgroßmutter sein wird.

Wenn euch diese Geschichte gefallen hat, dann würde ich mich über eine Rezension sehr freuen. Ich lese jede einzelne von ihnen! Ich finde es inspirierend, wenn Leser:innen sich mit den Figuren, über die ich schreibe, verbunden fühlen.

Und ich würde mich sehr freuen, wenn ihr mir schreiben würdet. Ihr findet mich auf Facebook und Twitter. Für mich ist es einfach toll, mit meinen Leser:innen in Verbindung zu treten.

Nochmals vielen Dank fürs Lesen.

Nicole x

facebook.com/NicoleTrope

twitter.com/nicoletrope

instagram.com/nicoletropeauthor

DANKSAGUNG

Vielen Dank an Christina Demosthenous, meine Lektorin, die mich jederzeit unglaublich unterstützt und ermutigt. Wenn ich ein neues Manuskript abgebe, freue ich mich schon auf ihre Kommentare, und wenn ich schreibe, höre ich stets ihre Stimme in meinem Kopf. Danke auch an Victoria Blunden – ihre Erstbearbeitung hat die Geschichte in die richtige Richtung gelenkt – und an DeAndra Lupu für ihre gewissenhafte Textredaktion.

Auch Liz Hatherell für das Korrektorat, Lauren Finger für das redaktionelle Management und Lisa Brewster für das perfekte Cover gilt mein Dank.

Danke ebenfalls an Sarah Hardy für all ihre PR-Arbeit, und an das gesamte Team von Bookouture – danke, dass ihr so wundervolle, aufgeschlossene Menschen seid. Bei euch muss ich nie darüber nachdenken, ob ich eine Frage wirklich stellen oder eine E-Mail wirklich absenden soll. Ihr wisst einfach, wie man dafür sorgt, dass ein:e Autor:in sich bestens unterstützt und wertgeschätzt fühlt.

Wie immer danke ich meiner Mutter Hilary – sie ist die Erste und die Letzte, die ein neues Buch zu lesen kriegt. Ihrem Urteil vertraue ich bedingungslos. Wenn sie sagt, eine Geschichte funktioniert nicht, dann ist das so. Punkt.

Nicht zuletzt bin ich meiner Familie unendlich dankbar. Sie feiert jeden neuen Roman mit mir und hat stets Verständnis dafür, dass die letzte Woche vor der Veröffentlichung besonders nervenaufreibend ist. Das wird immer so sein – umso mehr bin ich dankbar, dass ihr das versteht und akzeptiert.

Und wieder einmal darf ich all denen danken, die meine Werke lesen, rezensieren und in ihren Blogs darüber schreiben. Ich weiß jede einzelne Rezension sehr zu schätzen.